Stringimi a Te

Strapazzami: Libro 3

Anna Zaires

♠ Mozaika Publications ♠

Pubblicato da Mozaika Publications, stampato da Mozaika LLC.
www.mozaikallc.com

Traduzione italiana: Martina Stefani 2016
Revisione italiana a cura di Immacolata Sciplini

Copertina della Najla Qamber Designs.
www.najlaqamberdesigns.com

e-ISBN: 978-1-63142-217-1
ISBN: 978-1-63142-218-8

PARTE I: IL RITORNO

CAPITOLO UNO

❖ JULIAN ❖

Un grido soffocato mi fa svegliare, interrompendo il mio sonno inquieto. Una scarica di adrenalina mi fa aprire l'occhio sano, e mi siedo, provocando con quel movimento improvviso un forte dolore alle costole rotte. Il gesso sul mio braccio sinistro sbatte al monitor che controlla il battito cardiaco accanto al mio letto, e l'ondata di dolore è così intensa da farmi girare la stanza dalle vertigini. Il cuore mi batte all'impazzata, e ci metto un attimo a rendermi conto di cos'è stato a svegliarmi.

Nora.

Dev'essere stata in preda a un altro incubo.

Il mio corpo, già pronto a combattere, si rilassa un

po'. Non ci sono pericoli, nessuno che ci stia dando la caccia. Sono sdraiato accanto a Nora nel mio lussuoso letto d'ospedale, e siamo entrambi al sicuro, visto che Lucas si è assicurato che la clinica svizzera fosse il posto più sicuro possibile.

Il dolore alle costole e al braccio è più sopportabile ora, più tollerabile. Muovendomi attentamente, poggio la mano destra sulla spalla di Nora e cerco di svegliarla delicatamente. È girata dall'altra parte, con lo sguardo rivolto nella direzione opposta, quindi non posso guardarla in faccia per dire se stia piangendo o meno. La sua pelle, tuttavia, è fredda e sudata. Dev'essere stato un incubo lungo. Sta addirittura tremando.

"Svegliati, tesoro" mormoro, accarezzando il suo esile braccio. Vedo la luce filtrare dalla finestra, e capisco che è mattina. "È solo un sogno. Svegliati, gattina mia . . ."

Si irrigidisce al mio tocco, e mi rendo conto che non si è ancora svegliata, e che è ancora in preda all'incubo. Sento i suoi respiri corti, e i tremori che le scuotono il corpo. La sua sofferenza mi fa male, molto più di una ferita, e sapere di essere ancora una volta il responsabile di questo—di non essere riuscito a tenerla al sicuro—mi fa contorcere l'intestino dalla rabbia.

Rabbia rivolta a me stesso e a Peter Sokolov—l'uomo che ha permesso a Nora di rischiare la sua vita per salvare me.

Prima del mio maledetto viaggio nel Tajikistan, si stava lentamente riprendendo dalla morte di Beth, e i suoi incubi stavano diventando meno frequenti col passare dei mesi. Ora, però, i brutti sogni sono tornati—e Nora sta peggio di prima, a giudicare dall'attacco di panico che ha avuto ieri mentre stavamo facendo sesso.

Voglio uccidere Peter per questo—e potrei, se mai dovesse incrociare il mio cammino. Il russo mi ha salvato la vita, ma ha messo in pericolo Nora, e non glielo perdonerò mai. E la sua fottuta lista di nomi? Può anche scordarsela. Non lo ricompenserò mai per avermi tradito in questo modo, nonostante le promesse che gli ha fatto Nora.

"Dai, tesoro, svegliati" insisto, usando il braccio destro per abbassarmi di nuovo sul letto. Le costole mi fanno male per quel movimento, ma stavolta un po' meno. Mi avvicino lentamente a Nora, spingendo il mio corpo al suo da dietro. "Va tutto bene. È tutto finito, te lo giuro."

Fa un respiro profondo, e sento la tensione allentarsi dentro di lei, mentre si rende conto di dove si trova. "Julian?" sussurra, girandosi per guardarmi, e vedo che sta piangendo, e che ha le guance tutte bagnate dalle lacrime.

"Sì. Sei al sicuro ora. Va tutto bene." Allungo la mano destra e le passo le dita sulla mascella, restando meravigliato davanti alla fragile bellezza del suo viso. La mia mano sembra gigante e rozza sul suo viso delicato, con le mie unghie rovinate e piene di lividi lasciati dagli aghi che Majid ha usato su di me. Il contrasto tra noi è evidente—sebbene neanche Nora sia del tutto incolume. La purezza della sua pelle dorata è scalfita da un livido sulla guancia sinistra, nel punto in cui quei figli di puttana di Al-Quadar l'hanno colpita.

Se non fossero già morti, li ucciderei con le mie stesse mani per averle fatto del male.

"Che cos'hai sognato?" chiedo sottovoce. "Beth?"

"No." Scuote la testa, e vedo che il suo respiro sta tornando alla normalità. La sua voce, però, conserva ancora i residui dell'orrore, mentre dice con voce roca: "Ho sognato te, questa volta. Majid ti stava cavando gli occhi, e io non potevo fermarlo."

Cerco di non reagire, ma è impossibile. Le sue parole mi riportano a quella stanza fredda e senza finestre, alle sensazioni di nausea che ho cercato di dimenticare negli ultimi giorni. La mia testa comincia a pulsare al ricordo dell'agonia, mentre il mio occhio sinistro brucia ancora una volta per la sensazione di vuoto. Sento il sangue e altri liquidi rigarmi le guance, e mi sento male a quei ricordi. Sono abituato al dolore, e perfino alla tortura—mio padre credeva che suo figlio potesse sopportare qualunque cosa—ma perdere l'occhio è stata l'esperienza più traumatica della mia vita.

Da un punto di vista fisico, se non altro.

Da un punto di vista psicologico, l'apparizione di Nora in quella stanza probabilmente detiene quel primato.

Ci vuole tutta la mia forza di volontà per riportare la

mia mente al presente, lontano dal terrore di vederla trascinata dagli uomini di Majid.

"L'hai fermato tu, Nora." Mi fa male ammetterlo, ma se non fosse stato per il suo coraggio, probabilmente in questo momento mi starei decomponendo in qualche discarica del Tajikistan. "Sei venuta a salvarmi."

Faccio ancora fatica a credere che l'abbia fatto—che si sia consegnata di proposito nelle mani di terroristi psicopatici per salvarmi la vita. Non l'ha fatto per qualche ingenua convinzione che non le avrebbero fatto del male. No, la mia gattina sapeva perfettamente di cosa fossero capaci, e tuttavia ha avuto il coraggio di agire.

Devo la mia vita alla ragazza che ho rapito, e non me ne capacito.

"Perché l'hai fatto?" chiedo, accarezzandole il labbro inferiore con il pollice. In realtà lo so, ma voglio sentirlo dire da lei. Mi guarda, con gli occhi velati dalle ombre per via del sogno. "Perché non posso vivere senza di te" dice sottovoce. "Lo sai, Julian. Volevi che ti amassi, e ti amo. Ti amo così tanto che andrei all'inferno per te."

A quelle parole, provo un avido piacere privo di vergogna. Non ne ho mai abbastanza del suo amore. Non ne ho mai abbastanza di lei. All'inizio la volevo per la sua somiglianza con Maria, ma la mia amica d'infanzia non mi aveva mai suscitato nemmeno un'unghia delle emozioni che mi fa provare Nora. Il mio affetto verso Maria era innocente e puro, proprio come Maria stessa.

La mia ossessione per Nora è tutto il contrario.

"Ascoltami, gattina mia..." Tolgo le mani dal suo viso per poggiarle sulla sua spalla. "Ho bisogno che tu mi prometta che non farai mai più una cosa simile. Ovviamente sono contento di essere vivo, ma avrei preferito morire che metterti in pericolo. Non devi *più* rischiare la vita per me. Hai capito?"

Il cenno con la testa che mi rivolge è debole, quasi impercettibile, e vedo un barlume nei suoi occhi. Non vuole farmi arrabbiare, quindi non mostra dissenso, ma ho il forte sospetto che farebbe ciò che riterrebbe giusto a prescindere da quello che sta dicendo in questo momento.

Questo, ovviamente, richiede ulteriori misure pesanti.

"Bene" dico. "Perché la prossima volta, ammesso che ci sia una prossima volta, ucciderò chiunque ti aiuti contro i miei ordini, e lo farò in modo lento e doloroso. Mi hai capito, Nora? Se qualcuno osa mettere in pericolo un capello della tua testa, per salvare *me* o per qualsiasi altra ragione, quella persona morirà in un modo molto sgradevole. Sono stato chiaro?"

"Sì." È pallida ora, con le labbra serrate come se volesse trattenere una protesta. È arrabbiata con me, ma è anche spaventata. Non per sé stessa—ha superato quella paura ormai—ma per gli altri. La mia gattina sa che intendo mettere in pratica quello che ho detto.

Sa che sono un assassino privo di coscienza con un

solo punto debole.

Lei.

Stringendole le spalle, mi chino in avanti e la bacio sulla bocca chiusa. Le sue labbra sono rigide per un momento, mi resistono, ma appena le faccio scivolare la mano sotto al collo e le prendo la nuca, sospira e rilassa le labbra, facendomi entrare. L'ondata di calore che mi attraversa è forte e immediata, e il suo sapore mi fa indurire il cazzo in maniera incontrollabile.

"Ehm, **mi scusi, signor** Esguerra..." Il suono della voce di una donna è accompagnato da un timido bussare alla porta, e mi rendo conto che sono le infermiere che fanno il loro giro mattutino.

Fanculo. Sono tentato di ignorarle, ma ho la sensazione che torneranno tra un po', forse quando avrò affondato le palle nella figa stretta di Nora.

A malincuore lascio andare Nora, mi giro sulla schiena, sospiro per la scossa di dolore, e guardo mia moglie che salta giù dal letto e si mette in fretta una vestaglia.

"Vuoi che apra la porta?" chiede, e io annuisco, rassegnato. Le infermiere devono cambiarmi le bende e assicurarsi che io stia abbastanza bene da poter viaggiare oggi, e ho tutta l'intenzione di collaborare.

Prima finiranno, prima potrò uscire da quest'ospedale del cazzo.

Non appena Nora apre la porta, entrano due infermiere, accompagnate da David Goldberg—un uomo basso e calvo, che è il mio medico personale alla tenuta. È un ottimo chirurgo specializzato in traumatologia, così gli ho mostrato i restauri sul mio viso, per assicurarmi che i chirurghi plastici della clinica non avessero combinato guai.

Non voglio che Nora provi disgusto dinnanzi alle mie cicatrici.

"L'aereo sta già aspettando" dice Goldberg mentre le infermiere cominciano a togliermi le bende sulla testa. "Se non ci sono segni di infezione, dovremmo riuscire a tornare a casa."

"Perfetto." Rimango sdraiato, ignorando il dolore che mi provocano le cure delle infermiere. Nel frattempo, Nora prende alcuni vestiti dall'armadio e scompare nel bagno accanto alla nostra stanza. Sento l'acqua che scorre e mi rendo conto che deve aver deciso di fare una doccia. Probabilmente vuole evitarmi per un po', visto che è ancora arrabbiata per la mia minaccia. La mia gattina è sensibile alla violenza **verso quelli** che lei considera innocenti—come quello stupido ragazzo, Jake, che ha baciato la notte in cui l'ho rapita.

Ho ancora voglia di strappargli le viscere per averla toccata . . . e forse un giorno lo farò.

"Nessun segno di infezione" mi dice Goldberg, quando le infermiere finiscono di togliere le bende. "Stai guarendo."

"Bene." Faccio respiri lenti e profondi per controllare il dolore, mentre le due infermiere puliscono i **punti di sutura** e fasciano le costole. Negli ultimi due giorni ho preso la metà della mia dose prescritta di antidolorifici, e ora lo sento. Tra un altro paio di giorni, smetterò completamente di prenderli per evitare di diventarne dipendente.

Mentre le infermiere mi sistemano le bende, Nora esce dal bagno, dopo essersi fatta la doccia e aver indossato un paio di jeans e una camicetta a maniche corte. "Tutto bene?" chiede, guardando Goldberg.

"È pronto per andare" risponde lui, con un caldo sorriso. Credo che le piaccia, cosa che non mi dà fastidio, visto il suo orientamento omosessuale. "Tu come stai?"

"Sto bene, grazie." Nora alza il braccio per mostrare un grande cerotto sulla zona in cui i terroristi le hanno tagliato per errore l'impianto di controllo delle nascite. "Starò meglio quando mi toglieranno i punti, ma non mi preoccupano più di tanto."

"Ottimo, mi fa piacere." Voltandosi verso di me, Goldberg chiede: "Quando dovremmo andar via?"

"Di' a Lucas di preparare la macchina tra venti minuti" gli dico, facendo oscillare con cura i piedi per terra, mentre le infermiere escono dalla stanza. "Mi vesto, e ce ne andiamo."

"Va bene" dice lui, girandosi per lasciare la stanza.

"Aspetta, Dottor Goldberg, vengo con te" dice Nora in fretta, e c'è qualcosa nella sua voce che cattura la mia attenzione. "Devo prendere una cosa al piano di sotto" spiega.

Goldberg sembra sorpreso. "Oh, certo."

"Che c'è, gattina mia?" Mi alzo, ignorando la mia

nudità. Goldberg distoglie educatamente lo sguardo mentre tiro il braccio di Nora, impedendole di uscire. "Che cosa ti serve?"

Lei sembra a disagio, spostando lo sguardo di lato.

"Che c'è, Nora?" chiedo, incuriosito. Stringo la presa sul suo braccio, mentre la tiro ancora più vicino a me.

Mi guarda. Le sue guance si tingono di rosso, e ha la mascella serrata. "Ho bisogno della pillola del giorno dopo, va bene? Voglio assicurarmi di prenderla prima che ce ne andiamo."

"Oh." La mia mente si svuota per un attimo. Non avevo riflettuto sul fatto che, non avendo più l'impianto, Nora può rimanere incinta. Vado a letto con lei da quasi due anni e, durante tutto questo tempo, era protetta dall'impianto. Sono così abituato a questo che non mi ero nemmeno reso conto che d'ora in poi dobbiamo prendere delle precauzioni.

Ma Nora ovviamente se n'è resa subito conto.

"Vuoi la pillola del giorno dopo?" ripeto lentamente, continuando a riflettere sull'idea che Nora—la mia Nora—potrebbe essere incinta.

Incinta del mio bambino.

Un bambino che lei chiaramente non vuole.

"Sì." I suoi occhi scuri mi fissano. "È improbabile che succeda dopo una volta sola, naturalmente, ma non voglio rischiare."

Non vuole rischiare di essere incinta di mio figlio. Provo uno strano senso di oppressione nel petto mentre la guardo, vedendo la paura che sta cercando di nascondere in tutti i modi. È preoccupata per la mia reazione, ha paura che io le impedisca di prendere quella pillola.

Teme che io possa costringerla ad avere un figlio indesiderato.

"Ci vediamo fuori" dice Goldberg, percependo la crescente tensione nella stanza, e prima che io possa dire una parola, esce dalla porta, lasciandoci soli.

Nora solleva il mento, incrociando il mio sguardo. Vedo la determinazione sul suo viso quando dice: "Julian, so che non ne abbiamo mai parlato, ma—"

"Ma non sei pronta" la interrompo, mentre il senso di oppressione nel petto si intensifica. "Non vuoi un figlio in questo momento."

Annuisce, spalancando gli occhi. "Esatto" dice con cautela. "Non ho ancora finite la scuola, e tu sei ferito—"

"E non sei sicura di volere un figlio da un uomo come me."

Deglutisce nervosamente, ma non nega, né distoglie lo sguardo. Il suo silenzio è schiacciante, e il senso di oppressione che provo si trasforma in uno strano dolore.

Lasciandole il braccio, faccio un passo indietro. "Puoi dire a Goldberg di portarti la pillola e qualunque altro controllo delle nascite ritenga migliore." La mia voce è insolitamente fredda e distante. "Ora vado a lavarmi e a vestirmi."

E prima che lei possa aggiungere altro, vado al

bagno e chiudo la porta.

Non voglio vedere lo sguardo di sollievo sul suo volto.

Non voglio pensare a come mi sentirei.

CAPITOLO DUE

❖ NORA ❖

Stordita, vedo la sagoma nuda di Julian che scompare nel bagno. È frenato dalle sue ferite, e i suoi movimenti sono più rigidi del solito. Eppure, cammina con una certa grazia. Nonostante il suo calvario infernale, il suo corpo muscoloso è forte e atletico, e la benda bianca intorno alle costole gli mette in risalto la larghezza delle spalle e la tonalità bronzea della pelle.

Non si è opposto alla pillola del giorno dopo.

Non appena mi rendo conto di questo, le mie ginocchia si indeboliscono dal sollievo e dalla tensione indotta dall'adrenalina, che si dissolve in un sibilo improvviso. Ero quasi certa che me l'avrebbe negata; l'espressione sul suo volto mentre parlavamo era impenetrabile, illeggibile... pericolosa nella sua opacità. Ha capito subito che tutto il discorso sulla mia scuola e le sue ferite non erano altro che scuse, mentre il suo occhio sano scintillava con una fredda luce blu che mi ha terrorizzata.

Ma non mi ha negato la pillola. Anzi, mi ha proposto di farmi suggerire un nuovo metodo di controllo delle nascite dal Dott. Goldberg.

Mi sento quasi stordita dalla gioia. Nonostante la strana reazione, Julian dev'essere d'accordo sul fatto di non fare figli.

Non volendo mettere in discussione la mia fortuna, corro fuori dalla stanza per afferrare il Dott. Goldberg. Voglio assicurarmi di ottenere quello di cui ho bisogno prima di lasciare la clinica.

Non è facile trovare impianti di controllo delle nascite nella nostra tenuta in mezzo alla giungla.

* * *

"Ho preso la pillola" dico a Julian quando stiamo comodamente seduti sul suo jet privato—lo stesso aereo privato che ci ha portati da Chicago alla Colombia, dopo che Julian è tornato a prendermi a dicembre. "E ho questo." Alzo il braccio destro per mostrargli la piccola benda in cui mi è stato sistemato il nuovo impianto. Mi fa male il braccio, ma sono così felice di averlo che non faccio caso al disagio.

Julian alza lo sguardo dal suo portatile, con

un'espressione ancora strana. "Bene" dice, e torna a lavorare sull'email con uno dei suoi ingegneri. Sta delineando le specifiche esatte di un nuovo drone che vuole progettare. Lo so perché gliel'ho chiesto pochi minuti fa, e mi ha spiegato cosa sta facendo. Ultimamente è molto più aperto con me, motivo per cui trovo strano che sembri voler evitare l'argomento del controllo delle nascite.

Mi chiedo se non voglia discuterne a causa della presenza del Dott. Goldberg. L'uomo basso è seduto nella parte anteriore del jet, a oltre una decina di metri da noi, ma non abbiamo una privacy totale. Comunque sia, decido di passarci sopra per ora e di tornare sull'argomento in un momento più opportuno.

Mentre l'aereo sale, passo il tempo guardando le Alpi svizzere fin quando arriviamo sopra le nuvole. Poi mi appoggio e aspetto che la bella assistente di volo—Isabella—ci porti la colazione. Questa mattina abbiamo lasciato l'ospedale così in fretta che sono riuscita solo a bere una tazza di caffè.

Isabella entra nella cabina pochi minuti dopo, con il suo corpo sexy avvolto in un aderente vestito rosso. Tiene un vassoio con il caffè e un piattino con i dolci. Goldberg sembra essersi addormentato, quindi lei si dirige verso di noi, con le labbra piegate in un sorriso seducente.

La prima volta che l'ho vista, quando Julian è tornato a prendermi a dicembre, ero follemente gelosa. Da allora ho scoperto che Isabella non ha mai avuto una relazione con Julian e che in realtà è sposata con una delle guardie della tenuta. Ho visto quella donna solo una o due volte nel corso degli ultimi due mesi; a differenza di molti dei dipendenti di Julian, lei trascorre la maggior parte del tempo fuori dalla tenuta, lavorando come osservatrice per le lussuose società di jet privati.

"Saresti sorpresa di vedere come si scioglie la gente dopo un paio di drink a diecimila metri" mi ha spiegato Julian una volta. "Dirigenti, politici, boss del cartello . . . A tutti piace avere intorno Isabella, e non sempre fanno attenzione a quello che dicono in sua presenza. Grazie a lei, ho saputo di tutto, dalle dritte sugli investimenti alle informazioni sul commercio di droga nella zona."

Quindi sì, non sono più così gelosa di Isabella, ma non riesco ancora a smettere di credere che sia un po' troppo civettuola con Julian per essere una donna sposata. Ma probabilmente non sono il miglior giudice per il comportamento adeguato di una donna sposata. Per me guardare un uomo per più di un secondo equivarrebbe a firmare la sua condanna a morte.

Julian supera qualsiasi livello di possessività.

"Vuoi un caffè?" chiede Isabella, fermandosi accanto al suo sedile. Oggi è più cauta nel fissarlo, ma sento ancora il bisogno di schiaffeggiare il suo bel viso per i sorrisi che rivolge a mio marito.

E va bene, Julian non è l'unico ad avere problemi di possessività. Per quanto possa sembrare ridicolo, mi sento possessiva nei confronti dell'uomo che mi ha rapita. Non ha senso, ma ho smesso di cercare di dare un senso alla mia folle relazione con Julian molto tempo fa.

È più facile accettarla.

Alla domanda di Isabella, Julian alza lo sguardo dal suo portatile. "Certo" dice, prima di guardare verso di me. "Nora?"

"Sì, grazie" dico gentilmente. "E un paio di quei cornetti."

Isabella versa una tazza ciascuno, poggia il vassoio con i dolci sul mio tavolo, e sculetta verso la parte anteriore dell'aereo, ancheggiando da una parte all'altra. Provo un momento di invidia prima di ricordare a me stessa che Julian vuole *me*.

Mi vuole troppo, in realtà, ma questo è tutto un altro problema.

Nella mezz'ora che segue, leggo, mentre mangio i miei cornetti e sorseggio il caffè. Julian sembra concentrato sulla sua email per la progettazione del drone, quindi lo lascio stare; faccio del mio meglio per concentrarmi sul mio libro, un thriller di fantascienza che ho comprato in clinica. La mia attenzione, però, continua a vagare ogni paio di pagine.

Mi sembra strano stare seduta qui a leggere. Mi sembra surreale, in un certo senso. È come se non fosse successo niente. Come se non fossimo appena sopravvissuti al terrore e alla tortura.

Come se non avessi fatto saltare il cervello di un uomo a sangue freddo.

Come se non avessi quasi perso Julian un'altra volta.

Il mio cuore inizia a battere più velocemente, mentre le immagini dell'incubo di questa mattina invadono la mia mente con una chiarezza sorprendente. *Sangue ... Il corpo di Julian fatto a pezzi e straziato ... Il suo bel viso privo di un occhio ...* Il libro mi scivola dalle mani tremanti, cadendo a terra, mentre cerco di respirare con una gola che improvvisamente sembra troppo stretta.

"Nora?" Delle dita calde e forti mi stringono il polso, e nonostante la mia vista annebbiata, vedo il viso bendato di Julian davanti a me. Mi stringe forte, dimenticando il portatile sul tavolo accanto a lui. "Nora, mi senti?"

Riesco ad annuire, mentre tiro fuori la lingua per bagnarmi le labbra. Ho la bocca secca dalla paura, e la camicia attaccata alla schiena dal sudore. Sono aggrappata al bordo del sedile, scavando con le unghie nella pelle morbida. Una parte di me sa che la mente mi sta giocando brutti scherzi—che quest'ansia estrema è infondata—ma il mio corpo sta reagendo come se la minaccia fosse reale.

Come se fossimo tornati in quel cantiere del Tagikistan, alla mercé di Majid e degli altri terroristi.

"Respira, tesoro." La voce di Julian è rilassata mentre mi accarezza dolcemente la mascella con la mano. "Respira lentamente, profondamente ... Che brava ragazza ..."

Faccio come dice, tenendo gli occhi sul suo volto

mentre faccio respiri profondi per alleviare il panico. Un minuto dopo, il mio battito cardiaco rallenta, e stacco le mani dal bordo del sedile. Sto ancora tremando, ma quella paura soffocante è scomparsa.

Sentendomi in imbarazzo, avvolgo le dita intorno al palmo di Julian e allontano la sua mano dal mio viso. "Sto bene" riesco a dire con una voce relativamente ferma. "Scusa. Non so che cosa mi sia preso."

Mi fissa, con l'occhio scintillante, e scorgo un misto di rabbia e frustrazione nel suo sguardo. Le sue dita continuano a stringere le mie, come se fosse riluttante a lasciarmi andare. "Non stai bene, Nora" dice con durezza. "Non stai affatto bene."

Ha ragione. Non voglio ammetterlo, ma ha ragione. Non sto bene da quando Julian ha lasciato la tenuta per dare la caccia ai terroristi. Sto male da quando è partito—e mi sembra di stare ancora peggio ora che è tornato.

"Sto bene" dico, non volendo che pensi che io sia debole. Julian è stato torturato, e sembra che stia affrontando la cosa senza grossi problemi, mentre io sto a pezzi senza una buona ragione.

"Stai bene?" Solleva le sopracciglia. "Nelle ultime ventiquattro ore, hai avuto due attacchi di panico e un incubo. Non stai affatto bene, Nora."

Deglutisco e mi guardo il grembo, dove la sua mano sta stringendo la mia in una presa possessiva. Detesto il fatto di non riuscire a lasciarmi quegli eventi alle spalle, cosa che Julian sembra aver fatto. Certo, ha ancora qualche incubo su Maria, ma quell'avventura con i terroristi sembra averlo a malapena turbato. Dovrebbe essere lui ad impazzire, non io. Io sono stata appena toccata, mentre lui ha vissuto giorni in preda al tormento.

Sono debole, e lo detesto.

"Nora, tesoro, ascoltami."

Guardo in alto, spinta dalla nota più dolce nella voce di Julian, e mi perdo nel suo sguardo.

"Non è colpa tua" dice con calma. "Niente di tutto questo. Ne hai passate tante e sei traumatizzata. Non c'è bisogno di fingere con me. Se cominci a farti prendere dal panico, dimmelo, e ti aiuterò a superarlo. Capito?"

"Sì" sussurro, stranamente sollevata dalle sue parole. So che è ironico che l'uomo che ha portato l'oscurità nella mia vita mi stia aiutando ad affrontarla, ma è stato così fin dall'inizio.

Ho sempre trovato conforto nelle braccia del mio rapitore.

"Bene. Ricordatelo." Si china per baciarmi, e gli vado incontro, facendo attenzione alle sue costole rotte. Le sue labbra sono insolitamente tenere quando toccano le mie, e chiudo gli occhi, mentre l'ansia residua si dissolve e il desiderio mi scalda il cuore. Porto le mani intorno al suo collo, e un gemito vibra nella mia gola, mentre la sua lingua invade la mia bocca, con il suo sapore familiare e dannatamente seducente al tempo stesso.

Geme mentre ricambio il bacio, avvolgendo la lingua intorno alla sua. Avvolge il braccio destro intorno alla mia schiena, avvicinandomi a sé, e sento la tensione crescere nel suo corpo potente. Il suo respiro accelera e il suo bacio si fa duro, divorandomi, facendomi vibrare.

"In camera da letto. Ora." Le sue parole somigliano più a un brontolio mentre stacca la bocca e si alza in piedi, trascinandomi via dal sedile. Prima che io possa dire qualcosa, avvolge le dita intorno al mio polso e mi porta nella parte posteriore dell'aereo. Ricordo a me stessa che il Dott. Goldberg sta dormendo profondamente e che Isabella è tornata nella parte anteriore dell'aereo; nessuno vedrà Julian che mi trascina nel letto.

Mentre entriamo nella stanzetta, chiude la porta dietro di noi e mi spinge verso il letto. Nonostante le ferite, è incredibilmente forte. La sua forza mi eccita e mi intimidisce. Non perché io abbia paura che possa farmi male—so che lo farà, e so che mi piacerà—ma perché ho visto cos'è capace di fare.

L'ho visto uccidere un uomo con la semplice gamba di una sedia.

Quel ricordo dovrebbe disgustarmi, ma in qualche modo è eccitante e spaventoso. Ma ripeto, Julian non è l'unico ad aver strappato una vita questa settimana.

Siamo due assassini ora.

"Spogliati" ordina, fermandosi a un paio di metri dal letto e lasciandomi il polso. Le maniche della sua camicia sono strappate per accogliere il gesso sul braccio sinistro, e con la benda sul viso sembra ferito e pericoloso al tempo stesso—come un pirata moderno dopo un raid. Il suo braccio destro è muscoloso, e il suo occhio sano è sorprendentemente blu sul viso abbronzato.

Lo amo così tanto che fa male.

Facendo un passo indietro, comincio a spogliarmi. La mia camicia è la prima a cadere, seguita dai jeans. Quando rimango con il perizoma bianco e un reggiseno abbinato, Julian dice con voce roca: "Sali sul letto. Ti voglio carponi, con il culo rivolto verso di me."

Il calore mi attraversa, intensificando il crescente dolore tra le gambe. Girandomi, faccio come dice, mentre il cuore mi batte nervosamente per l'attesa. Ricordo l'ultima volta che abbiamo fatto sesso su questo aereo—e i lividi che hanno decorato le mie cosce i giorni successivi. So che Julian non sta abbastanza bene per fare qualcosa di così faticoso, ma questo non allevia la mia trepidazione o la fame.

Con mio marito, paura e desiderio vanno di pari passo.

Quando sono nella posizione giusta per soddisfare Julian, con il sedere all'altezza del suo inguine, mi si avvicina e infila le dita nell'elastico delle mie mutande, tirandole giù fino alle ginocchia. Fremo al suo tocco, mentre mi si stringe il sesso, e lui geme, facendo scorrere le mani sulla mia coscia per scavare tra le mie pieghe. "La tua figa è così fottutamente bagnata" sussurra, spingendo due grandi dita dentro di me. "Così bagnata per me, e così stretta . . . Lo desideri, non è vero, gattina mia? Vuoi che io ti prenda, che ti scopi . . ."

Ansimo mentre arriccia quelle dita, colpendo un punto che mi fa irrigidire. "Sì . . ." Riesco a malapena a parlare mentre delle ondate di calore mi travolgono, offuscandomi la mente. "Sì, ti prego . . ."

Lui ridacchia, e quel suono è basso e carico di gioia perversa. Ritrae le dita, lasciandomi vuota e pulsante dal desiderio. Prima di potermi opporre, sento il rumore di una cerniera che viene tirata giù e la punta del cazzo di Julian sulle mie cosce.

"Oh, lo farò" mormora, sistemandosi sulla mia apertura. "Ti soddisferò come si deve" —la punta del suo cazzo mi penetra, facendomi fermare il respiro in gola— "griderai per me. Non è vero, tesoro?"

E senza aspettare la mia risposta, mi stringe il fianco destro e spinge fino in fondo, facendomi sfuggire un grido dalla gola. Come sempre, il suo ingresso mi travolge i sensi, e il suo spessore mi apre quasi fino a provare dolore. Se non fossi così eccitata, mi farebbe male. Ma per come stanno le cose, la sua aggressività non fa che intensificare la mia eccitazione, bagnando il mio sesso ancora di più. Con le mutande sulle ginocchia, non posso allargare le gambe, e lui sembra enorme dentro di me, con ogni centimetro di lui duro e bollente.

Mi aspetto che prenda un ritmo brutale dopo quella

prima spinta, ma ora che è entrato, si muove lentamente. Lentamente e consapevolmente, con ogni suo movimento studiato per massimizzare il mio piacere. *Su e giù, su e giù*... Mi sento accarezzare dall'interno verso l'esterno, suscitando tutte le sensazioni che il mio corpo è in grado di produrre. *Su e giù, su e giù*... Sono vicina all'orgasmo, ma non posso raggiungerlo, non se continua a muoversi a passo di lumaca. *Su e giù, su e giù*...

"Julian" gemo, e lui rallenta ancora di più, facendomi piagnucolare dalla frustrazione.

"Dimmi cosa vuoi, tesoro" mormora, tirando via quasi del tutto. "Dimmi esattamente cosa vuoi."

"Scopami" sospiro, con le mani tra le lenzuola. "Ti prego, fammi venire."

Ridacchia di nuovo, ma il suo respiro è diventato pesante e irregolare. Sento il suo cazzo ancora più in profondità, e ci stringo intorno i miei muscoli interni, cercando di farlo muovere un po' più velocemente, di farmi dare quel tocco in più di cui ho bisogno...

E finalmente lo fa.

Tenendomi il fianco, aumenta il ritmo, scopandomi più duramente e velocemente. Le sue spinte inviano ondate di piacere che si irradiano dal mio interno. Afferro le lenzuola, gridando sempre di più, mentre la tensione dentro di me diventa insopportabile, intollerabile... e poi vado in frantumi, in un milione di pezzi, pulsando impotente intorno alla sua gigantesca asta. Lui geme, scavando con le dita nella mia carne, rafforzando la presa sul mio fianco, e lo sento strisciare nel mio culo, mentre il suo cazzo spinge dentro di me. Poi viene.

Quando è tutto finito, esce da me e fa un passo indietro. Tremando per l'intensità del mio orgasmo, crollo sul mio fianco e giro la testa per guardarlo.

È in piedi con i suoi jeans con la cerniera abbassata e il petto che sale e scende per i respiri pesanti. Il suo sguardo è carico di desiderio quando mi guarda, con gli occhi incollati alle mie cosce, dove il suo seme sta lentamente uscendo dalla mia apertura.

Arrossisco e mi guardo per la stanza, alla ricerca di un fazzoletto. Per fortuna, ce n'è una scatola su una mensola vicino al letto. La raggiungo e uso un fazzoletto per eliminare le tracce della nostra congiunzione.

Julian mi osserva in silenzio. Poi fa un passo indietro, mentre il suo viso diventa indecifrabile, rinfila il cazzo rammollito nei jeans e tira su la cerniera.

Afferrando la coperta, la tiro su per coprirmi il corpo nudo. All'improvviso, ho freddo e mi sento esposta, mentre il calore dentro di me si dissolve. Di solito Julian mi abbraccia dopo aver fatto sesso, rafforzando la nostra vicinanza e utilizzando la tenerezza per bilanciare l'aggressività. Oggi, però, non sembra incline a farlo.

"Tutto bene?" chiedo con esitazione. "Ho fatto qualcosa di sbagliato?"

Mi sorride e si siede sul letto accanto a me. "Che

cosa potresti aver fatto di sbagliato, gattina mia?" Guardandomi, alza la mano e mi prende una ciocca di capelli, sfregandola tra le dita. Nonostante la scherzosità del suo gesto, nei suoi occhi c'è qualcosa di oscuro che mi fa sentire ancora più a disagio.

Ho un improvviso lampo di intuizione. "Si tratta della pillola del giorno dopo, non è vero? Sei arrabbiato perché l'ho presa?"

"Arrabbiato? Perché non vuoi fare un figlio con me?" Ride, ma c'è una durezza in quel suono che mi fa contorcere le viscere. "No, gattina mia, non sono arrabbiato. Sarei un pessimo padre, lo so."

Lo fisso, cercando di capire perché le sue parole mi stiano facendo sentire in colpa. È un assassino e un sadico, un uomo che mi ha rapita spietatamente e che mi ha tenuta prigioniera, e tuttavia mi sento male—come se lo avessi ferito inavvertitamente.

Come se avessi davvero fatto qualcosa di sbagliato.

"Julian..." Non so cosa dire. Non posso mentire dicendo che sarebbe un buon padre. Mi leggerebbe dentro. Così, chiedo con cautela: "*Vuoi* avere figli?"

Poi trattengo il fiato, in attesa della sua risposta.

Mi guarda, con un'espressione indecifrabile, ancora una volta. "No, Nora" dice con calma. "L'ultima cosa di cui io e te abbiamo bisogno è un figlio. Puoi avere tutti gli impianti di controllo delle nascite che desideri. Non ti costringerò a rimanere incinta."

Tiro un sospiro di sollievo. "Bene. Allora perché—"

Prima che io possa terminare la domanda, Julian si

alza in piedi, mettendo fine alla nostra discussione. "Sarò nella cabina principale" dice. "Ho del lavoro da sbrigare. Vieni da me quando ti sarai vestita."

E con questo, scompare dalla stanza, lasciandomi distesa sul letto, nuda e confusa.

CAPITOLO TRE

❖ JULIAN ❖

Sto esaminando la gestione del mio portafoglio per un potenziale investimento, quando Nora si siede accanto a me. Incapace di resistere al richiamo della sua presenza, mi giro per guardarla, vedendola iniziare a leggere il suo libro.

Ora che ho passato qualche minuto lontano da lei, il bisogno irrazionale di scatenarmi e farle del male è scomparso. Al suo posto c'è una tristezza inspiegabile... uno strano e inaspettato senso di perdita.

Non capisco perché. Non ho mentito a Nora quando le ho detto che non voglio figli. Non ci ho mai pensato più di tanto, ma ora che ci sto riflettendo, non riesco proprio a immaginare di essere padre. Cosa farei con un figlio? Sarebbe solo un'altra debolezza che i miei nemici sfrutterebbero. I bambini non mi interessano e non ho idea di come crescerli. I miei genitori sicuramente non sono stati degli ottimi esempi. Dovrei essere felice del fatto che Nora non voglia figli, ma, invece, quando ha menzionato la pillola del giorno dopo, mi sono sentito come se mi avesse dato un calcio nello stomaco.

Come un rifiuto della peggior specie.

Ho cercato di non pensarci, ma vederla togliersi il mio seme dalle cosce mi ha fatto rivivere quelle sgradevoli emozioni, ricordandomi che non vuole questo da me.

Che non vorrà mai questo da me.

Non capisco perché mi importi. Non ho mai pensato di formare una famiglia con Nora. Il matrimonio è stato solo un modo per rafforzare il nostro legame, niente di più. Lei è la mia gattina . . . la mia ossessione e il mio oggetto. Mi ama perché l'ho costretta ad amarmi, e la voglio perché è necessaria per la mia esistenza. I bambini non fanno parte di questa dinamica.

Non possono farne parte.

Accorgendosi che la sto guardando, Nora mi rivolge un sorriso incerto. "A cosa stai lavorando?" chiede, mettendosi il libro sul grembo. "Ancora al progetto del drone?"

"No, tesoro." Mi sforzo di concentrarmi sul fatto che

è venuta fino in Tagikistan per me—che mi ama abbastanza da fare qualcosa di così folle—e il mio stato d'animo comincia a sollevarsi, allentando la stretta al petto che provo.

"Di cosa si tratta allora?" insiste lei, e io sorrido involontariamente, divertito dalla sua curiosità. Nora non si accontenta più di essere ai margini della mia vita; vuole sapere tutto, e sta diventando più audace nella sua ricerca di risposte.

Se fosse qualsiasi altra persona, sarei seccato. Visto che è Nora, però, non mi dà fastidio. Mi piace la sua curiosità. "Mi sto occupando di un potenziale investimento" spiego.

Sembra incuriosita, così le dico che sto leggendo di una startup biotecnologica specializzata in farmaci per la chimica del cervello. Se decidessi di procedere, sarei un cosiddetto investitore informale—uno dei primi a finanziare la società. Il capitale di rischio è una cosa che mi ha sempre interessato; mi piace essere aggiornato sull'innovazione in tutti i campi e ne traggo profitto nel migliore dei modi.

Ascolta la mia spiegazione con evidente fascino, con quei suoi occhi scuri concentrati tutto il tempo su di me. Mi piace che assorba la conoscenza come una spugna. Rende divertente per me insegnarle, mostrarle diverse parti del mio mondo. Le poche domande che fa sono pertinenti, dimostrandomi che capisce perfettamente di cosa sto parlando.

"Se quel farmaco è in grado di cancellare i ricordi,

non potrebbe essere usato per trattare il DPTS e altri disturbi?" chiede, dopo averle descritto uno dei prodotti più promettenti della startup, e sono d'accordo, essendo giunto alla stessa conclusione pochi minuti fa.

Quando l'ho rapita, non avevo previsto questo—il puro godimento che avrei provato trascorrendo del tempo con lei. Quando l'ho presa, la vedevo solo come un oggetto sessuale, una bella ragazza che mi ossessionava così tanto da non riuscire a togliermela dalla testa. Non mi aspettavo che sarebbe diventata la mia alleata oltre alla mia compagna di letto, non sapendo che mi sarebbe piaciuto semplicemente *stare* con lei.

Non sapevo che avrebbe posseduto me tanto quanto io possiedo lei.

È stata davvero una buona cosa che si sia ricordata di prendere la pillola. Quando saremo guariti entrambi, la nostra vita tornerà alla normalità.

Alla *nostra* normalità, se non altro.

Avrò Nora con me e non la lascerò mai andare.

* * *

È buio quando atterriamo. Faccio scendere un'assonnata Nora dall'aereo e saliamo in macchina per tornare a casa.

Casa. È strano pensare di nuovo a questo posto come a una casa. Era casa mia quando ero piccolo, e l'odiavo. Odiavo tutto di essa, dal caldo umido all'odore pungente della vegetazione della giungla. Eppure, quando divenni più grande, mi ritrovai a essere attratto da luoghi come questo, dai luoghi tropicali che mi ricordavano la giungla in cui ero cresciuto.

C'è voluta la presenza di Nora per farmi capire che, dopo tutto, non odio la tenuta. Questo luogo non è mai stato l'oggetto del mio odio—l'oggetto del mio odio è sempre stato la persona a cui apparteneva.

Mio padre.

Nora mi si avvicina sul sedile posteriore, interrompendo le mie riflessioni, e sbadiglia delicatamente sulla mia spalla. Quel verso somiglia così tanto a quello di un gattino che rido e le avvolgo il braccio destro intorno alla vita, tirandola a me. "Hai sonno?"

"Mmm-mmm." Si strofina il viso sul mio collo. "Hai un buon odore" mormora.

E proprio in quel momento, il mio cazzo si indurisce, reagendo alla sensazione delle sue labbra sulla mia pelle.

Fanculo. Mi lascio sfuggire un sospiro frustrato quando l'auto si ferma davanti alla casa. Ana e Rosa stanno sotto al portico, pronte ad accoglierci, e il cazzo sta per scapparmi fuori dai pantaloni. Mi sposto di lato, cercando di allontanare Nora da me, per far placare la mia erezione. Strofina il suo gomito sulle mie costole, e mi irrigidisco dal dolore, imprecando tra me e me contro Majid.

Non vedo l'ora di guarire. Perfino il sesso di prima mi ha fatto male, soprattutto quando ho stabilito un ritmo più veloce alla fine. Non che questo abbia ridotto il piacere più di tanto—sono abbastanza sicuro che potrei scopare Nora sul letto di morte e godere—ma mi ha dato fastidio. Mi piace il dolore con il sesso, ma solo quando sono io a provocarlo.

Per fortuna, la mia erezione non è molto visibile.

"Eccoci qui" dico a Nora, che si strofina gli occhi e sbadiglia di nuovo. "Ti porterei in braccio, ma temo di non farcela questa volta."

Lei sbatte le palpebre, confusa, ma poi un sorriso ampio appare sul suo viso. "Non sono più una sposina" dice, sorridendo. "Quindi sei fuori dai guai."

Le sorrido, con un'insolita soddisfazione che mi riempie il petto, e apro la portiera della macchina.

Non appena scendiamo, siamo accerchiati da due donne in lacrime. O, più precisamente, è Nora ad esserlo. Rimango a guardare con perplessità Ana e Rosa che l'abbracciano, ridendo e singhiozzando allo stesso tempo. Dopo aver finito con Nora, si girano verso di me, e Ana singhiozza ancora di più non appena nota il mio viso bendato. "Oh, pobrecito..." Parla in spagnolo, come fa a volte quando è arrabbiata, e Nora e Rosa cercano di calmarla, dicendole che mi riprenderò, che la cosa più importante è che sono vivo.

La preoccupazione della governante è toccante e sconcertante. Ho sempre saputo che la donna più anziana tiene a me, ma non sapevo che i suoi sentimenti fossero così forti. Ana è sempre stata una presenza confortante nella tenuta—una persona che mi preparava da mangiare e che bendava i miei graffi e i lividi dell'infanzia. Non l'ho mai lasciata avvicinare troppo, però, e per la prima volta mi dispiace per questo. Né lei, né Rosa, la domestica amica di Nora, cercano di abbracciarmi come hanno fatto con mia moglie. Credono che non mi piacerebbe, e probabilmente hanno ragione.

L'unica persona da cui voglio affetto—no, da cui *pretendo* affetto—è Nora.

Quando le tre donne hanno finito di condividere le emozioni, ci dirigiamo tutti a casa. Nonostante l'ora tarda, io e Nora abbiamo fame, e divoriamo il pasto che Ana ha preparato per noi con una velocità da record. Poi, sazi e sfiniti, andiamo al piano di sopra, in camera da letto.

Seguono una doccia rapida e una scopata altrettanto rapida, poi mi addormento con la testa di Nora poggiata sulla mia spalla sana.

Sono pronto a riprendere la nostra vita normale.

* * *

L'urlo che mi sveglia è agghiacciante. Carico di disperazione e terrore, rimbalza sulle pareti e mi inonda le vene di adrenalina.

Sto in piedi e sono già sceso dal letto, prima ancora

di capire cosa stia succedendo. Man mano che il grido si placa, afferro la pistola nascosta nel mio comodino e premo l'interruttore della luce con il dorso della mano.

La lampada sul comodino si accende, illuminando la stanza, e vedo Nora rannicchiata in mezzo al letto, che trema sotto la coperta.

Non c'è nessun altro nella stanza, nessuna minaccia visibile.

Il battito del mio cuore comincia a tornare alla normalità. Non siamo stati attaccati. Il grido dev'essere venuto da lei.

È in preda a un altro incubo.

Fanculo. La voglia di commettere violenza è quasi troppo forte per essere contenuta. Riempie ogni cellula del mio corpo fin quando tremo dalla rabbia, con la voglia di uccidere e distruggere ogni figlio di puttana responsabile di questo.

A cominciare da me stesso.

Allontanandomi, faccio dei respiri profondi, cercando di trattenere la furia che si sta scatenando dentro di me. Non c'è nessuno contro cui potermi scagliare qui, nessun nemico da poter schiacciare per calmarmi.

C'è solo Nora, che ha bisogno che io sia calmo e razionale.

Dopo aver fatto passare alcuni secondi ed essermi assicurato che non le farò del male, mi giro verso di lei e rimetto la pistola nel cassetto del comodino. Poi salgo di nuovo sul letto. Le costole e la spalla mi fanno male, e la testa mi palpita per quei movimenti improvvisi, ma quel dolore non è niente in confronto alla pesantezza nel mio petto.

"Nora, tesoro…" Avvicinandomi a lei, tiro via la coperta dal suo corpo nudo e metto la mia mano destra sulla sua spalla per svegliarla. "Svegliati, gattina mia. È solo un sogno." La sua pelle è umida al tatto, e i gemiti che emette mi addolorano più di una qualsiasi delle torture di Majid. La rabbia mi divora, ma la reprimo, mantenendo la voce bassa. "Svegliati, tesoro. Stai sognando. Non è reale."

Si rotola sulla schiena, ancora tremante, e vedo che ha gli occhi aperti.

Aperti e ciechi, mentre cerca di riprendere fiato, con il petto ansante e le mani che stringono le lenzuola dalla disperazione.

Non sta sognando—è in preda a un attacco di panico, probabilmente provocato da un incubo.

Vorrei piegare la testa all'indietro e tirar fuori la mia rabbia, ma non lo faccio. Ha bisogno di me adesso, e non la deluderò.

Mai più.

Mettendomi in ginocchio, le prendo la mascella nella mia mano destra. "Nora, guardami." Lo dico come se fosse un ordine, con tono duro ed esigente. "Guardami, gattina mia. Adesso."

Nonostante il panico, obbedisce, non potendo negarmi la sua forte accondiscendenza. Mi guarda, e vedo che ha le pupille dilatate e che le sue iridi sono quasi nere. È anche in iperventilazione, con la bocca aperta mentre cerca di prendere aria a sufficienza.

Fanculo e fanculo un'altra volta. Il mio primo istinto è quello di stringerla a me, di essere dolce e calmarla, ma ricordo il suo attacco di panico durante il sesso dell'altra notte e ricordo che niente sembrava aiutarla allora.

Niente tranne la violenza.

Così, invece di sussurrarle inutili tenerezze, mi chino verso il basso, poggiandomi sul gomito destro, e le prendo la bocca in un duro bacio brutale, sfruttando la mia presa sulla sua mascella per tenerla ferma. Premo le mie labbra sulle sue, e affondo i denti nel suo labbro inferiore mentre le spingo la lingua dentro, invadendola, facendole male. Il sadico mostro dentro di me gioisce davanti al sapore metallico del suo sangue, mentre l'altro lato di me soffre per l'agonia della sua mente.

Nora geme nella mia bocca, ma il suono è diverso ora, più sorpreso che disperato. Sento il suo petto che si espande mentre respira a pieni polmoni, e mi rendo conto che il mio metodo rude sta funzionando, che ora si sta concentrando sul dolore fisico piuttosto che su quello psicologico. I suoi pugni si aprono e le sue mani non stringono più le lenzuola, e si rilassa sotto di me, irrigidendosi per una paura diversa.

Una paura che risveglia il lato più oscuro, più predatore di me—il lato che vuole sottometterla e divorarla.

La rabbia che ancora mi ribolle dentro si aggiunge a questa fame, confondendosi con essa e alimentandola fino a farmi identificare in questo bisogno, in questo insensato e terribile desiderio. Il mio obiettivo si restringe, si rafforza, fin quando non penso ad altro che non siano la sensazione delle sue labbra morbide, aromatizzate dal sangue, e le curve del suo corpo nudo, esile e indifeso sotto al mio. Il mio cazzo si irrigidisce fino a farmi male, mentre Nora mi afferra l'avambraccio destro con le mani ed emette un suono agonizzante con la gola.

Improvvisamente, il bacio non basta più. Devo averla tutta.

Lasciandole andare la mascella, mi spingo su con un braccio, alzandomi sulle ginocchia. Lei mi fissa, con le labbra gonfie e tinte di rosso. Sta ancora ansimando, con il petto che si alza e si abbassa rapidamente, ma lo sguardo cieco nei suoi occhi è scomparso. È con me—è pienamente presente—e questo è tutto quello di cui il mio demone interiore ha bisogno in questo momento.

Salgo sopra di lei con un movimento rapido, ignorando la fitta di dolore alle costole, e raggiungo un'altra volta il cassetto del comodino. Solo che questa volta, invece della pistola, tiro fuori un frustino in pelle.

Nora sgrana gli occhi. "Julian?" È senza fiato e la sua voce conserva ancora i residui del panico di prima.

"Girati." Quelle parole escono rozze, tradendo la violenta necessità che infuria dentro di me. "Ora."

Esita un attimo, poi rotola sullo stomaco.

"In ginocchio."

Si mette carponi e gira la testa per guardarmi, in attesa di ulteriori istruzioni.

Che gattina ben addestrata. La sua obbedienza accresce il mio desiderio, la mia disperata fame di possederla. La posizione mette in mostra il suo sedere e le espone la figa, facendomi gonfiare il cazzo ancora di più. Voglio ingoiarla tutta, pretendere ogni centimetro di lei. I miei muscoli si irrigidiscono e, quasi senza pensarci, agito il frustino, lasciando che i fili in pelle colpiscano la pelle liscia delle sue natiche.

Lei grida, chiudendo gli occhi mentre il suo corpo si irrigidisce, e l'oscurità dentro di me prende il sopravvento, cancellando ogni residuo di pensiero razionale. Guardo, quasi come se fossi a una certa distanza, il frustino che le bacia la pelle più e più volte, lasciandole segni rosa e striature rosse su schiena, sedere e cosce. Indietreggia ai primi colpi, gridando dal dolore, ma non appena trovo il ritmo, il suo corpo comincia a rilassarsi, anticipando piuttosto che resistendo alle frustate. Le sue grida si addolciscono, e le pieghe della sua figa cominciano a brillare dall'umidità.

Sta reagendo alla fustigazione, come se fosse una carezza sensuale.

Mi si stringono le palle mentre lascio cadere il frustino e striscio da lei, mettendole l'avambraccio destro sotto ai fianchi per trascinarla verso di me. Il mio cazzo spinge sulla sua apertura, e gemo quando sento il suo calore sulla mia punta. Lei geme, inarcando la schiena, e io spingo dentro di lei, costringendola ad inghiottirmi, a portarmi dentro.

La sua figa è incredibilmente stretta, e i suoi muscoli interni si induriscono come un pugno chiuso. A prescindere dal numero delle volte in cui la scopo, ogni volta è una novità, e le sensazioni sono più nitide e più ricche nella mia mente. Potrei rimanere per sempre dentro di lei, sentendo la sua morbidezza, il suo calore. Il bisogno primitivo di muovermi, di spingere dentro di lei, è troppo forte per essere negato. Il cuore mi batte forte e il mio corpo pulsa dalla selvaggia necessità.

Mi trattengo finché posso, e poi comincio a muovermi, spingendo sempre più nel suo sedere rosa appena frustato. Lei geme ad ogni colpo, stringendosi intorno al mio cazzo che la invade, e le sensazioni crescono sempre di più, raggiungendo un livello insopportabile. Il mio orgasmo è imminente, e comincio a spingere con maggior velocità, maggior forza, finché sento cominciare le sue contrazioni, con la figa intorno a me mentre grida il mio nome.

È l'ultima goccia. L'orgasmo che stavo trattenendo mi travolge con una forza esplosiva, ed esplodo dentro di lei con un gemito roco. È un godimento diverso dagli altri, un'estasi che va ben oltre la soddisfazione fisica. È qualcosa che provo solo con Nora.

Che continuerò a provare solo con Nora.

Respirando pesantemente, mi ritraggo da lei, lasciandola crollare sul letto. Poi mi abbasso e mi stringo a lei, sapendo che ha bisogno di tenerezza dopo la brutalità.

E in un certo senso, ne ho bisogno anch'io. Ho bisogno di confortarla, di calmarla. Di legarla a me quando è più vulnerabile, in modo da assicurarmi il suo amore.

Non lascio le cose importanti come quella al caso.

Si gira verso di me e nasconde il viso nell'incavo del mio collo, tremando per i singhiozzi. "Stringimi a te, Julian" sussurra, e lo faccio.

L'abbraccerò sempre, a prescindere da tutto.

PARTE II: LA GUARIGIONE

CAPITOLO QUATTRO

❖ NORA ❖

"Julian, hai un minuto?"

Entrando nell'ufficio di mio marito, mi avvicino alla sua scrivania. Alza lo sguardo per salutarmi, e mi stupisco ancora una volta per gli enormi progressi che ha fatto nelle ultime sei settimane.

Il gesso sul suo braccio è sparito, così come tutte le bende. Julian ha affrontato la guarigione nello stesso modo in cui affronta qualsiasi obiettivo: con spietatezza e determinazione. Non appena il Dott. Goldberg ha dato l'approvazione per la rimozione del gesso, Julian si è buttato a capofitto nella fisioterapia, dedicando molte ore al giorno agli esercizi adatti a ripristinare la mobilità e la funzione del lato sinistro del suo corpo. Ci sono giorni in cui, man mano che le sue cicatrici cominciano a svanire, quasi dimentico che è rimasto gravemente ferito, che ha passato l'inferno e ne è uscito fuori quasi illeso.

Persino il suo impianto oculare non mi fa più senso. Il nostro soggiorno nella clinica svizzera e tutte le procedure sono costati milioni a Julian—ho visto il conto nella sua casella postale—ma i medici hanno fatto un lavoro straordinario al suo viso. L'impianto si abbina così perfettamente all'occhio sano di Julian che quando mi guarda dritto in faccia è quasi impossibile dire che è finto. Non ho idea di come siano riusciti a ricreare l'esatta sfumatura di azzurro, ma l'hanno fatto, fino alla minima striatura e variazione di colore naturale. La pupilla finta addirittura si restringe alla luce del giorno e si dilata quando Julian è emozionato o eccitato, grazie a un dispositivo di retroazione biologica che Julian indossa come un orologio. Questo misura il suo polso e invia informazioni all'impianto, consentendo reazioni quasi completamente naturali. L'unica cosa che l'impianto non fa è riprodurre il normale movimento degli occhi... o consentire a Julian di vederci.

"Quella parte—il collegamento con il cervello—richiederà qualche anno" mi ha detto Julian un paio di settimane fa. "Ci stanno lavorando ora in un laboratorio in Israele."

Quindi sì, l'impianto è davvero realistico. E Julian sta imparando a ridurre al minimo la stranezza di un solo occhio che si muove girando tutta la testa per guardare qualcosa davanti a sé—come sta guardando me in questo momento.

"Che c'è, gattina mia?" chiede, sorridendo. Le sue belle labbra sono completamente guarite ora, e le cicatrici che si stanno dissolvendo sulla guancia sinistra lo fanno sembrare ancora più pericoloso e attraente. È come se un po' della sua oscurità ora fosse visibile sul suo viso, ma invece di disgustarmi, mi attira ancora di più.

Probabilmente perché ho bisogno di quell'oscurità ora—è l'unica cosa in grado di farmi mantenere la sanità mentale in questi giorni.

"Monsieur Bernard mi ha appena detto che ha un amico che sarebbe interessato a vedere i miei dipinti" dico. "A quanto pare possiede una galleria d'arte a Parigi."

Julian solleva le sopracciglia. "Davvero?"

Annuisco, riuscendo a contenere a stento il mio entusiasmo. "Sì, non mi credi? Monsieur Bernard gli ha mandato delle foto dei miei ultimi lavori, e il gallerista ha detto che sono esattamente quello che cercava."

"È straordinario, tesoro." Il sorriso di Julian si allarga e mi tira sul suo grembo. "Sono così orgoglioso di te."

"Grazie." Ho voglia di saltare su e giù, ma mi accontento di mettergli le braccia intorno al collo e di dargli un bacio sulla bocca. Naturalmente, non appena le nostre labbra si toccano, Julian prende il sopravvento, trasformando la mia spontanea espressione di gratitudine in un prolungato assalto sensuale, che mi lascia stordita e senza fiato.

Quando finalmente mi lascia andare, mi ci vuole un secondo per ricordare come sono finita sul suo grembo.

"Sono così orgoglioso di te" ripete Julian, con voce dolce. Sento il rigonfiamento della sua erezione, ma non va oltre. Mi rivolge un caloroso sorriso e dice: "Dovrò ringraziare Monsieur Bernard per aver scattato quelle foto. Se il gallerista visionerà il tuo lavoro, forse faremo un viaggio a Parigi."

"Davvero?" Resto a bocca aperta. Questa è la prima volta che Julian lascia intendere che forse non rimarremo sempre nella tenuta. E andremo a Parigi? Stento a credere alle mie orecchie.

Annuisce, continuando a sorridere. "Certo. Al-Quadar non è più una minaccia. Quindi, con le dovute misure di sicurezza, non vedo perché non possiamo visitare Parigi, soprattutto se c'è un valido motivo per farlo."

Gli sorrido, cercando di non pensare a come Al-Quadar abbia smesso di essere una minaccia. Julian non mi ha parlato molto di quell'operazione, ma quel poco che so è sufficiente. Quando i nostri soccorritori hanno fatto irruzione nel cantiere del Tagikistan, hanno scoperto una quantità enorme di informazioni preziose. Dopo il nostro ritorno alla tenuta, ogni persona anche solo lontanamente collegata all'organizzazione terroristica è stata eliminata, qualcuna in fretta e qualcun'altra, invece, lentamente e dolorosamente. Non so quante morti siano avvenute nelle ultime settimane, ma non sarei sorpresa se il totale superasse le tre cifre.

L'uomo che mi sta abbracciando in questo momento è il responsabile di questo omicidio di massa e, nonostante questo, lo amo con tutto il cuore.

"Un viaggio a Parigi sarebbe straordinario" dico, mettendo da parte tutti i pensieri su Al-Quadar. Mi concentro sulla possibilità che i miei dipinti possano essere presentati in una galleria d'arte vera e propria. I *miei* dipinti. È così difficile da credere che chiedo a Julian: "Non hai detto tu a Monsieur Bernard di farlo, vero? Non hai corrotto questo suo amico?" Dato che Julian ha sfruttato la sua influenza finanziaria per farmi entrare nel programma online altamente selettivo della Stanford University, non darei niente per scontato.

"No, tesoro." Il sorriso di Julian si allarga. "Non c'entro niente con questo, te lo giuro. Hai un talento naturale, e il tuo insegnante lo sa."

Gli credo, se non altro perché Monsieur Bernard è stato entusiasta dei miei dipinti nelle ultime settimane. L'oscurità e la complessità che ha visto nella mia arte all'inizio sono ancora più visibili ora. La pittura è uno dei modi con cui ho affrontato i miei incubi e gli attacchi di panico. Il dolore sessuale è un altro, ma questa è tutta un'altra storia.

Non volendo soffermarmi sul mio contorto stato mentale, salto giù dal grembo di Julian. "Lo dirò ai miei genitori" dico emozionata, dirigendomi verso la porta. "Saranno felicissimi."

"Ne sono certo." E dopo avermi rivolto un ultimo sorriso, sposta la sua attenzione sullo schermo del computer.

* * *

La video chat con i miei genitori dura quasi un'ora. Come sempre, devo passare almeno venti minuti a rassicurare mia madre sul fatto che sono al sicuro, che sto ancora nella tenuta, in Colombia, e che nessuno ci sta dando la caccia. Dopo essere scomparsa dal centro commerciale di Chicago, i miei genitori si sono convinti che i nemici di Julian siano ovunque, pronti a colpire senza preavviso. Se non telefono o non invio e-mail ai miei genitori ogni giorno, si fanno prendere dal panico ormai.

Ovviamente non pensano nemmeno che io sia al sicuro con Julian. Secondo loro, lui non è diverso dai terroristi che mi hanno rapita. Anzi, credo che mio padre pensi che Julian sia peggio, dato che mio marito mi ha portata via non una volta, ma due.

"Una galleria a Parigi? È fantastico, tesoro!" esclama mia madre, quando finalmente le do la notizia. "Siamo così felici per te!"

"Ti stai ancora concentrando sui tuoi studi?" chiede mio padre, aggrottando la fronte. Lui è meno entusiasta della mia pittura. Credo che abbia paura che io abbandoni tutte le idee del college e diventi un'artista che muore di fame—una paura a dir poco illogica, viste le circostanze. Se c'è una cosa di cui io non abbia proprio bisogno di preoccuparmi sono i soldi. Julian recentemente mi ha detto che ha aperto un fondo fiduciario a nome mio e che mi ha anche nominata come unica beneficiaria nel suo testamento. In questo modo, se dovesse succedergli qualcosa, avrò soldi a sufficienza da governare un piccolo Paese.

"Sì, Papà" dico con pazienza. "Non ti preoccupare, mi sto ancora concentrando sulla scuola. Te l'ho detto, sto solo seguendo dei corsi più leggeri in questo trimestre. Recupererò seguendo un paio di corsi estivi."

È stato Julian ad insistere affinché seguissi dei corsi più leggeri quando siamo tornati, e nonostante le mie obiezioni iniziali, sono contenta che l'abbia fatto. Per qualche ragione, sembra tutto più difficile in questo trimestre. Ci metto anni a scrivere i temi, e studiare per gli esami è faticoso. Anche con i corsi più leggeri, mi sento esausta, ma non voglio dirlo ai miei genitori. È già abbastanza brutto che Julian sia preoccupato.

Così preoccupato che ha fatto venire uno strizzacervelli alla tenuta per me.

"Sei sicura, tesoro?" chiede mia madre, guardandomi con preoccupazione. "Forse dovresti riposarti per un paio di mesi. Sembri molto stanca."

Cazzo. Speravo che i cerchi scuri sotto ai miei occhi non fossero così evidenti nel video.

"Sto bene, Mamma" dico. "Sono solo rimasta in

piedi fino a tardi per studiare e dipingere, tutto qui."

Mi sono anche svegliata gridando nel cuore della notte e non sono riuscita a riaddormentarmi fin quando Julian non mi ha frustata e scopata, ma loro non devono saperlo. Non capirebbero che il dolore è terapeutico per me ora, che ho imparato ad avere bisogno di qualcosa che un tempo temevo.

Che ho pienamente abbracciato il lato crudele di Julian.

Man mano che la conversazione si avvia alla conclusione, ricordo una cosa che Julian mi ha promesso una volta: che mi avrebbe portata a trovare la mia famiglia, una volta placato il pericolo di Al-Quadar. Sono entusiasta a quel pensiero, ma decido di tenerlo per me fin quando non ne parlerò con Julian a cena. Per ora, ai miei genitori dico solo che riparleremo presto, ed esco dalla video chat.

Ci sono due cose di cui devo discutere con Julian stasera . . . e non sarà facile.

* * *

"Un viaggio a Chicago?" Julian sembra vagamente sorpreso quando menziono l'argomento. "Ma hai visto i tuoi genitori meno di due mesi fa."

"Giusto, un pomeriggio prima che Al-Quadar mi rapisse." Soffio sulla mia zuppa di funghi prima di immergere il cucchiaio nel liquido caldo. "Ero anche preoccupata da morire per te, quindi non so se quel pomeriggio possa contare come tempo trascorso con la mia famiglia."

Julian mi studia per un secondo prima di mormorare: "Va bene." Poi comincia a mangiare la sua zuppa mentre lo fisso, stentando a credere che sia d'accordo.

"Allora, ci andremo?" Voglio assicurarmi che non ci siano equivoci.

Si stringe nelle spalle. "Se vuoi. Quando avrai finito gli esami, ti ci porterò. Dovremo rafforzare la sicurezza intorno ai tuoi genitori, naturalmente, e prendere qualche precauzione in più, ma dovrebbe essere possibile."

Comincio a sorridere, ma poi ricordo una cosa che mi ha detto una volta. "Credi che se andassimo lì, metteremmo i miei genitori in pericolo?" chiedo, con lo stomaco che mi si contorce dalla nausea. "Poterebbero diventare un bersaglio se ti vedessero a stretto contatto con loro?"

Julian mi guarda. "È possibile. Una possibilità remota, ma non è da escludere completamente. Ovviamente, il pericolo era molto più grande quando c'erano i terroristi, ma ho altri nemici. Nessuno è così determinato—almeno per quanto ne sappia—ma ci sono un sacco di persone e organizzazioni che farebbero di tutto per mettere le mani su di me."

"Già." Ingoio un cucchiaio di zuppa e me ne pento subito, perché il liquido cremoso mi fa sentire ancora più nauseata. "E credi che potrebbero utilizzare i miei genitori per arrivare a te?"

"È improbabile, ma non posso escluderlo del tutto. Ecco perché ho messo la tua famiglia al sicuro fin dall'inizio. È una precauzione, niente di più, ma è necessaria, a mio parere."

Faccio un respiro profondo, facendo del mio meglio per ignorare il mal di pancia. "Quindi, il nostro viaggio a Chicago aumenterebbe il pericolo per loro o no?"

"Non lo so, gattina mia." Julian sembra leggermente dispiaciuto. "Direi di no, ma non ci sono garanzie."

Alzo il bicchiere e bevo un sorso d'acqua, cercando di sbarazzarmi del sapore disgustosamente grasso della zuppa sulla mia lingua. "E se ci andassi da sola?" Suggerisco senza pensarci troppo. "In questo modo, nessuno penserebbe che sei legato ai tuoi suoceri."

Il volto di Julian si rabbuia per un istante. "Da sola?"

Annuisco, irrigidendomi per il cambiamento del suo stato d'animo. Anche se so che Julian non mi farebbe del male, non posso fare a meno di essere diffidente davanti alla sua collera. Sto con lui volentieri ora, ma continua ad avere il controllo assoluto sulla mia vita, proprio come faceva quando ero sua prigioniera sull'isola.

Resta sempre il mio pericoloso sequestratore amorale.

"Non andrai da nessuna parte da sola." La voce di Julian è dolce, ma il suo sguardo è duro, come l'acciaio. "Se vuoi che ti porti a Chicago, lo farò, ma non metterai piede fuori da questa tenuta senza di me. Mi hai capito,

Nora?"

"Sì." Bevo qualche altro sorso d'acqua, sentendo ancora il retrogusto della zuppa nella gola. Che diavolo ci ha messo Ana questa sera? Perfino l'odore è sgradevole. "Ho capito." Le parole mi escono con un tono calmo, piuttosto che risentito—soprattutto perché mi sento troppo male per reagire all'atteggiamento autoritario di Julian. Mandando giù il resto dell'acqua, dico: "Era solo una proposta."

Julian mi fissa per qualche istante, poi annuisce. "Va bene."

Prima che possa aggiungere altro, Ana entra nella stanza, portando il nostro piatto successivo—pesce con riso e fagioli. Vedendo la mia zuppa quasi intatta, si acciglia. "Non ti piace la zuppa, Nora?"

"No, è deliziosa" mento. "È solo che non ho molta fame e volevo lasciare spazio per il piatto principale."

Ana mi guarda con preoccupazione, ma porta via i nostri piatti senza ulteriori commenti. Il mio appetito è imprevedibile da quando siamo tornati, e questa non è la prima volta che non tocco il piatto. Non mi sono pesata, ma credo di aver perso almeno un paio di chili nelle ultime settimane—il che non è necessariamente positivo nel mio caso.

Anche Julian si acciglia, ma non dice niente, mentre comincio a giocare con il riso nel mio piatto. Non voglio proprio mangiare in questo momento, ma mi sforzo di prendere una forchettata e metterla in bocca. Anche il riso ha un sapore strano, ma mastico e deglutisco con determinazione, perché non voglio che Julian si concentri troppo sulla mia mancanza di appetito.

Ho qualcosa di più importante da discutere con lui.

Non appena Ana esce dalla stanza, metto giù la forchetta e guardo mio marito. "Ho ricevuto un altro messaggio" dico sinceramente.

Julian serra la mascella. "Lo so."

"Controlli le mie e-mail ora?" Il mio stomaco borbotta di nuovo, questa volta a causa di un mix di nausea e rabbia. Non dovrebbe sorprendermi, visti i localizzatori ancora impiantati nel mio corpo, ma questa invasione della privacy mi fa davvero arrabbiare.

"Certo." Non sembra minimamente pentito. "Sapevo che ti avrebbe ricontattata."

Inspiro lentamente, ricordando a me stessa che discutere di questo è inutile. "Allora, saprai che Peter non ci lascerà in pace finché non gli darai quella lista" dico, con tutta la calma possibile. "In qualche modo, è venuto a sapere che l'hai avuta da Frank la settimana scorsa. Il suo messaggio diceva: 'È il momento di mantenere la tua promessa.' Non si arrenderà, Julian."

"Se continua a importunarti tramite e-mail, mi assicurerò che sparisca per sempre." Il tono di Julian è duro. "Sa che farebbe bene a smettere di arrivare a me attraverso di te."

"Ha salvato la tua vita e la mia" gli ricordo per l'ennesima volta. "So che sei arrabbiato perché ha disobbedito ai tuoi ordini, ma se non l'avesse fatto, saresti morto."

"E tu non avresti questi incubi e attacchi di panico." Le labbra sensuali di Julian si appiattiscono. "Sono passate sei settimane, Nora, e non sei migliorata affatto. Dormi pochissimo, mangi pochissimo e non ricordo quando sei andata a correre per l'ultima volta. Non avrebbe *mai* dovuto metterti in quel genere di pericolo—"

"Ha fatto quello che era necessario!" Sbattendo i palmi sul tavolo, mi alzo in piedi, non riuscendo più a stare ferma. "Credi che mi sentirei meglio se fossi morto? Credi che non avrei incubi se Majid mi avesse inviato tramite e-mail il tuo corpo in pezzi? La mia fottuta testa non è colpa di Peter, quindi smettila di dare la colpa a lui per questo casino! Gli ho promesso quella lista e voglio dargliela!" Pronuncio l'ultima frase urlando, troppo arrabbiata per badare al comportamento di Julian.

Lui mi fissa, con gli occhi socchiusi. "Siediti, Nora." La sua voce è pericolosamente dolce. "Ora"

"Altrimenti?" Lo sfido. "Altrimenti che cosa mi farai, Julian?"

"Vuoi davvero parlare di questo, gattina mia?" mi chiede con la stessa voce dolce. Vedendo che non rispondo, indica la mia sedia. "Siediti e finisci di mangiare il pasto che Ana ha preparato per te."

Sostengo il suo sguardo per qualche altro secondo, non volendo cedere, ma poi mi siedo. L'ondata di rabbia è scomparsa, lasciandomi svuotata e con la voglia di piangere. Detesto il fatto che Julian possa vincere così facilmente, che io non sia ancora abbastanza coraggiosa da mettere alla prova i suoi limiti.

Non per qualcosa di così stupido come finire un pasto, per lo meno.

Se voglio sfidarlo, sarà per qualcosa di importante.

Lasciando cadere lo sguardo sul mio piatto, prendo la forchetta e metto in bocca un pezzo di pesce, cercando di ignorare la nausea crescente. Il mio stomaco si contorce ad ogni boccone, ma insisto fin quando finisco quasi la metà della mia porzione. Julian, nel frattempo, ripulisce tutto il suo piatto, senza lasciarsi influenzare dalla nostra discussione.

"Dolce? Tè? Caffè?" chiede Ana quando torna per portare via i nostri piatti, e tra me e me scuoto la testa, non volendo prolungare questo pasto.

"Basta così. Grazie, Ana" dice Julian educatamente. "Era tutto delizioso, come sempre."

Ana gli sorride, visibilmente soddisfatta. Ho notato che Julian le fa molti più complimenti dal nostro ritorno—che, in generale, il suo atteggiamento con lei è leggermente più caloroso ultimamente. Non so cos'abbia causato questo cambiamento, ma so che Ana lo apprezza. Rosa mi ha detto che la governante è di ottimo umore in questi giorni.

Quando Ana comincia a sparecchiare, Julian si alza e mi porge il suo braccio. Metto la mano nella piega del suo gomito, e ci dirigiamo al piano di sopra. Mentre camminiamo, il mio cuore inizia a battere più velocemente e la mia nausea si intensifica.

La discussione di stasera non fa che confermare quello che già sapevo: Julian non cambierà mai idea sulla questione della lista di Peter. Se voglio mantenere la mia promessa, dovrò prendere in mano la situazione e affrontare le conseguenze del disappunto di mio marito.

Anche se il solo pensiero mi fa sentire male.

CAPITOLO CINQUE

❖ JULIAN ❖

Appena entriamo nella camera da letto, Nora va a rinfrescarsi.

Scompare nel bagno, e io mi spoglio, godendo della libertà di avere entrambe le braccia libere dal gesso. La spalla sinistra mi fa ancora male durante l'esercizio fisico, ma sto recuperando la forza e la capacità dei movimenti. Nemmeno la perdita dell'occhio mi preoccupa più di tanto; il mal di testa e l'affaticamento degli occhi stanno diminuendo di giorno in giorno, e ho imparato a compensare il punto cieco alla mia sinistra girando la testa più frequentemente.

Tutto sommato, sono praticamente tornato alla normalità, ma non posso dire lo stesso di Nora.

Ogni volta che mi sveglio per le sue grida, ogni volta che inizia a iperventilare dal nulla, un tossico mix di rabbia e colpa mi opprime il petto. Non sono mai stato incline a soffermarmi sul passato, ma non posso fare a meno di desiderare di poter in qualche modo tornare indietro nel tempo, di annullare le conseguenze delle mie scelte contorte.

In questo modo, potrei riavere Nora—la mia Nora.

Esce dal bagno dopo pochi minuti, dopo essersi fatta la doccia e aver indossato una vestaglia bianca. La sua pelle liscia è radiosa per l'acqua calda, e i suoi lunghi capelli scuri sono legati sopra la testa, scoprendole il sottile collo.

Un collo che sta cominciando a sembrare troppo delicato, quasi fragile per la sua perdita di peso.

"Vieni qui, tesoro" mormoro, accarezzando il letto accanto a me. Avevo pensato di punirla per il suo sfogo durante la cena, ma tutto quello che voglio fare ora è abbracciarla. Beh, scoparla e abbracciarla, ma la scopata può attendere.

Cammina verso di me, e mi allungo per afferrarla non appena è a portata di mano. È davvero troppo leggera, quando la tiro giù sul mio grembo, con le occhiaie sotto gli occhi che tradiscono il suo esaurimento.

È completamente esausta, e non so cosa fare. La terapeuta che ho portato alla tenuta tre settimane fa sembra essere inutile, e Nora si rifiuta di prendere i farmaci per l'ansia che il medico le ha prescritto. Potrei costringerla a prenderli, naturalmente, ma nemmeno io mi fido di quelle pillole. L'ultima cosa che voglio è che Nora ne diventi dipendente.

L'unica cosa che sembra aiutarla, almeno temporaneamente, è il rilascio emotivo raggiunto attraverso il dolore sessuale. Ultimamente lo pretende, mi supplica per averlo quasi ogni sera.

La mia gattina è diventata dipendente dal dolore tanto quanto io sono dipendente dall'infliggerglielo—e questo mi fa piacere e mi devasta allo stesso tempo.

"Hai mangiato di nuovo pochissimo" dico a bassa voce, sistemandola più comodamente sulle mie ginocchia. Alzandomi, le libero i capelli dal fermaglio che li tiene, e guardo la grande massa scura che le copre la schiena. "Perché, tesoro? Non ti piace la cucina di Ana?"

"Cosa? No—" comincia a dire, ma poi si corregge. "Beh, forse. Non mi è piaciuta la zuppa di oggi. Era troppo salata."

"Chiederò ad Ana di non farla più, allora." Ricordo benissimo che a Nora piaceva un sacco la sua zuppa prima, ma decido di non ricordarglielo. Non mi interessa cosa mangi, purché rimanga in buona salute.

"Ti prego, non dirle che mi sono lamentata." Lo sguardo di Nora si riempie di preoccupazione. "Non vorrei che si offendesse."

"Certo." Un sorriso mi fa piegare le labbra. "Porterò il tuo segreto nella tomba, te lo prometto."

Appare un bel sorriso anche sul suo volto,

illuminando i suoi lineamenti, e sento gran parte della tensione tra noi dissolversi. "Grazie" sussurra, fissandomi. Poi, mettendomi una mano sulla spalla e un'altra sulla nuca, chiude gli occhi e preme le sue labbra morbide sulle mie.

Inspiro bruscamente, sentendomi subito pervaso dalla lussuria. Il suo alito sa di menta ed è calda tra le mie braccia. Sento le sue dita sottili sulla mia pelle, il suo profumo delicato, e la mia fame cresce, mentre il mio cazzo si indurisce sulla curva del suo sedere.

Questa volta, però, la fame non si associa al bisogno di farle del male. Anzi, si associa alla tenerezza. Gli impulsi oscuri ci sono, ma sono messi in ombra dalla forte consapevolezza della sua fragilità. Questa sera, più che mai, voglio proteggerla, guarirla dalle ferite che non avrebbe mai dovuto procurarsi. Voglio essere il suo eroe, il suo salvatore.

Per una sola notte, voglio essere il marito dei suoi sogni.

Chiudendo gli occhi, mi concentro sul suo sapore, sul modo in cui il suo respiro cambia mentre approfondisco il bacio. Sul modo in cui la sua testa si piega all'indietro e il suo corpo si scioglie sul mio, con le sue unghie che mi graffiano delicatamente il cuoio capelluto, mentre fa scivolare una mano nei miei capelli. È il mio mondo, il mio universo, e la voglio così tanto da starci male.

È ancora avvolta dalla sua soffice vestaglia, con quel materiale morbido sulle mie cosce e sul cazzo nudi. Per quanto mi piaccia quella sensazione, però, so che la sua carne nuda sarà ancora meglio, così le tiro la cinta sulla vita. Allo stesso tempo, alzo la testa e apro gli occhi per guardarla.

Mentre la cinta viene via, la sua vestaglia si apre, mostrando una V di pelle liscia e abbronzata. Vedo le curve interne del suo seno e il suo ventre piatto, ma i suoi capezzoli e la parte inferiore del corpo sono ancora coperti.

È una vista erotica, resa ancora più sensuale dal modo in cui respira, con il petto che si alza e si abbassa. Le sue labbra sono ancora più rosse dopo il bacio e la sua pelle è leggermente arrossata.

La mia gattina è eccitata.

Come se percepisse il mio sguardo su di lei, apre gli occhi. Ci guardiamo l'un l'altra, e il doloroso bisogno cresce dentro di me. È una sensazione in qualche modo diversa dalla lussuria che mi pervade, una necessità complessa che è al di sopra del mio solito desiderio ossessivo.

Un desiderio che mi terrorizza per la sua intensità.

"Dimmi che mi ami." All'improvviso, ho bisogno di sentirglielo dire. "Dimmelo, Nora."

Non batte ciglio. "Ti amo."

L'abbraccio. "Ancora."

"Ti amo, Julian." Mi guarda, con gli occhi dolci e scuri. "Più di ogni altra cosa al mondo."

Fanculo. Mi si stringe il petto, e il dolore si intensifica invece di attenuarsi. È troppo, eppure non è abbastanza.

Piegando la testa, le prendo ancora una volta le labbra, mettendo in quel bacio tutte le cose che non riesco ad esprimere a parole. Sento il suo respiro che diventa sempre più debole, e mi rendo conto che la sto stringendo troppo, ma non posso farne a meno. Oltre a quel travolgente desiderio, c'è una strana paura irrazionale.

La paura di perderla. Che possa scivolarmi via, come un bel sogno effimero.

No. Piego la testa per entrare meglio nella sua bocca, lasciandomi conquistare dal suo sapore, dal suo profumo, scacciando le ombre. Non se ne andrà. Non glielo permetterò. È reale, ed è mia. La bacio fin quando restiamo entrambi senza fiato, fin quando la paura dentro di me si attenua, bruciata dal caldo torrido.

Poi faccio l'amore con lei, con tutta la tenerezza possibile.

Quando mi addormento, Nora è rannicchiata tra le mie braccia.

CAPITOLO SEI

❖ NORA ❖

Ci vuole tutta la mia forza di volontà per rimanere sveglia quando sento il respiro di Julian assumere il ritmo del sonno. Anche le mie palpebre sono pesanti, e il mio corpo è apatico per la stanchezza e la sazietà sessuale. Tutto quello che vorrei fare è chiudere gli occhi e lasciare che il buio confortante mi avvolga, ma non posso.

Devo fare un'altra cosa prima.

Mi assicuro che Julian si sia addormentato e poi mi sottraggo con cura alla sua presa. Con mio grande sollievo, non si muove, così mi alzo e trovo la vestaglia che era caduta a terra durante il sesso.

Mettendola, entro a piedi nudi nel bagno. Il mio

stomaco, ancora sottosopra per la cena, è di nuovo nauseato, e devo ingoiare più volte per evitare che il cibo mi torni su.

Forse l'idea di fare questo quando mi sento male non è brillante. Lo so, ma so anche che se non lo facessi ora, potrei non avere il coraggio di provarci in un secondo momento. E ho bisogno di farlo. Ho bisogno di mantenere la mia promessa, di ripagare il debito che ho con Peter. È importante per me. Non voglio essere la ragazza che non sa prendere l'iniziativa, la moglie che vive sempre nell'ombra del marito.

Non voglio essere la gattina indifesa di Julian per il resto della mia vita.

Spruzzandomi l'acqua fredda sul viso, faccio dei respiri profondi per farmi passare la nausea e torno in camera da letto. Le persiane sono accostate, ma c'è la luna piena questa sera, e c'è abbastanza luce da riuscire a vedere dove sto andando.

La mia destinazione è il comò, in cima al quale c'è il portatile di Julian. Non porta sempre il computer in camera da letto, ma stasera l'ha fatto, il che è un altro motivo per cui non voglio aspettare per attuare il mio piano.

Il piano è tutt'altro che semplice. Prenderò il portatile, accederò alla posta elettronica di Julian, e invierò la lista a Peter. Se tutto va bene, Julian non lo scoprirà per un po'. E quando lo farà, sarà troppo tardi. Avrò ripagato il mio debito con l'ex consulente della sicurezza di Julian, e avrò la coscienza a posto.

Beh, non proprio, sapendo che Peter probabilmente ucciderà la gente su quella lista in modi orribili.

No, non pensarci. Ricordo a me stessa che quelle persone sono i responsabili della morte della moglie e del figlio di Peter. Non sono civili innocenti, e non dovrei vederli come tali.

L'unica cosa di cui dovrei preoccuparmi in questo momento è consegnare la lista a Peter senza svegliare Julian.

Entro in camera il più silenziosamente possibile, con il cuore che mi batte forte nel petto. Quando raggiungo il comò, mi fermo e ascolto.

È tutto tranquillo. Julian dev'essere ancora addormentato.

Mordendomi il labbro, mi allungo verso il portatile e lo prendo. Poi mi fermo un'altra volta ad ascoltare.

La camera è ancora silenziosa.

Respirando lentamente, torno nel bagno, tenendo il portatile sul petto. Quando arrivo lì, entro dentro, chiudo la porta alle mie spalle, e mi siedo sul bordo della Jacuzzi.

Fin qui, tutto bene. Ignorando il mal di stomaco, accendo il portatile.

Si apre una finestra con la richiesta della password.

Faccio un altro respiro profondo, combattendo contro la mia nausea. Me lo aspettavo. Julian è paranoico in fatto di sicurezza e cambia la sua password almeno una volta alla settimana. Tuttavia, l'ultima volta che l'ha cambiata, è stato il giorno dopo che Frank, il suo contatto della CIA, gli ha inviato la lista tramite e-mail.

Julian l'ha cambiata quando avevo già in mente il piano—e mi sono assicurata di stargli vicina quando l'ha fatto. Naturalmente, non ho fissato il suo portatile. Sarebbe stato sospetto. L'ho ripreso con lo smartphone fingendo di controllare la mia posta elettronica.

Ora, se ho interpretato le battute sulla tastiera correttamente . . .

Trattenendo il respiro, digito "NML_ #042160" e premo "Invio."

Lo schermo del computer lampeggia . . . e sono dentro.

Tiro un sospiro di sollievo. Ora tutto quello che devo fare è trovare l'e-mail di Frank, aprire l'allegato, accedere alla mia e-mail, e inviare la lista allo stesso indirizzo e-mail da cui Peter mi ha contattata.

Dovrebbe essere abbastanza facile, soprattutto se evito di farmi tornare su la cena.

"Nora?" Un colpo sulla porta mi spaventa così tanto che faccio quasi cadere il computer. Entro nel panico, e mi blocco, fissando la porta.

Julian bussa un'altra volta. "Nora, tesoro, stai bene?"

Non sa che ho il suo computer. Quella consapevolezza mi fa riprendere a respirare.

"Avevo solo bisogno di andare al bagno" grido, sperando che Julian non noti il tremore nella mia voce indotto dall'adrenalina. Allo stesso tempo, apro il programma della posta elettronica di Julian e comincio a cercare il nome di Frank. "Tornerò presto da te."

"Certo, tesoro, prenditi il tuo tempo." Le sue parole sono accompagnate da un rumore di passi che si dissolvono.

Tiro un altro sospiro di sollievo. Ho un paio di minuti a disposizione.

Comincio a cercare le e-mail contenenti la parola "Frank." Ce ne sono più di una dozzina della settimana scorsa, ma quella che voglio dovrebbe avere l'icona dell'allegato accanto . . . Aha! Eccola. Rapidamente, la apro.

È un foglio di calcolo contenente nomi e indirizzi. Lo esamino. Ci sono più di una dozzina di righe e gli indirizzi vanno dalle città europee a diverse città degli Stati Uniti. Uno in particolare mi colpisce: Homer Glen, Illinois.

È un posto vicino a Oak Lawn, la mia città natale. A meno di quaranta minuti di auto dalla casa dei miei genitori.

Stordita, leggo il nome accanto all'indirizzo.

George Cobakis.

Grazie a Dio. Non lo conosco.

"Nora?" È di nuovo la voce di Julian, e il suo tono cupo mi fa saltare il cuore in gola. Le sue parole successive confermano la mia paura. "Nora, hai preso il mio computer?"

"Cosa? Perché?" Spero di non sembrare così colpevole come mi sento. *Cazzo. Cazzo, cazzo, cazzo.* Freneticamente, salvo la lista sul desktop e apro un nuovo browser.

"Perché il mio portatile è scomparso." La sua voce è carica di rabbia. "È là dentro con te?"

"Cosa? No!" Perfino io sento la menzogna nella mia voce. Le mani mi cominciano a tremare, ma apro la mia pagina di Gmail e comincio a inserire il mio username e la password.

La maniglia si muove. "Nora, apri la porta. Ora."

Non rispondo. Le mani mi tremano così tanto che sbaglio la password e devo reinserirla.

"Nora!" Julian sbatte sulla porta. "Apri questa cazzo di porta prima che io la butti giù!"

Sono finalmente nella mia Gmail. Con il cuore che mi martella nel petto, cerco l'ultima e-mail di Peter.

Bum. La porta trema per un duro calcio.

La mia nausea aumenta, e il cuore mi batte sempre più forte mentre trovo l'e-mail.

Bum. Bum. Altri calci contro la porta mentre premo "Invio" e allego la lista.

Bum. Bum. Bum.

Premo "Invio" —e la porta si stacca dai cardini, schiantandosi sul pavimento davanti a me.

Julian è lì nudo, con gli occhi che sembrano fessure blu sul suo bel viso. Le sue potenti mani sono strette a pugno, e ha le narici allargate, con delle macchie rosse sugli zigomi.

È stupendo e terrificante, come un arcangelo infuriato.

"Dammi il portatile, Nora." La sua voce è

spaventosamente calma. "Ora."

La bile mi sale nella gola, costringendomi a deglutire convulsamente. Alzandomi, mi avvicino a lui con le gambe tremanti e gli porgo il computer.

Lo prende con una mano e, prima che io possa indietreggiare, avvolge l'altra intorno al mio polso destro, tirandomi a sé.

Poi guarda lo schermo.

Vedo il momento esatto in cui si rende conto di quello che ho fatto.

"Gliel'hai mandata?" Poggiando il computer sul ripiano del bagno, mi afferra l'altro braccio e mi trascina ancora di più a sé. È furioso. "Gliel'hai mandata, cazzo?" Mi stringe forte, affondando le dita nella mia pelle.

La nausea peggiora sempre di più. "Julian, lasciami andare—"

E liberandomi dalla sua presa con la forza della disperazione, infilo la testa nel water, raggiungendolo appena prima di vomitare.

* * *

"Da quanto tempo hai la nausea?" Il Dott. Goldberg mi misura la pressione mentre mi sdraio sul letto, con Julian che cammina per la stanza come un giaguaro in gabbia.

"Non lo so" dico, controllando i movimenti di Julian. Ora indossa una T-shirt e un paio di jeans, ma ha ancora i piedi nudi. Sta facendo dei cerchi davanti al letto, con ogni muscolo del corpo teso e la mascella serrata.

O è ancora arrabbiato con me o è follemente preoccupato per me. Credo che sia un misto tra le due. Qualche minuto dopo che ho vomitato, ha fatto venire il medico in camera nostra e mi ha fatta sistemare comodamente sul letto.

Mi ricorda la velocità con cui ha agito quando ho avuto l'appendicite sull'isola.

"Credo di aver mangiato qualcosa di cattivo oppure ho contratto un virus" dico, rivolgendo l'attenzione al medico. "Ho cominciato a sentirmi male durante la cena."

"Uh-uh." Il Dott. Goldberg tira fuori un ago avvolto nella plastica con un tubo collegato a una fiala. "Posso?"

"Va bene." Non voglio che mi prelevi il sangue, ma ho la sensazione che Julian non mi permetterà di tirarmi indietro. "Fa' pure."

Il medico trova una vena del mio braccio e infila l'ago mentre distolgo lo sguardo. Ho ancora un po' di nausea e non voglio mettere alla prova la forza del mio stomaco davanti alla vista del sangue.

"Fatto" dice un attimo dopo, rimuovendo l'ago e tamponandomi la pelle con un batuffolo di cotone che profuma di alcol. "Ti farò sapere i risultati delle analisi."

"È sempre stanca" dice Julian a bassa voce, fermandosi accanto al letto. Non mi guarda, cosa che mi infastidisce un po'. "E dorme male, con gli incubi e tutto."

"Giusto." Il dottore si alza in piedi, stringendo il flacone. "Devo portare questa al mio laboratorio. Tornerò nel giro di un'ora."

Esce dalla stanza, e Julian si siede sul letto, guardandomi. Il suo volto è insolitamente pallido, ed è accigliato. "Perché non mi hai detto che stavi male, Nora?" chiede con calma, allungandosi per prendermi la mano. Le sue dita sono calde sul palmo della mia mano, la stretta è dolce, nonostante l'agitazione che sento in lui.

Sbatto le palpebre dalla sorpresa. Credevo che mi avrebbe fatto domande sulla lista di Peter, non su questo. "Non mi sentivo così male dopo cena" dico con cautela. "Mi sentivo meglio dopo aver fatto la doccia e dopo che abbiamo . . . beh, lo sai." Agito la mano libera in un gesto destinato a includere anche il letto.

"Scopato?" L'espressione tesa di Julian si addolcisce un po', con un inaspettato divertimento nei suoi occhi.

"Esatto." Il calore mi attraversa il corpo alle immagini mentali che mi suscitano le sue parole. A quanto pare, non sto troppo male da non essere eccitata. "Quello mi ha fatto sentire meglio."

"Capisco." Julian mi studia, accarezzandomi l'interno del polso con il pollice. "E hai deciso di prendere il mio computer, visto che stavi meglio."

Ed eccola. La resa dei conti che avevo anticipato. Solo che Julian non sembra così arrabbiato come prima, e il suo tocco è rassicurante, piuttosto che punitivo.

A quanto pare l'intossicazione alimentare—o qualunque altra cosa io abbia—ha i suoi vantaggi.

Gli sorrido. "Beh, sì. Ho pensato che fosse una buona occasione." Non ho intenzione di scusarmi, né di negare le mie azioni. Non avrebbe senso. L'ho fatto. Ho saldato il mio debito verso Peter.

"Come facevi a sapere la mia password?" Julian continua a far scorrere il pollice sul mio polso con un movimento circolare. "Non ti ho mai detto quale fosse."

"Ti ho filmato mentre la stavi cambiando un paio di giorni fa. Dopo aver saputo che Frank ti aveva dato la lista."

Gli angoli della bocca di Julian si contraggono, quasi impercettibilmente. "Come pensavo. Mi sono chiesto perché fossi così tanto al telefono quel giorno."

Mi lecco le labbra. "Mi punirai?" Julian sembra più divertito che arrabbiato in questo momento, ma sono sicura che non mi permetterà di farla franca.

"Certo, gattina mia." Non c'è traccia di esitazione nella sua voce.

Il cuore mi batte forte. "Quando?"

"Quando ne avrò voglia." I suoi occhi brillano mentre mi lascia andare la mano. "Vuoi un po' d'acqua o qualcos'altro?"

"Qualche cracker e un tè andrebbero benissimo" dico con il pilota automatico, fissandolo. Me lo aspettavo, naturalmente, ma non riesco a non sentirmi in ansia.

"Te li porto." Julian si alza. "Torno subito."

Scompare, e io chiudo gli occhi, sentendomi di nuovo stanca ora che la scarica di adrenalina è passata. Forse farò un pisolino prima che torni Julian . . .

Qualcuno bussa alla porta e mi spaventa ancora una volta, facendomi mettere a sedere. "Sì?"

"Nora, sono David Goldberg. Posso entrare?"

"Oh, certo." Mi sdraio di nuovo, con il cuore che continua a battermi troppo velocemente. "Hai già avuto i risultati delle analisi?" chiedo, quando il medico entra nella stanza.

"Sì." C'è una strana espressione sul suo volto quando si ferma accanto al mio letto. "Nora, ti senti affaticata ultimamente, vero? E insolitamente stressata?"

"Sì." Alzo le sopracciglia, cominciando a sentirmi a disagio. "Perché?"

"Hai notato qualcos'altro? Sbalzi d'umore? Strane voglie di cibo o repulsione verso qualche altro cibo? Forse un po' di sensibilità alle mammelle?"

Lo fisso. "Cosa stai dicendo?" I sintomi che sta elencando—di sicuro, non possono significare . . .

"Nora, gli esami del sangue hanno evidenziato una forte presenza dell'ormone HCG" spiega il Dott. Goldberg. "Sei incinta." Fa una pausa, poi aggiunge con calma: "Vista la tempistica della rimozione dell'impianto, direi che sei incinta di sei settimane."

CAPITOLO SETTE

❖ JULIAN ❖

Salgo le scale verso la camera da letto, portando il vassoio con il tè e i cracker. Dovrei essere furioso con Nora, ma, invece, la mia preoccupazione per lei si tinge di riluttante ammirazione.

Mi ha sfidato. Si è chiusa in bagno con il mio computer per saldare un debito che credeva fosse dovuto. Avrebbe dovuto immaginare che me ne sarei accorto, ma l'ha fatto lo stesso, e non posso non rispettarla per questo.

Nei suoi panni, avrei fatto la stessa cosa.

Col senno di poi, avrei dovuto aspettarmelo. Era stata irremovibile sul fatto di consegnare la lista a Peter, quindi non mi sorprende più di tanto che abbia deciso di agire da sola. Fin dall'inizio, ho percepito una forza celata e ostinata in lei, un nucleo di acciaio che contraddice il suo aspetto delicato.

La mia gattina sarà anche obbediente la maggior parte delle volte, ma solo perché è abbastanza intelligente da scegliere le sue battaglie, e avrei dovuto sapere che aveva deciso di combattere questa.

Mentre mi avvicino alla camera da letto, sento delle voci e riconosco quella leggermente nasale di Goldberg.

È tornato con i risultati delle analisi, e Nora sembra sconvolta.

Fanculo. Una paura, gelida e tagliente, mi corrode. Se ha qualcosa di serio, se è veramente malata... Accelerando il passo, raggiungo la porta con due lunghe falcate. Il tè si riversa sul bordo della tazza, ma non ci faccio neanche caso, essendo troppo concentrato su Nora.

Afferrando il vassoio con una mano, apro la porta ed entro.

Lei è seduta sul letto, con gli occhi sgranati, mentre Goldberg dice: "Temo che *sia* possibile—"

Mi si ferma il cuore. "Che cos'è possibile?" chiedo bruscamente. "Cosa c'è che non va?"

Goldberg si gira per guardarmi. "Oh, eccoti." Sembra sollevato. "Stavo spiegando a tua moglie che la pillola del giorno dopo è efficace solo al novantacinque percento, quando viene assunta entro ventiquattro ore, e anche se la probabilità di concepimento era bassa data la tempistica della rimozione dell'impianto, c'era ancora una minima possibilità di gravidanza."

"Gravidanza?" Mi sento come se stesse parlando una lingua straniera. "Di cosa stai parlando?"

Goldberg sospira, sembrando stanco. "Nora è incinta di sei settimane, Julian. A quanto pare la pillola del giorno dopo non ha funzionato."

Lo fisso, stordito, e lui dice: "Ascolta, so che è difficile da metabolizzare. Che ne dici se vi lascio soli a discuterne, e torno domani mattina per rispondere alle vostre domande? Per ora, la cosa migliore per Nora sarebbe riposare un po'. Lo stress non fa bene nelle sue condizioni."

Annuisco, ancora muto per lo shock, e lui se ne va in fretta, lasciandomi solo con Nora.

Lei è seduta lì come una bambola di cera, con il viso quasi bianco come l'abito che indossa.

Un liquido caldo mi brucia la mano, e mi rendo conto di essermi dimenticato del vassoio che sto portando. Il dolore mi schiarisce le idee, e finalmente rifletto sul significato delle parole di Goldberg.

Nora è incinta.

Non è malata. È incinta.

La gelida paura si allevia, sostituita da una nuova emozione sconosciuta.

Appoggiando il vassoio con la tazza mezza piena di tè sul comodino, mi siedo accanto a mia moglie e avvolgo le mani intorno ai suoi palmi. "Nora." La tiro a me, e vedo che è ancora scioccata, con il suo sguardo vuoto e distante. "Nora, tesoro, parlami."

Sbatte le palpebre, come se stesse tornando in sé, e le sue mani strattonano la mia presa. La lascio andare e la guardo indietreggiare, mentre tira su le ginocchia avvolgendoci le braccia intorno. Mi fissa e ci guardiamo in silenzio, mentre il tempo passa.

"Sei stato tu a fare questo?" chiede alla fine, con un sussurro. "Hai chiesto al Dott. Goldberg di darmi un placebo al posto della pillola del giorno dopo? Il nuovo impianto che ho nel braccio è finto?"

"No." Non sono indignato per la sua accusa. Se avessi voluto metterla incinta, avrei potuto fare una cosa del genere, e Nora è abbastanza intelligente da saperlo. "No, gattina mia. Questo è uno shock anche per me."

Annuisce, e so che mi crede. Non avrei motivo di mentire. Lei è mia e posso farle quello che voglio. Se l'avessi messa incinta di proposito, non lo negherei.

"Vieni qui" mormoro, allungandomi verso di lei. È rigida quando la tiro a me, ma ignoro la sua resistenza. Ho bisogno di abbracciarla, di stringerla tra le mie braccia. I suoi capelli mi fanno il solletico al mento quando la tiro sul mio grembo e inspiro profondamente, chiudendo gli occhi.

Nora non è malata.

È incinta del mio bambino.

Sembra surreale, innaturale. È esile nel mio abbraccio, poco più grande di una bambina. Eppure sta per diventare madre—e io diventerò padre.

Un padre, come l'uomo che mi ha dato la vita e che

mi ha fatto diventare quello che sono oggi.

All'improvviso, mi sovviene un vecchio ricordo.

"Prendi!" Mi tira la palla, ridendo. Salto per afferrarla, e le mie mani da bambino di cinque anni la prendono al volo.

"L'ho presa!" Sono così orgoglioso di me, così pieno di gioia. "Papà, l'ho presa al primo tentativo!"

"Ottimo lavoro, figliolo." Mi sorride, e in quel momento, gli voglio bene. La sua approvazione è più importante di qualsiasi altra cosa al mondo. Dimentico i frequenti colpi della sua cinta, e tutte le volte in cui mi ha urlato contro e mi ha chiamato inutile.

È mio padre e, in quel momento, lo adoro.

Apro gli occhi, e guardo il muro con aria assente, continuando ad abbracciare Nora. Non posso credere che io abbia mai amato quell'uomo. È stato l'oggetto del mio odio per così tanto tempo che avevo dimenticato quei momenti.

Avevo dimenticato i momenti in cui mi ha reso felice.

Farei felice mio figlio? Mi amerebbe o mi odierebbe? Ho detto a Nora che sarei un pessimo padre, ma non so se questa sia la verità. Per la prima volta, cerco di immaginarmi con un neonato, a giocare con un bambino paffuto, mentre gli insegno a nuotare… Quelle immagini mi riempiono di un inquietante mix di paura e desiderio.

Un desiderio di qualcosa che non ho mai conosciuto.

Un singhiozzo soffocato mi spaventa, e mi rendo conto che si tratta di Nora.

Sta piangendo e trema nelle mie braccia. Sento le sue lacrime sul mio collo, e mi bruciano come l'acido.

Per un attimo, avevo dimenticato che non vuole questo figlio.

Che non vuole un figlio da *me*.

"Calmati, gattina mia." Le parole mi escono più duramente di quanto vorrei, ma non posso farci niente. Quella sgradevole sensazione nel petto è tornata, e con essa, la voglia irrazionale di farle del male. Respingendola, dico più dolcemente: "Non è la fine del mondo, credimi."

Si ferma, restando zitta per un attimo, ma poi un altro singhiozzo la fa scuotere. E un altro ancora.

Non ce la faccio più. La sua tristezza è come un coltello caldo conficcato nel mio costato—agonizzante ed esasperante al tempo stesso.

Spingendo la mano nei suoi capelli, chiudo il pugno intorno ai suoi fili di seta e le tiro la testa, costringendola a guardarmi. I suoi occhi, spalancati e scioccati, incontrano i miei. Vedo le lacrime sulle sue ciglia, e quella vista mi fa infuriare ulteriormente, risvegliando la bestia dentro di me.

Le tremano le labbra, aprendole come se volesse parlare, ma io abbasso la testa, inghiottendo quelle parole con un profondo bacio. Una lussuria, spietata e forte, mi scorre nelle vene, facendomi indurire il cazzo e offuscandomi il cervello. La voglio, e allo stesso tempo voglio punirla. La sento lottare contro di me, assaporo le sue lacrime salate, e questo fa crescere la mia fame perversa.

Non so bene come finiamo sul letto, con lei tesa e impotente sotto di me, ma i vestiti che indossiamo sembrano un ostacolo insopportabile, così li strappo, sentendomi più animale che uomo. Chiudo le dita intorno ai suoi polsi, spostandoli entrambi nella mia mano sinistra, e spingo le ginocchia tra le sue cosce, allargandole.

Sento Nora che mi supplica, che mi prega di smettere, ma non ci riesco. Il bisogno di possederla è come un fuoco sotto la mia pelle, che brucia ogni pensiero razionale. Afferrando il cazzo con la mano libera, lo posiziono sulla sua apertura e la penetro con una spinta profonda, prendendola così come desidero possedere il suo cuore e l'anima.

È piccola e stretta intorno a me, e i suoi muscoli si contraggono disperatamente per tenermi fuori, ma la pressione non fa che intensificare il mio violento desiderio di scoparla. La sua resistenza mi fa impazzire, mi spinge a prenderla con maggior durezza, a sbatterle il cazzo dentro mentre la tengo sotto di me. Ogni spinta è una pretesa spietata, una conquista brutale di quello che già mi appartiene. La scopo per quelle che sembrano delle ore, consapevole solo della feroce fame che ribolle sotto la mia pelle.

È solo quando crollo su di lei, respirando pesantemente per un orgasmo esplosivo, che la nebbia della lussuria si dissolve dalla mia mente, facendomi rendere conto di quello che ho fatto.

Lasciandole andare i polsi, mi spingo sui gomiti e la guardo, con il mio cazzo ancora dentro di lei. È sdraiata sotto di me, con gli occhi chiusi e il viso pallido. Vedo una macchia di sangue sul suo labbro inferiore. O l'ho tagliato con i denti o lo ha morso lei dal dolore.

Mentre la guardo, lei apre lentamente gli occhi, incontrando il mio sguardo ... e per la prima volta da decenni, assaporo le amare ceneri del rimorso.

CAPITOLO OTTO

❖ NORA ❖

La mia mente è vuota, priva di qualsiasi pensiero mentre guardo Julian. Sono vagamente consapevole che è ancora dentro di me, ma non riesco a pensare ad altro in questo momento. Mi sento a pezzi, distrutta, con il dolore fisico amplificato dal profondo dolore lancinante della mia anima.

Non so perché questo brutale incontro di sesso mi sia sembrata una violazione. Perché mi abbia ricordato quei primi giorni sull'isola, in cui Julian era il mio crudele rapitore invece dell'uomo che amo. Solo un paio di giorni fa, mi ha torturata con un frustino e le mollette per i capezzoli, e mi è piaciuto un sacco, supplicandolo di continuare.

L'ho supplicato anche oggi, ma non perché volevo più sesso. Non volevo il sesso, non con il cuore spezzato per la piccola vita che sta crescendo dentro di me.

Per il bambino innocente concepito da due assassini.

"Nora..." La voce di Julian è un sussurro addolorato. Vorrei odiarlo per avermi fatto del male, ma non ci riesco. Fa parte della sua natura. È fatto così.

È per questo che non dovremmo mai avere un figlio.

Sostengo il suo sguardo, sentendomi come se mi stessi frantumando in mille pezzi. "Lasciami andare, Julian. Ti prego."

"Non posso." Il suo viso si contrae, con le cicatrici intorno al suo occhio in netto rilievo. "Non posso, Nora."

Deglutisco a fatica, comprendendo che non sta parlando della nostra posizione fisica. "Non ti sto chiedendo quello. Ti prego, ho solo— Ho solo bisogno di un momento."

Si ritrae, rotolando sulla schiena, e io mi giro di fianco, portando le ginocchia al petto. La nausea che mi affliggeva prima è scomparsa, ma mi sento debole. Esausta. Il mio corpo è dolente per l'uso violento di Julian, e un senso di angoscia mi assale, facendo aumentare la mia crescente disperazione.

Non mi rendo nemmeno conto che Julian si è alzato. Solo quando mi mette un panno caldo tra le gambe realizzo che dev'essere andato in bagno a prenderlo. Non ho l'energia per muovermi, così mi sdraio, mentre lui pulisce i residui del sesso sulle mie cosce.

Poi, mi tira a sé per un abbraccio e copre entrambi con una coperta. Mentre il familiare calore del suo corpo penetra dentro di me, facendomi addormentare, sogno le sue labbra sulla mia tempia e un sussurrato: "Mi dispiace."

* * *

"Come ho cominciato a spiegare la scorsa notte, questa gravidanza era improbabile, ma non impossibile" dice il Dott. Goldberg mentre mi siedo sul divano accanto a Julian. "La pillola del giorno dopo è inefficace all'incirca il cinque percento delle volte e anche la tua probabilità di riuscire a concepire qualche giorno dopo la rimozione del vecchio impianto era più o meno del cinque percento, quindi se fai i conti..." Si stringe nelle spalle, rivolgendomi un sorriso imbarazzato.

"E che dire del fatto che Nora ha ancora il controllo delle nascite?" chiede Julian, aggrottando la fronte. "Ha un nuovo impianto nel braccio—ce l'ha da settimane."

"Giusto." Il dottore annuisce. "Dovremo rimuoverlo al più presto possibile e far prendere a Nora le vitamine prenatali." Fa una pausa, poi aggiunge con delicatezza: "Se volete tenere il bambino, voglio dire."

"Sì, lo vogliamo" risponde Julian, prima che io abbia il tempo di riflettere sulla domanda. "E vogliamo assicurarci che il bambino sia sano." Si allunga verso di me e avvolge le dita intorno al mio palmo, stringendolo in modo possessivo. "E che lo sia anche Nora, naturalmente."

Comprendendo le parole del Dott. Goldberg, rivolgo un'occhiataccia a Julian. Ha la mascella serrata, che forma delle linee dure che non lasciano spazio a compromessi. Non che avessi preso in considerazione l'opzione dell'aborto, ma mi sorprende che Julian sia così fortemente contrario a questa ipotesi. Ha affermato di non volere figli, e credo che non sarebbe mai così ipocrita da avere obiezioni morali o religiose verso quella pratica.

"Certo" dice il medico. "L'ostetricia non è la mia specialità, ma posso visitare Nora e rimuovere l'impianto, prescrivendole le vitamine appropriate. Posso anche consigliarle un'ottima ostetrica che accetterebbe di controllare la gravidanza di Nora qui. Ti ho già inviato il numero per contattarla."

"Bene." Lasciando andare la mia mano, Julian si alza, sembrando inquieto e teso. "Voglio il trattamento migliore in assoluto per Nora."

"L'avrai" promette il Dott. Goldberg, alzandosi in piedi anche lui. Girandosi verso di me, dice: "Se non altro, questo spiega una cosa."

"Cosa spiega?" Mi alzo anch'io, sentendomi a disagio per essere l'unica ancora seduta.

"I tuoi incubi persistenti e gli attacchi di panico." Il medico mi rivolge uno sguardo comprensivo. "Non è raro che gli ormoni della gravidanza potenzino l'ansia, in particolare a seguito di eventi traumatici."

"Oh." Lo fisso. "Quindi non sto reagendo in modo esagerato a quello che è successo?"

"No" mi assicura il Dott. Goldberg. "La depressione e l'ansia possono verificarsi nelle donne in gravidanza con molte meno stimolazioni. Devi rilassarti il più possibile, sia per il tuo bene che per quello del bambino. Lo stress acuto durante la gravidanza può portare a diverse complicazioni, tra cui l'aborto spontaneo."

"Farò in modo che si riposi e non si stressi." Julian allunga ancora una volta la mano verso la mia, intrecciando le dita con le mie. È come se oggi non riuscisse a sopportare di non toccarmi. "Che dire del cibo, delle bevande?"

"Ti darò un elenco delle cose da evitare" dice il Dott. Goldberg. "Probabilmente sai già dell'alcol e della caffeina, ma ci sono anche altre cose, come il sushi e i frutti di mare ad alto contenuto di mercurio."

"Va bene." Julian gira la testa per guardarmi. "Tesoro, che ne dici di farti visitare dal medico e di rimuovere l'impianto?" La sua voce è insolitamente dolce, il suo sguardo carico di emozione indefinibile.

"Uhm, certo." Non c'è motivo di rimandare, e mi piace che Julian me l'abbia chiesto, invece di ordinare la visita col suo solito modo di fare autoritario.

"Bene." Mi alza la mano—quella che sta stringendo—e mi bacia la parte posteriore del polso prima di lasciarla andare. "Torno tra un po'."

Annuisco, e Julian esce in silenzio dalla stanza, chiudendo la porta alle sue spalle.

"Va bene, Nora." Il Dott. Goldberg mi sorride, raggiungendo la sua valigetta e tirando fuori dei guanti in lattice. "Iniziamo?"

* * *

Dopo che il medico se n'è andato, metto il costume da bagno e mi dirigo verso la veranda sul retro, afferrando il mio libro di Psicologia lungo la strada. Gravidanza o meno, ho un esame da preparare, e sono determinata a farlo, se non altro per distrarmi un po'. Sul mio braccio c'è ancora una volta una piccola ferita coperta da un cerotto, e cerco di ignorare il lieve dolore, non volendo soffermarmi sul fatto che il mio impianto di controllo delle nascite non c'è più ... e sul motivo per cui non c'è più.

È strano, ma la sensazione di essere a pezzi che avevo la notte scorsa è scomparsa. È stata rimpiazzata da una sorta di leggero dolore. Probabilmente dovrei essere traumatizzata e arrabbiata con Julian, ma non lo sono. Come i giorni subito dopo il mio rapimento, la scorsa notte sembra appartenere a un'altra epoca, a un tempo trascorso prima che diventassimo quello che siamo. So che sto di nuovo facendo quel gioco con me stessa, quello in cui esisto solo nel momento e spingo tutte le cose brutte in un angolo separato del mio cervello, ma ho bisogno di quel gioco per rimanere sana di mente.

Ho bisogno di quel gioco, perché non riesco a smettere di amare il mio rapitore, a prescindere da quello che fa.

Non aiuta il fatto che il Julian di questa mattina sia lontano dal brutale selvaggio di ieri notte. Dal momento in cui mi sono svegliata, mi tratta come se fossi di cristallo. Colazione a letto seguita da un massaggio ai piedi, baci costanti e gesti affettuosi—se non lo conoscessi così bene, penserei che si senta in colpa.

Naturalmente, so che non è così. Solo una linea sottile separa il mostro di ieri notte dal tenero amante di questa mattina. Per mio marito il senso di colpa è un'emozione sconosciuta, come la pietà per i suoi nemici.

Quando arrivo nella veranda sul retro, afferro una sedia a sdraio sotto un ombrellone e mi metto comoda. Come sempre, l'aria fuori è calda e umida, così densa da essere quasi soffocante. Non mi importa, però. Ci sono abituata. Se diventerà insopportabile, mi butterò in piscina. Per il momento, apro il mio libro di testo e comincio a rileggere il capitolo sui neurotrasmettitori.

Sono solo a metà, quando un'ombra che si muove mi fa alzare lo sguardo.

È Julian. Indossa un paio di calzoncini da bagno neri e sta accanto alla mia sedia, a guardarmi con una fame indomabile.

Lo fisso, leccandomi le labbra. Alla luce del sole, è quasi insopportabilmente bello, con le nuove cicatrici che rafforzano la sua forte mascolinità. Dalle spalle ai polpacci, ogni centimetro del suo corpo è ricoperto da muscoli duri. Il suo potente torace è cosparso di peli scuri e i suoi addominali sono scolpiti, con una linea di peli che parte dall'ombelico e gli arriva fino ai calzoncini.

È stupendo, più di qualsiasi altro uomo che io abbia mai visto, e lo voglio.

Lo voglio, nonostante la notte scorsa, nonostante tutto.

"Come ti senti, tesoro?" chiede, con voce bassa e roca. "Nausea? Stanchezza?"

"No." Mi alzo, facendo scivolare i piedi per terra, e metto giù il libro di testo. "Sto bene oggi."

Julian si siede accanto a me e mi mette una ciocca di capelli dietro l'orecchio. "Bene" dice a bassa voce. "Mi fa piacere."

"Sei venuto qui per una nuotata?" Cerco di ignorare il calore che sta crescendo tra le mie cosce al suo tocco. "Credevo che saresti andato in ufficio."

"Ci sono andato, solo per pochi minuti, ma mi riposerò per il resto della giornata."

"Davvero?" I giorni liberi di Julian sono talmente rari che sono praticamente inesistenti. "Come mai?"

Mi rivolge un sorriso ironico. "Non riuscivo a concentrarmi."

"Oh." Lo guardo con cautela. "Vuoi andare a fare

una nuotata, allora? Stavo pensando di tuffarmi dopo aver finito questo capitolo, ma posso farlo ora."

"Certo." Julian si alza in piedi e mi dà la mano. "Andiamo."

Metto la mia mano nella sua e lascio che mi porti in piscina. Mentre ci avviciniamo all'acqua, improvvisamente si china, fa scivolare il braccio sotto le mie ginocchia, e mi tira su.

Sorpresa, rido, avvolgendo le braccia intorno al suo collo. "Julian! Non buttarmi in acqua! Mi piace entrare lentamente—"

"Non lo farei mai, gattina mia" mormora, tenendomi mentre scende nella piscina. I suoi occhi brillano di un'allegria inaspettata. "Che razza di mostro credi che io sia?"

"Uhm, devo rispondere?" Non posso credere di essere in vena di prenderlo in giro, ma improvvisamente mi sento incredibilmente spensierata. Qualche strana fluttuazione ormonale, ne sono certa, ma non importa. Preferirei sentirmi sempre spensierata piuttosto che depressa.

"Certo che devi rispondere" dice, con un sorriso malizioso sul volto. L'acqua ora gli arriva alla vita, e si ferma, stringendomi sul suo petto. "Altrimenti . . ."

"Altrimenti cosa?"

"Altrimenti ti succede questo." Julian mi abbassa di qualche centimetro, lasciando che i miei piedi penzoloni tocchino l'acqua. Cerca di fare un cipiglio minaccioso, ma vedo gli angoli della sua bocca contrarsi in un malcelato sorriso.

"Stai minacciando di inzupparmi, signorino?" Agitando il piede destro nell'acqua, fingo di rimproverarlo. "Credevo che avessimo appena stabilito che non mi avresti buttata."

"Chi ha parlato di buttarti?" Fa un passo più avanti nella piscina, lasciando che l'acqua mi arrivi ai polpacci. Il suo finto cipiglio scompare, lasciando spazio a un oscuro sorriso sensuale. "Ci sono altri modi in cui trattare le ragazzacce."

"Oh, e quali..." I miei muscoli interni si contraggono per le immagini che mi invadono la mente. "Quali modi?"

"Beh, per cominciare"—piega la testa, toccandomi le labbra con le sue mentre trattengo il fiato— "dovrò rinfrescarti un po'."

E prima che io possa reagire, va giù nell'acqua, che mi arriva subito al mento.

"Julian!" Ridendo a crepapelle, allento la presa sul suo collo e lo spingo sulle spalle. La piscina è riscaldata, ma l'acqua è ancora fredda per la mia pelle arrossata dal sole. "Hai detto che non l'avresti fatto!"

"Ho detto che non ti avrei buttata" mi corregge, con un nuovo ghigno malvagio sul volto. "Non ho detto che non ti avrei portata nell'acqua."

"Va bene." Riesco a svincolarmi dalla sua presa e a stabilire qualche metro di distanza tra noi. "Vuoi la guerra? L'avrai, signorino!" Raccogliendo dell'acqua con il palmo della mano, gliela butto addosso e lo guardo, ridendo, mentre l'acqua lo colpisce in piena faccia.

Si toglie l'acqua dagli occhi, sbattendo le palpebre dall'incredulità, e io mi allontano, ridendo ancora più forte.

Riprendendosi dallo shock, comincia ad avanzare verso di me. "Mi hai schizzato?" La sua voce è bassa e minacciosa. "Mi hai buttato l'acqua in faccia, gattina mia?"

"Cosa? No!" Sbatto le ciglia in modo beffardo, cercando di raggiungere la parte più profonda della piscina. "Non oserei mai—" Le mie parole si trasformano in un grido quando Julian si lancia verso di me, riducendo la distanza tra noi in un batter d'occhio. All'ultimo momento, riesco a saltare fuori dalla sua portata e comincio a nuotare via, continuando a ridere istericamente.

Sono una buona nuotatrice, ma in meno di due secondi le dita d'acciaio di Julian mi stringono la caviglia. "Presa" dice, trascinandomi verso di lui. Quando sono abbastanza vicina, mi afferra il braccio per portarmi in posizione verticale e avvolge le sue braccia muscolose intorno alla mia schiena, sorridendo per i miei inefficaci tentativi di spingerlo via.

"Va bene, mi hai presa" concordo, ridendo. "E ora?"

"Ora questo." Piegando la testa, mi bacia, con il calore dal suo grande corpo in contrasto con la freschezza dell'acqua.

Mentre la sua lingua invade la mia bocca, mi

irrigidisco involontariamente, con i ricordi di ieri notte che tornano in superficie con improvvisa chiarezza. Per qualche momento, rivivo la terribile sensazione di impotenza, di doloroso tradimento, e mi rendo conto di non essere riuscita del tutto a separare il bene dal male. Per quanto mi piacerebbe fingere che oggi sia un giorno come un altro, non è così, e nessun tipo di allegre risate cambierà il fatto che il male nell'anima di Julian non sarà mai eliminato completamente.

Che il mostro rimarrà sempre in agguato.

Eppure, mentre continua a baciarmi, il calore del desiderio cresce dentro di me, trascinandomi sotto il suo incantesimo. Ora è tenero con me, e il mio corpo si rilassa, crogiolandosi in quella tenerezza, nell'insidioso calore del suo abbraccio. Voglio credere all'illusione del suo affetto, al miraggio del suo amore contorto, e così lascio svanire gli oscuri ricordi, rimanendo nel luminoso presente.

Abbandonandomi all'uomo che amo.

CAPITOLO NOVE

❖ JULIAN ❖

Io e Nora continuiamo a nuotare e a giocare in piscina, fin quando Ana viene a cercarci, dicendo che il pranzo è pronto. A quel punto muoio di fame, e credo che lo stesso valga per Nora. Ho anche le palle che scoppiano per tutti quei baci, ma per questo dovrò aspettare ancora un po'.

Voglio che Nora mangi ancora più di quanto io voglia scoparla.

L'aver visto la mia gattina così—così felice, vivace e spensierata—ha alleviato la forte pressione nel mio petto, ma non l'ha rimossa completamente. L'espressione sul suo viso dopo averla presa... Mi perseguita, invadendo i miei pensieri nonostante tutti i miei sforzi di toglierla dalla mente. So di averle fatto cose peggiori in passato, ma qualcosa della notte scorsa mi è *sembrato* peggiore.

Mi è sembrato di averle fatto un torto.

Forse perché ora è completamente mia. Non ho più bisogno di costringerla, di trasformarla in quello che ho bisogno che diventi. Mi ama abbastanza da rischiare la sua vita per me, abbastanza da voler rimanere con me di sua spontanea volontà. Tutto quello che le ho fatto in passato era stato calcolato, ma la notte scorsa le ho fatto del male senza volerlo.

Le ho fatto del male quando tutto quello che volevo era abbracciarla, guarirla.

Ho fatto del male alla donna che è incinta del mio bambino—e anche se Nora sembra avermi perdonato per questo, non riesco a perdonare me stesso.

"Cosa posso portarti, Nora?" chiede Ana quando siamo seduti intorno al tavolo della sala da pranzo. La donna più grande è raggiante come non mai. "Un toast? Forse un po' di riso?"

Nora sgrana gli occhi alle parole della governante, ma riesce a dire con calma: "Qualsiasi cosa hai preparato, andrà bene, Ana. Sto meglio oggi, davvero."

Nonostante le mie riflessioni precedenti, non posso fare a meno di sorridere. Goldberg dev'essersi lasciato sfuggire qualcosa oppure Ana ci ha sentiti parlare questa mattina. Ecco perché il sorriso di Ana è così grande da inghiottire tutto il suo viso: sa della gravidanza di Nora ed è felicissima della notizia.

Dopo la rassicurazione di Nora, l'espressione di Ana si illumina ancora di più. "Oh, bene. Mi rendo conto solo ora che devi essere stata davvero male ieri. Succede, sai" dice con tono complice. "Dicono che cominci proprio intorno alle sei settimane."

"Oh, fantastico." Nora cerca di non far trasparire la malinconia nella sua voce, ma non ci riesce pienamente. "Non aspetto altro."

"Farò in modo che tu abbia l'assistenza migliore, tesoro" mormoro, allungandomi per coprire la mano delicata di Nora con la mia. "Ti porterò dovunque vuoi per farti stare bene."

Ho già contattato l'ostetrica che mi ha consigliato Goldberg, le ho mandato un'e-mail mentre Nora stava facendo la visita. Forse non avevo previsto di avere questo figlio, ma ora che è qui, non posso sopportare il pensiero che gli accada qualcosa. Quando Goldberg oggi ha accennato alla possibilità dell'aborto, ho dovuto fare del mio meglio per non strappargli la lingua.

Pianificato o meno, questo bambino è la mia carne e il mio sangue, e ucciderò chiunque tenti di fargli del male.

Nora mi sorride. "Sono certa che andrà tutto bene. Tutte le donne fanno figli." Nonostante quelle parole rassicuranti, la sua voce è tesa, e capisco che si sente ancora a disagio.

A disagio per il fatto che sta portando il mio bambino.

Facendo un respiro profondo, reprimo l'istintiva

ondata di rabbia. A livello razionale, capisco la sua paura. Nora mi ama, ma non è cieca davanti alla mia natura.

Non può esserlo, soprattutto dopo la notte scorsa.

"Sì, andrà tutto bene" dico, dando una leggera stretta alla sua mano prima di lasciarla andare. "Me ne assicurerò io."

E per il resto del pasto, evitiamo l'argomento, entrambi più che felici di concentrarci su qualcos'altro.

* * *

Passo il resto della giornata con Nora, ignorando completamente il lavoro che mi aspetta. Per la prima volta dopo anni, non mi importa dei problemi di produzione in Malesia o del fatto che il cartello messicano stia pretendendo prezzi più bassi sulle mitragliatrici personalizzate. Gli ucraini stanno cercando di riconciliarsi e di corrompere la mia alleanza con i russi, l'Interpol è su tutte le furie dopo che la CIA mi ha inviato la lista di Peter Sokolov, un nuovo gruppo terroristico in Iraq vuole mettersi in lista d'attesa per l'esplosivo, e non me ne frega un cazzo di tutto questo.

Tutto ciò che conta per me oggi è Nora.

Dopo pranzo, facciamo una passeggiata per la tenuta, e le mostro alcuni dei luoghi preferiti della mia infanzia, tra cui un piccolo lago ai margini della proprietà, dove una volta ho incontrato un giaguaro.

"Davvero? Un giaguaro?" Nora sgrana gli occhi quando usciamo dalla zona boschiva e ci ritroviamo in una piccola radura erbosa davanti al lago. Gli alberi ad alto fusto che lo circondano garantiscono sia l'ombra che la privacy dalle guardie, il che è il motivo per cui ci passavo molto tempo da ragazzino.

"A volte escono fuori dalla giungla" dico in risposta alla domanda di Nora. "È raro, ma succede."

"Come hai fatto a scappare?" Mi guarda preoccupata. "Mi hai detto che avevi solo nove anni."

"Avevo una pistola con me."

"E così, l'hai ucciso?"

"No. Ho sparato a un albero accanto e l'ho spaventato." Avrei potuto ucciderlo—la mia mira era straordinaria ormai—ma il pensiero di ferire quella feroce creatura per qualche motivo era repellente. Non era colpa del giaguaro se era nato predatore, e non volevo punirlo per aver avuto la sfortuna di addentrarsi nel territorio umano.

"Cos'hanno detto i tuoi genitori quando gliel'hai raccontato?" Nora si siede su un tronco d'albero spezzato e mi guarda. Le sue spalle levigate brillano alla luce riflessa del lago. "I miei sarebbero stati terrorizzati per me."

"Non gliel'ho detto." Mi siedo accanto a lei e, incapace di resistere, piego la testa per baciarla sulla spalla destra. La sua pelle ha un profumo delizioso, e la fame scatenata dal nostro gioco in piscina ritorna, mentre il mio corpo si indurisce ancora una volta per la sua vicinanza.

"Perché no?" chiede con voce roca, voltandosi per guardarmi quando alzo la testa. "Perché non gliel'hai detto?"

"Mia madre aveva già paura della giungla e mio padre si sarebbe arrabbiato, non avendogli portato la pelle del giaguaro. Quindi, non c'era motivo di dirglielo" spiego. Allungando la mano tra i suoi capelli, infilo le dita nella folta massa setosa, godendomi la sensuale sensazione tra le mani. Il mio cazzo è rigido dal desiderio, ma non intendo andare oltre per ora.

Non faremo sesso fino a stasera, quando lei si sarà messa comoda nel nostro letto e io mi sarò assicurato di non farle del male.

"Oh." Nora piega la testa, avvicinandola alle mie mani, e mi guarda con le palpebre socchiuse. La sua espressione mi ricorda quella di un gatto che viene accarezzato. "E i tuoi amici? Hai detto loro che cos'era successo?"

"No" mormoro, con la mia eccitazione che cresce nonostante le buone intenzioni. "Non l'ho detto a nessuno."

"Perché no?" Nora fa le fusa mentre faccio scivolare di nuovo le mie dita tra i suoi capelli, massaggiandole delicatamente il cuoio capelluto. "Pensavi che non ti avrebbero creduto?"

"No, sapevo che mi avrebbero creduto." Tolgo le mani dai suoi capelli man mano che il mio desiderio si intensifica, minacciando il mio autocontrollo. "Non avevo amici intimi, ecco tutto."

Qualcosa di pericolosamente vicino alla compassione appare nel suo sguardo, ma non dice nulla, né fa altre domande. Si avvicina e preme le labbra sulle mie, poggiando le sue esili mani ai lati del mio viso.

Il suo tocco è stranamente innocente e insicuro, come se mi baciasse per la prima volta. Le sue labbra sfiorano appena le mie, e ogni suo tocco è un accenno, una promessa che seguirà dell'altro. Posso quasi assaporarla, sentirla, e la voglia di scoparla è così forte che mi vengono i brividi. È solo il ricordo di ieri notte—dello sguardo ferito nei suoi occhi—che mi costringe a stare fermo e ad accettare i suoi teneri baci, con le mie mani appoggiate sulle sue spalle. So che dovrei fermarla, spingerla via, ma non ci riesco.

I suoi baci esitanti sono la cosa più dolce che io abbia mai provato.

Quando credo di non poter più sopportare altro, la sua piccola bocca calda si sposta sulla mia mascella e poi si sofferma sul mio collo, baciandolo e mordicchiandolo con la stessa dolcezza. Stacca le mani dal mio viso per poi passare sul mio corpo, avvolgendo le dita attorno all'orlo inferiore della mia maglietta. Comincia a sollevarla, e io gemo mentre passa le nocche sui miei fianchi nudi, con il suo tocco che mi fa bruciare la pelle.

"Nora..." Respiro mentre lei si abbassa e si inginocchia tra le mie gambe aperte, con il viso al livello del mio ombelico. "Nora, tesoro, devi smetterla di stuzzicarmi."

Ignora il mio ordine, continuando a stringermi la maglietta. "Chi è che ti sta stuzzicando?" sussurra, guardandomi. E prima che io possa rispondere, si china in avanti e mi bacia sullo stomaco.

Fanculo. Il mio corpo scatta e le mie palle si contraggono per un selvaggio impulso di lussuria. Vederla inginocchiata lì mi eccita in tutti i modi possibili, facendo leva sui miei desideri più oscuri. Stringo le mani a pugno e faccio brevi respiri profondi, ricordando a me stesso che è fragile in questo momento.

Che è incinta di mio figlio e che non posso prenderla di nuovo come se fosse un animale.

Solo che ora mi sta leccando lo stomaco. *Lo sta leccando, cazzo.* Sta tracciando ogni rientranza muscolare con la lingua, come se stesse cercando di imprimerla nella sua memoria.

"Nora." La mia voce è roca. "Tesoro, basta."

Si tira indietro, guardandomi con quelle lunghe ciglia folte. "Sei sicuro?" mormora, senza lasciarmi andare la maglietta. "Perché credo di volere di più." E chinandosi di nuovo in avanti, raschia i denti sui miei addominali bassi, poi li succhia, con la bocca calda e umida sulla mia pelle nuda.

Una pelle che è proprio accanto al mio cazzo palpitante ancora nei pantaloncini.

Cazzo.

"Nora . . ." Riesco a malapena ad articolare le parole, mentre le mie dita scavano nella corteccia dell'albero per cercare di non afferrarla. "Tu non vuoi questo, tesoro, smettila—"

"Chi ha detto che non lo voglio?" Facendo un passo indietro, mi guarda di nuovo, con uno sguardo oscuro e un'espressione risentita. "Lo voglio, Julian . . . Mi hai costretta a volerlo."

Faccio un respiro profondo e il mio cazzo scatta mentre mi lascia andare la maglietta e raggiunge la fibbia della mia cinta. "Non voglio farti del male."

Gli angoli delle sue labbra si piegano verso l'alto. "Sì, Julian, lo vuoi." Riesce a slacciarmi la cinta e la sua mano scava nei miei pantaloncini, chiudendo le sue dita magre intorno alla mia asta gonfia e stringendola leggermente. "Non è vero?"

Quasi esplodo, afferrandola prima ancora di capire quello che sto facendo. "Sì . . ." La mia voce è più vicina a un ringhio mentre la trascino sul mio grembo, costringendola a cavalcarmi le gambe. "Voglio farti del male, scoparti, prenderti in ogni modo possibile. Voglio lasciare un segno sulla tua bella pelle e sentirti gridare mentre scendo in profondità nella tua figa e ti faccio venire sul mio cazzo. È questo che vuoi sentirti dire, gattina mia?" Stringendole le braccia, la guardo storto. "È questo che vuoi?"

Si passa la lingua sulle labbra, con gli occhi che brillano di un'oscurità insolita. "Sì." La sua voce è un sussurro. "Sì, Julian. Questo è esattamente quello che voglio."

Fanculo. Chiudo gli occhi, tremando dalla lussuria. Visto il modo in cui mi sta cavalcando con il suo vestito, solo un minuscolo perizoma separa la sua figa dal mio cazzo. Se lo spostassi di un paio di centimetri, sarei dentro di lei, sbattendo nel suo esile corpo . . .

La tentazione è insopportabile.

Uno, due, tre. Uno, due, tre. Uno, due, tre. Mi sforzo di contare mentalmente, fino a ritrovare un minimo di controllo.

Poi apro gli occhi e la guardo.

"No, Nora." La mia voce è quasi ferma quando le lascio andare le braccia e le prendo il viso tra le mani. "Le cose non andranno a finire così."

Sbatte le palpebre, sembrando sorpresa. "Cosa—"

Piego la testa, fermandola con un bacio. Lentamente e profondamente, invado la sua bocca, assaporandola, accarezzandola con la lingua. Poi infilo un pugno tra i suoi capelli e la spingo tra le mie gambe, godendo dello sguardo scioccato sul suo viso.

"Mi succhierai il cazzo" dico con durezza. "E poi, se ti comporterai bene, avrai la tua ricompensa. Chiaro?"

Nora sgrana gli occhi, ma obbedisce subito. Tirando fuori il mio cazzo dai pantaloncini, chiude le labbra intorno ad esso e inizia ad accarezzarlo ritmicamente con la mano. La parte interna della sua bocca è calda, morbida e bagnata, deliziosa quasi come la sua figa, e la pressione della sua mano è a dir poco perfetta. Sono così vicino al limite che ci metto solo un paio di minuti a raggiungere l'orgasmo, mandando in estasi le mie terminazioni nervose. Gemendo, l'afferro per i capelli e spingo più in profondità nella sua gola, costringendola a ingoiare ogni goccia.

Poi tiro fuori, mi inginocchio a terra accanto a lei e la faccio sdraiare sull'erba. "Apri bene le gambe" ordino, tirandole su il vestito per esporle la parte inferiore del corpo.

Fa come le ordino, con lo sguardo carico di eccitazione e un pizzico di diffidenza. Metto le mani sulle sue cosce abbronzate e le accarezzo, godendomi la delicata consistenza della sua pelle. Poi mi chino, infilo le dita nel suo perizoma rosa, e lo tiro da una parte, mostrando le labbra della sua figa scintillante.

"Hai una figa davvero sexy, tesoro." Le parole mi escono basse e roche come la mia fame, con un leggero rigurgito di vendetta. Piegandomi, inspiro il suo dolce profumo di muschio. "Una bellissima fighetta bagnata."

Il suo respiro accelera e un gemito vibra nella sua gola, quando premo le mie labbra sulle sue pieghe, baciandole delicatamente. "Julian, ti prego." Sembra angosciata. "Ti prego, io—ho bisogno di te."

"Sì." Respiro sulla sua pelle sensibile. "Lo so." La lecco lentamente. "Avrai sempre bisogno di me, non è vero?"

"Sì." Agita i fianchi, supplicandomi. "Sempre."

"Allora, gattina mia, ecco la tua ricompensa."

Premendo la lingua sul suo clitoride, comincio a soddisfarla, godendomi i suoi gemiti e le suppliche.

Quando finalmente trema e raggiunge l'orgasmo, lo assaporo, e poi mi sposto per sdraiarmi accanto a lei sull'erba, piegando il braccio sinistro sotto la testa come se fosse un cuscino e sistemando la sua testa sulla mia spalla destra.

Rimaniamo così per un po', ammirando l'acqua scintillante del lago e ascoltando il quieto ronzio degli insetti. La voglio ancora, ma il desiderio è più lieve ora. Più controllato. Non le ho fatto del male questa volta, ma la pesantezza nel petto è sempre lì e continua a dilaniarmi.

Non posso più rimanere in silenzio.

"Nora, la notte scorsa... non è stato per via della lista di Peter." Non so perché io mi senta in dovere di dirle questo, ma è così. Voglio farle capire che non avevo intenzione di punirla in quel momento, che il dolore che le ho inflitto non faceva parte di un piano crudele. Non so perché questo dovrebbe importarle, dato che sono il suo rapitore, o se questo potrebbe fare la differenza, ma ho bisogno che lo sappia. "È stato un errore. Non sarebbe dovuto succedere."

Non risponde, non riflette sulle mie parole, ma dopo alcuni istanti, si gira tra le mie braccia e appoggia la mano destra sul mio petto, proprio sopra al mio cuore.

CAPITOLO DIECI

❖ NORA ❖

Nel corso delle due settimane successive, faccio del mio meglio per affrontare la nuova realtà della mia situazione. O, più precisamente, per andare avanti con la mia vita e fingere che non stia succedendo niente.

La nausea va e viene. Ho scoperto che fare piccoli pasti frequenti aiuta, così come scegliere i cibi più semplici. Sotto lo sguardo vigile di Ana e Julian, assumo le vitamine prenatali ed evito i cibi sulla lista del Dott. Goldberg, ma cerco di non soffermarmi su queste cose. Finché nonn mi verrà il pancione, mi comporterò come se fosse tutto normale.

Per fortuna, il mio corpo sta collaborando per ora. I miei seni sono un po' più gonfi e sensibili, ma questo è l'unico cambiamento che ho notato. Il mio stomaco è ancora piatto e non sono ingrassata. Anzi, a causa del mio stomaco sottosopra, ho perso un paio di chili—un fatto che preoccupa Julian, che sta facendo del suo meglio per coccolarmi alla follia.

"Non ho bisogno di riposare" protesto esasperata, quando cerca ancora una volta di farmi fare un pisolino nel bel mezzo della giornata. "Sto bene, davvero. Ho dormito dieci ore la notte scorsa. Di quanto sonno ha bisogno una persona?"

Ed è vero. Nelle ultime due settimane, ho dormito molto meglio. Per quanto possa sembrare strano, sapere che la mia ansia ha una causa ormonale ha alleviato in modo significativo i miei incubi e gli attacchi di panico.

Il mio strizzacervelli dice che è dovuto al fatto che sono meno preoccupata per i casini della mia testa dopo tutto quello che è successo. A quanto pare, stressarsi per essere eccessivamente stressati è particolarmente dannoso per la psiche, mentre fattori di stress meno pesanti—come l'avere un bambino con un sadico trafficante d'armi—provocano meno ansia.

"Il cervello umano è altamente imprevedibile" dice la Dottoressa Wessex, guardandomi attraverso gli occhiali alla moda di Prada. "Quello che *pensi* possa spaventarti potrebbe non essere quello che pesa sul tuo subconscio. Potresti essere preoccupata per il bambino, ma questo non ti spaventa quanto il pensiero che potresti non superare mai la tua ansia. Se gli attacchi di panico sono causati dalla gravidanza, allora sai che è un problema temporaneo, e questo ti aiuta a sentirti meno ansiosa al riguardo."

Annuisco e sorrido, come se questo avesse perfettamente senso. Lo faccio spesso quando parlo con lei. Se Julian non insistesse a farmi continuare le mie sessioni di terapia due volte alla settimana, avrei già smesso. Non è che non mi piaccia la Dottoressa Wessex—una donna alta, elegante, sui quarant'anni. È molto competente e a quanto pare non giudica, ma mi sembra che parlare con lei metta solo in evidenza la follia del mio rapporto con Julian.

Perché, sì, Dottoressa, mio marito—sai, l'uomo che ti ha assunta e ha insistito affinché tu venissi qui in mezzo al nulla—mi ha tenuta prigioniera sulla sua isola per quindici mesi, e ora mi ha fatto un tale lavaggio del cervello che non riesco a vivere senza di lui, e desidero il sesso violento. Oh, e stiamo per avere un figlio. Non c'è niente di strano in tutto questo, naturalmente. Solo una normale e comunissima famiglia criminale.

Sì, certo.

Comunque sia, il fatto che cerchi di farmi fare dei pisolini è l'esempio meno grossolano delle eccessive attenzioni di Julian. Controlla anche la mia dieta, si assicura che gli esercizi che ho ripreso siano completamente approvati dal medico e, soprattutto, mi tratta con i guanti a letto. Per quanto io cerchi di stuzzicarlo, non fa altro che abbracciarmi nel letto. È come se avesse paura di scatenare la brutalità dentro di lui, di perdere di nuovo il controllo.

"Te l'ho detto, l'ostetrica dice che il sesso più violento va bene purché non ci siano macchie o perdite di liquido amniotico" dico a Julian quando mi prende dolcemente per l'ennesima volta. "La mia salute è buona, è tutto nella norma, quindi non devi preoccuparti così tanto."

"Non voglio correre rischi" replica, baciandomi la parte esterna dell'orecchio, e mi rendo conto che non ha alcuna intenzione di ascoltarmi su questo argomento.

Una parte di me non riesce ancora a credere che io voglia questo da lui, che mi manchi quel lato oscuro del nostro modo di fare l'amore. Non mi sento insoddisfatta—Julian si assicura di farmi raggiungere almeno un paio di orgasmi ogni notte—ma qualcosa dentro di me desidera ardentemente l'inebriante miscela di piacere-dolore, la scarica di endorfina che ottengo dal sesso veramente intenso. Perfino la paura che mi fa provare mi dà dipendenza, in qualche modo, che io voglia ammetterlo o meno.

È da malati, ma la notte in cui abbiamo scoperto la mia gravidanza—la notte in cui mi ha costretta con la forza—ha scatenato le mie fantasie più che mai.

Non so cosa direbbe la Dottoressa Wessex e non mi interessa saperlo. È sufficiente che il ricordo di quel trauma, così come i ricordi del mio periodo passato sull'isola, abbiano in qualche modo assunto una sfumatura erotica nella mia mente.

È sufficiente sapere che sono completamente deviata.

Naturalmente, l'insolita dolcezza di Julian a letto non è l'unico problema. Un altro segno della sua soffocante preoccupazione nei miei confronti è il mio allenamento per la difesa personale. È particolarmente frustrante, perché per la prima volta dopo settimane mi sento energica. Dormire bene ha ridotto la mia stanchezza e i compiti per il college non mi affaticano più di tanto. Sono addirittura riuscita a ricominciare a correre—dopo aver consultato il medico, naturalmente—ma Julian si rifiuta di farmi fare qualsiasi cosa che potrebbe provocarmi dei lividi. Anche sparare è fuori discussione; a quanto pare, sparare rilascia delle particelle che potrebbero danneggiare il nascituro.

Ci sono così tante restrizioni che ho voglia di gridare.

"Sai che questa situazione è solo temporanea, Nora" dice Ana quando commetto l'errore di esprimere la mia frustrazione durante la colazione. "Ancora qualche mese e avrai un bambino in braccio—e ne sarà valsa la pena."

Annuisco e mi stampo un sorriso sul volto, ma le parole della governante non mi rallegrano.

Mi riempiono di terrore.

Tra poco più di sette mesi, sarò responsabile di un bambino e l'idea mi terrorizza più che mai.

* * *

"Non hai ancora detto ai tuoi genitori del bambino?" Rosa mi rivolge uno sguardo attonito, mentre usciamo di casa per andare a fare la nostra passeggiata mattutina.

"No" dico, sorseggiando un frullato di frutta contenente vitamine in polvere. "Non l'ho ancora fatto."

"Credevo che parlassi con loro ogni giorno."

"Lo faccio, ma l'argomento non è ancora venuto a galla." Probabilmente sembro stare sulla difensiva, ma non posso farci niente. In termini di cose che temo, dire ai miei genitori della gravidanza è al primo posto insieme alla nascita del bambino.

"Nora..." Rosa si ferma sotto a un folto albero avvolto da una vite. "Hai paura che non siano felici per te?"

Immagino la probabile reazione di mio padre quando verrà a sapere che sua figlia non ancora ventenne è incinta del figlio del suo rapitore. "Sì, diciamo di sì."

"Ma perché non dovrebbero essere felici?" La mia amica sembra davvero confusa. "Sei sposata con un uomo ricco che ti ama e che si prenderà cura nel migliore dei modi di te e del bambino. Che altro potrebbero volere di più?"

"Beh, per prima cosa, vorrebbero che non fossi sposata con quell'uomo" dico sinceramente. "Rosa, ti ho raccontato la nostra storia. I miei genitori non sono esattamente i più grandi sostenitori di Julian."

Rosa agita una mano in aria. "Tutto quello è—come si dice?—acqua passata. Che importa com'è cominciato tutto? Ciò che conta è il presente, non il passato."

"Oh, certo. Cogli l'attimo e tutto il resto."

"Non c'è bisogno di essere sarcastica" dice Rosa quando riprendiamo il nostro cammino. "Dovresti parlare con i tuoi genitori, Nora. È il loro nipote. Meritano di sapere."

"Sì, probabilmente glielo dirò presto." Bevo un altro sorso di frullato. "Non ho altra scelta."

Camminiamo in silenzio per qualche minuto. Poi Rosa chiede con calma: "Non lo vuoi proprio questo figlio, vero, Nora?"

Mi fermo e la guardo. "Rosa..." Come posso spiegare le mie preoccupazioni a una ragazza che è cresciuta nella tenuta e che crede che questo tipo di vita sia normale? Che la mia relazione con Julian sia romantica? "Non è che non voglio un figlio. È solo che il mondo di Julian—il *nostro* mondo—è troppo malato per portarci dentro un bambino. Come potrebbe qualcuno come Julian essere un buon padre? Come potrei essere una buona madre?"

"Che cosa vuoi dire?" Rosa solleva le sopracciglia. "Perché non saresti una buona madre?"

"Sono innamorata di un signore del crimine che mi ha rapita e che uccide e tortura le persone come lavoro" dico dolcemente. "Questo difficilmente mi renderebbe un buon genitore. Un caso di studio per la Dottoressa Wessex, forse, ma non un buon genitore."

"Oh, per favore." Rosa alza gli occhi. "Un sacco di uomini fanno cose **cattive**. Voi americani siete così sensibili. Il Señor Esguerra non è il peggiore e non dovresti avercela con te stessa per il fatto di amarlo. Questo non ti rende *cattiva* in alcun modo."

"Rosa, non è solo questo." Esito, ma poi decido di dirlo. "Quando eravamo in Tagikistan, ho ucciso un uomo." Respiro lentamente, rivivendo l'oscura emozione di **premere il** grilletto e guardare il cervello di Majid che si schianta contro il muro. "Gli ho sparato a sangue freddo."

"E allora?" Non batte ciglio. "Ho ucciso anch'io."

Resto a bocca aperta, stordita, e lei spiega: "È successo quando la proprietà venne attaccata. Trovai una pistola, la nascosi in mezzo ai cespugli, e sparai agli uomini che ci avevano attaccati. Ferii un uomo e ne uccisi un altro. Scoprii in seguito che era morto anche l'uomo che avevo ferito."

"Ma eri solo una bambina." Non riesco a superare il mio shock. "Mi stai dicendo che hai ucciso due persone quando avevi quanto—dieci, undici anni?"

"Quasi undici" dice, stringendosi nelle spalle. "E sì, l'ho fatto."

"Ma . . . sembri così—"

"Normale?" suggerisce, guardandomi con uno strano sorriso. "Gentile? Certo, perché non dovrei esserlo? Ho ucciso per proteggere le persone a cui volevo bene. Ho ucciso uomini che erano venuti qui per portare morte e distruzione. Non è diverso dal tagliare la testa del serpente che vuole morderti. Se non li avessi uccisi, molta **altra della nostra** gente sarebbe morta. Forse avrebbero ucciso mia madre, così come mio padre e mio fratello."

Non so cosa rispondere. Non avrei mai immaginato che Rosa—allegra, con le guance paffute—fosse capace di una cosa del genere. Ho sempre pensato che il male lasciasse una traccia. Lo vedo in Julian, sul quale è inciso così profondamente nella sua anima da far parte di lui. Lo vedo anche in me stessa ora. Ma non lo vedo in Rosa. Per niente.

"Come fai a non lasciarti influenzare da questo?" chiedo. *Come fai a preservare la tua innocenza?*

Mi guarda e, per la prima volta, sembra avere più dei suoi ventun anni. "Puoi decidere di lasciare che l'oscurità prenda il sopravvento, Nora, oppure puoi liberartene" dice a bassa voce. "Io ho scelto la seconda opzione. Ho ucciso, ma non sono quella persona. Non lascio che quello mi identifichi. È successo, ed è passato. Non posso cambiare il passato, quindi non ho intenzione di soffermarmici. E non dovresti farlo nemmeno tu. Il tuo presente, il tuo futuro—sono quelli che contano."

Mi mordo il labbro, mentre gli occhi cominciano a bruciarmi per le lacrime che vorrebbero uscire. "Ma che genere di futuro può avere questo bambino con due genitori come noi, Rosa? Guarda cos'è successo a me e Julian nel corso degli ultimi due anni. Come posso essere sicura che mio figlio non venga rapito o torturato dai nemici di Julian?"

"Non puoi esserne sicura." Lo sguardo di Rosa è inflessibile. "Nessuno può essere sicuro di niente. Le cose brutte possono accadere a chiunque, ovunque. Ci sono soldati che vivono fino alla tarda età e impiegati che muoiono giovani. La vita è imprevedibile, Nora. Puoi scegliere di vivere ogni momento nella paura o puoi goderti la vita. Godere di quello che hai con Julian. Goderti il bambino che sta crescendo dentro di te. È un dono, non una disgrazia, portare avanti la vita. Forse non avrai deciso tu di mettere al mondo un bambino, ma ora è qui, e tutto quello che puoi fare è amarlo. Non lasciare che le tue paure abbiano la meglio." Fa una pausa, e poi aggiunge a bassa voce: "Non lasciare che la tua anima venga **offuscata da** ciò che non puoi cambiare."

CAPITOLO UNDICI

❖ JULIAN ❖

"Allora, quali sono i danni?" chiedo a Lucas mentre lasciamo la zona dell'allenamento. Respiro a fatica, i miei muscoli sono doloranti e mi fa male la spalla sinistra, ma mi sento soddisfatto.

Sono quasi tornato pienamente in forma—come possono confermare le tre guardie che si stanno allontanando.

"C'è stato un altro omicidio in Francia, e altri due in Germania." Lucas si asciuga il sudore sul viso con un asciugamano arrotolato. "Non perde tempo."

"Proprio come pensavo." Vista l'ossessione di Peter Sokolov per la vendetta, so che è solo una questione di tempo prima che elimini il resto degli uomini su quella lista. "Come ha agito questa volta?"

"Il ragazzo francese è stato trovato che galleggiava in un fiume, con evidenti segni di tortura e strangolamento, quindi suppongo che Sokolov lo abbia prima rapito. Per quanto riguarda i tedeschi, in un caso è stata un'autobomba, e nell'altro un fucile di precisione." Lucas sorride. "Non devono averlo fatto incazzare più di tanto."

"Oppure ha optato per la cosa più facile."

"Forse" concorda Lucas. "Probabilmente sa di avere l'Interpol alle calcagna."

"Ne sono certo." Cerco di immaginare cosa farei se qualcuno facesse del male alla mia famiglia e vengo travolto da un brivido di rabbia. Non riesco nemmeno a immaginare cosa provi Peter—non che questo sia sufficiente a giustificare il fatto di aver messo in pericolo Nora per ottenere quella lista del cazzo.

Ho ancora voglia di ucciderlo per questo.

"A proposito" dice Lucas con noncuranza. "Mi stanno portando Yulia Tzakova da Mosca."

Mi blocco. "L'interprete che ci ha traditi per gli ucraini? Perché?

"Voglio interrogarla personalmente" dice Lucas, mettendosi l'asciugamano intorno al collo. "Non mi fido del fatto che i russi facciano un lavoro approfondito." La sua espressione è impassibile come sempre, ma vedo un accenno di emozione nel suo pallido sguardo.

Non vede l'ora che lei arrivi.

Stringo gli occhi e lo studio. "È perché l'hai scopata quella notte a Mosca?" La ragazza russa è venuta prima da me, ma ho declinato il suo invito—e poi Lucas ha espresso un interesse per lei. "È di questo che si tratta?"

Serra la mascella. "Mi ha fregato. Letteralmente. Quindi sì, voglio mettere le mani su quella troietta. Ma penso anche che potrebbe avere delle informazioni utili per noi."

Rifletto un attimo, poi annuisco. "In questo caso, hai la mia approvazione." Sarebbe ipocrita da parte mia negare a Lucas un po' di divertimento con la bella bionda. Se vuole fargliela pagare personalmente per l'incidente aereo, non ci vedo nulla di male.

Tra poco morirebbe comunque a Mosca.

"Hai già parlato di questo con i russi?" chiedo, quando riprendiamo a camminare.

Lucas annuisce. "All'inizio, hanno cercato di dire che avrebbero trattato solo con Sokolov, ma li ho convinti del fatto che non sarebbe stato saggio schierarsi dall'altra parte. Buschekov ha capito molto bene quando gli ho ricordato dei recenti problemi di Al-Quadar."

"Bene." Se anche i russi sono disposti ad accogliermi, allora la mia vendetta contro l'organizzazione terroristica ha raggiunto l'effetto desiderato. Non solo Al-Quadar è stata assolutamente decimata, ma la mia reputazione è sostanzialmente migliorata. Pochi clienti saranno propensi a fare il doppio gioco ormai—uno sviluppo che promette ottime cose per gli affari.

"Già." Lucas concorda con me. "Sarà qui domani."

Sollevo le sopracciglia, ma decido di non commentare sulla rapidità di questo sviluppo. Se vuole giocare con la ragazza russa, sono affari suoi. "Dove la terrai?" gli chiedo.

"Nel mio alloggio. La interrogherò lì."

Sorrido, immaginando l'interrogatorio. "Va bene. Divertiti."

"Oh, lo farò" dice. "Ci puoi scommettere."

* * *

Dopo aver fatto una doccia, vado a cercare Nora. O meglio, controllo il mio computer per individuare il suo dispositivo di localizzazione e vado direttamente in biblioteca, dove sta studiando per gli esami.

La trovo seduta davanti a una scrivania con lo sguardo rivolto dall'altra parte, mentre digita furiosamente sul suo portatile. Ha i capelli legati in una coda e indossa un'enorme T-shirt che le copre le ginocchia.

La *mia* T-shirt, a quanto pare.

Ultimamente le indossa quando deve studiare. Sostiene che le mie T-shirt siano più comode dei suoi abiti. Non mi dispiace affatto. Vederla con i miei vestiti evidenzia solo il fatto che è mia.

Sia lei che il bambino che sta portando in grembo.

Non reagisce quando entro nella stanza e cammino

verso di lei. Quando la raggiungo, capisco il perché.

Indossa le cuffie e ha la fronte corrugata dalla concentrazione mentre sbatte le dita sulla tastiera, facendole scorrere sui tasti con una velocità sorprendente. Per un attimo, prendo in considerazione l'idea di lasciarla in pace, ma è troppo tardi. Nora deve avermi visto con la coda dell'occhio, perché alza lo sguardo e mi rivolge un sorriso smagliante, togliendosi le cuffie.

"Ciao." La sua voce è dolce e un po' roca. "È già ora di cena?"

"Non proprio." Ricambio il sorriso e metto le mani sulla sua nuca. I suoi muscoli sembrano contratti, così comincio a massaggiarli con i pollici. "Sono stato un po' con i miei uomini e sono venuto qui per fare una doccia prima di tornare in ufficio. Ho pensato di venirti a trovare."

"Oh." Si inarca al mio tocco, chiudendo gli occhi. "Oh, sì, proprio lì . . . Oh, è così bello . . ."

Geme come se la stessi scopando e la mia reazione è istantanea.

Mi eccito subito.

Fanculo.

Sospirando, freno il mio desiderio, come ho fatto nelle ultime due settimane. Quando la prenderò stasera, lo farò di nuovo in modo attento e controllato. Per quanto lei possa stuzzicarmi, non voglio rischiare di danneggiare il bambino.

"È il tuo tema di Psicologia?" chiedo, continuando a

massaggiarle il collo. "Sembri essere davvero presa."

"Oh, sì." Apre gli occhi e piega la testa per guardarmi. "È sulla Sindrome di Stoccolma."

Mi fermo. "Davvero?"

Annuisce, con un lieve sorriso che le fa piegare le labbra. "Sì. Un argomento interessante, non credi?"

"Sì, affascinante" dico. La mia gattina sta diventando sempre più audace. Mi tenta— probabilmente sperando di essere punita.

E voglio farlo. Le mie mani non vedono l'ora di piegarla sul mio ginocchio, di toglierle quella T-shirt gigante e di sculacciarle quel sedere perfetto fino a farlo diventare rosa e rosso. Il mio cazzo palpita per quell'immagine, soprattutto quando immagino di aprirle le natiche e di penetrarle quel culetto stretto—

Smettila di pensare a queste cose, cazzo. Vedo il sorriso di Nora ampliarsi, quando abbassa lo sguardo e nota il rigonfiamento nei miei jeans. Quella piccola strega sa esattamente cosa mi sta facendo, l'effetto che ha sul mio corpo.

"Sì, mi piace un sacco" mormora, tornando a guardarmi. "Sto imparando molte cose sull'argomento."

Inspiro lentamente e riprendo a massaggiarle il collo. "Allora dovrai parlarmene, gattina mia" dico con calma, come se il mio corpo non stesse impazzendo dal bisogno di scoparla. "Temo di aver saltato i corsi di Psicologia alla Caltech."

Il sorriso di Nora si fa sardonico. "Sei un talento naturale allora, non è vero?"

Tengo il suo sguardo in silenzio, senza preoccuparmi di rispondere. Non c'è bisogno di usare le parole. L'ho vista, l'ho voluta e l'ho presa. Tutto qui. Se vuole etichettare la nostra relazione, per farla rientrare in qualche definizione psicologica, è libera di farlo.

Non si libererà mai di me.

Qualche istante dopo, sospira e chiude gli occhi, rilassandosi di nuovo al mio tocco. Sento i suoi muscoli che si rilassano lentamente, mentre le massaggio le spalle e il collo. L'espressione di sfida svanisce dal suo volto, facendola sembrare particolarmente giovane e indifesa. Con le ciglia che sventolano sulle sue guance lisce, sembra innocente come un cerbiatto appena nato, incontaminata dal male della vita.

Incontaminata da me.

Per un attimo, mi chiedo come sarebbe se le cose stessero diversamente. Se fossi solo un ragazzo che ha conosciuto a scuola, come quel Jake a cui l'ho strappata. Mi amerebbe di più? Non mi amerebbe affatto? Se non l'avessi rapita come ho fatto, sarebbe mia?

È sciocco chiedersi questo, naturalmente. Tanto varrebbe fare supposizioni sui viaggi nel tempo o su cosa farei se ci fosse la fine del mondo. La realtà non mi permette di soffermarmi sui *se*. E se i miei genitori non fossero morti e avessi terminato i miei studi alla Caltech? E se mi fossi rifiutato di uccidere quell'uomo quando avevo otto anni? E se fossi riuscito a proteggere

Maria? Se pensassi a tutto questo, impazzirei, e mi rifiuto di lasciare che questo accada.

Sono quello che sono e non posso cambiare le cose.

Nemmeno per lei.

* * *

"Ho parlato con i miei genitori questo pomeriggio" dice Nora, quando ci sediamo per cenare quella sera. "Mi hanno chiesto un'altra volta di andare a trovarli."

"Ancora?" Le rivolgo uno sguardo sardonico. "Hai parlato con loro solo di questo?"

Nora guarda il suo piatto di insalata. "Ho intenzione di dirglielo al più presto."

"Quando?" Mi fa incazzare che continui a comportarsi come se il bambino non esistesse. "Quando partorirai?"

"No, certo che no." Alza gli occhi e aggrotta le sopracciglia. "A proposito, come fai a sapere che non gliel'ho ancora detto? Ascolti le mie conversazioni?"

"Certo." Non le ascolto tutte, ma ho origliato qualche volta. Quanto basta per sapere che i suoi genitori non sono al corrente degli ultimi avvenimenti nella vita della loro figlia. Eppure, non sarebbe male far credere a Nora che tutte le sue conversazioni sono monitorate. "Ti aspettavi che non lo facessi?"

Serra le labbra. "Sì, forse. La privacy è un diritto umano fondamentale e tutto il resto."

"Dovresti sapere che per me i diritti umani

fondamentali non hanno importanza, gattina mia." Vorrei ridere per la sua ingenuità. "È un costrutto inventato. Nessuno ti deve nulla. Se vuoi qualcosa nella vita, devi combattere per ottenerla. Devi far sì che accada."

"Come hai fatto accadere la mia prigionia?"

Le sorrido. "Esattamente. Ti volevo, così ti ho rapita. Non sono rimasto a sedere, in preda allo struggimento e ai desideri."

"Né ti sei soffermato sul costrutto dei diritti umani, a quanto pare." La sua voce lascia trasparire un lieve accenno di sarcasmo. "È così che crescerai nostro figlio? Prenditi quello che vuoi e non preoccuparti di ferire le persone?"

Inspiro lentamente, notando la tensione nei suoi lineamenti. "È questo che ti preoccupa, gattina mia?"

"Un sacco di cose mi preoccupano" dice sinceramente. "E sì, crescere un figlio con un uomo privo di coscienza è abbastanza in alto nella mia lista."

Per qualche ragione, le sue parole mi fanno male. Vorrei rassicurarla, dirle che non c'è bisogno di preoccuparsi, ma non posso mentirle più di quanto io possa mentire a me stesso.

Non ho idea di come crescerò questo bambino, del tipo di lezioni che gli impartirò. Gli uomini come me—gli uomini come mio padre—non dovrebbero avere figli. Lei lo sa, e lo so anch'io.

Come se potesse leggermi nel pensiero, Nora chiede con calma: "Perché vuoi questo bambino, Julian?

Perché è così importante per te?"

La guardo in silenzio, non sapendo bene come rispondere alla domanda. Non c'è nessuna buona ragione perché questo bambino sia così importante per me. Nessuna ragione per volerlo tanto quanto lo voglio. Avrei dovuto essere arrabbiato—o per lo meno, infastidito—dalla gravidanza di Nora, ma quando Goldberg ci ha dato la notizia, l'emozione che ho provato è stata così sconosciuta che in un primo momento non l'ho riconosciuta.

Ho provato gioia.

Gioia allo stato puro.

Per un breve momento, mi sono sentito davvero felice.

Vedendo che non rispondo, Nora sospira e guarda di nuovo il suo piatto. La osservo mentre taglia un pezzo di pomodoro e comincia a mangiare la sua insalata. È pallida e tesa, eppure ogni suo movimento è così aggraziato e femminile che sono ipnotizzato, completamente rapito da lei.

Potrei guardarla per ore.

La prima volta che l'ho portata sull'isola, le ore dei pasti erano la mia parte preferita della giornata. Mi piaceva interagire con lei, vederla cercare di nascondere la sua paura e di mantenere la calma. Il suo stoico e fragile coraggio mi deliziava quasi quanto il suo corpo straordinario. Era terrorizzata, ma potevo vedere la determinazione dietro i suoi sorrisi timidi e il suo modo insicuro di flirtare.

A modo suo, la mia gattina è sempre stata una combattente.

"Nora..." Voglio alleviare il suo stress, la sua comprensibile preoccupazione, ma non posso mentirle. Non posso fingere di essere quello che non sono. Così, quando mi guarda, dico solo: "Questo bambino è parte di te e di me. Questo è un motivo sufficiente per volergli bene." E quando continua a guardarmi, con un'espressione immutabile, aggiungo sottovoce: "Farò del mio meglio per nostro figlio, gattina mia. Te lo prometto."

Gli angoli delle sue labbra si piegano in un sorriso fugace. "Certo che lo farai, Julian. E lo stesso vale per me. Ma sarà sufficiente?"

"Non ci resta che aspettare e vedere, non è vero?" rispondo e, quando Ana ci porta il piatto successivo, ci concentriamo sul cibo e lasciamo cadere l'argomento.

CAPITOLO DODICI

❖ NORA ❖

"Hai visto la ragazza che è stata portata qui questa mattina?" chiede Rosa durante la nostra solita passeggiata. "Ana ha detto che era ammanettata e tutto il resto."

"Cosa?" Rivolgo a Rosa uno sguardo spaventato. "Quale ragazza? Sono andata a fare una corsa prima di colazione, e non ho visto nessuno."

"Nemmeno io. Ana mi ha detto di averla vista, ed è bionda e bellissima. A quanto pare, Lucas Kent la tiene nel suo alloggio." A Rosa chiaramente piacciono i pettegolezzi. "Ana pensa che la ragazza possa aver tradito il Señor Esguerra in qualche modo."

"Davvero?" Sollevo le sopracciglia. "Non so niente di

tutto questo. Julian non me ne ha parlato." In generale, da quando sono entrata nel suo computer, mi parla meno del suo lavoro. Non so se sia perché non si fida più di me o perché sta cercando di tenermi calma il più possibile data la gravidanza. Ho il sospetto che sia la seconda, vista la sua iperprotettività in questi giorni.

"Vuoi che camminiamo fino alla casa di Kent per vederla?" Gli occhi di Rosa brillano dall'eccitazione. "Forse possiamo sbirciare dalla sua finestra."

Resto a bocca aperta. "Rosa!" Questa è l'ultima cosa che mi sarei aspettata da lei. "Non possiamo farlo."

"Andiamo" insiste la mia amica. "Sarà divertente. Non vuoi sapere chi è questa ragazza bionda e perché Kent l'ha portata qui?"

"Basta chiederlo a Julian. Me lo dirà lui."

Rosa mi rivolge uno sguardo implorante. "Sì, ma potrei morire dalla curiosità prima che tu lo faccia. Voglio solo vedere cosa sta facendo Kent con lei, tutto qui."

"Perché?" Non ho alcuna voglia di vedere il braccio destro di Julian che tortura una donna sfortunata, e non ho idea del perché Rosa desideri essere testimone di una cosa così inquietante. "Se lei ha tradito Julian, non sarà un bello spettacolo da vedere." Ho lo stomaco in subbuglio a quel pensiero. Oggi non è uno dei miei giorni migliori in fatto di nausea.

Rosa arrossisce. "Perché mi va. Dai, Nora." Afferrandomi il polso, comincia a tirarmi in direzione degli alloggi delle guardie. "Andiamo. Sei incinta, quindi nessuno se la prenderà con te se spii un po'."

Mi lascio tirare da lei, sbalordita dal suo inspiegabile desiderio di spiare. Normalmente, Rosa mostra poco interesse per le attività criminali di mio marito. Non riesco a capire cosa ci sia dietro il suo inusuale comportamento, a meno che . . .

"Sei interessata a Lucas?" sbotto, fermandomi. "È di questo che si tratta?"

"Cosa? No!" La voce di Rosa si alza di un tono. "Sono solo curiosa, tutto qui."

La guardo, notando che le sue guance sono ancora più rosse. "Oh mio Dio, sei *davvero* interessata."

Rosa sbuffa e mi lascia andare il polso, incrociando le braccia sul petto. "Non è vero."

Alzo le mani in un gesto conciliante. "Va bene, va bene. Se lo dici tu."

Rosa mi guarda storto per un attimo, ma poi fa spallucce e lascia cadere le braccia lungo i fianchi. "E va bene" dice con aria cupa. "Forse lo trovo un po' attraente. Solo un po', va bene?"

"Certo" dico con un sorriso rassicurante. Con i suoi capelli biondi e la mascella quadrata, Lucas Kent mi ricorda un guerriero vichingo—o per lo meno la sua rappresentazione hollywoodiana. "È un bell'uomo."

Rosa annuisce. "Sì. Non sa della mia esistenza, naturalmente, ma questo è normale."

"Che cosa vuoi dire?" Sollevo le sopracciglia. "Hai mai provato a parlare con lui?"

"A proposito di cosa? Sono solo la domestica che

pulisce la casa principale e che di tanto in tanto porta alcune delle delizie preparate da Ana."

"Potresti chiedergli qual è il suo cibo preferito" suggerisco. "O com'è andata la sua giornata. Non dev'essere una cosa complicata. Un semplice *ciao* probabilmente ti farebbe entrare nelle sue grazie." Mentre dico questo, mi rendo conto che entrare nelle grazie di un uomo come Lucas Kent potrebbe non essere la cosa migliore per Rosa—o per qualsiasi altra donna.

Prima che io possa rimangiarmi quel suggerimento, Rosa sospira e dice: "L'ho già salutato in passato. Credo che non mi *veda*, Nora. Non in quel senso. E poi perché dovrebbe? Voglio dire, guardami." Fa un gesto derisorio verso sé stessa.

"Di cosa stai parlando?" Non credo che ricevere l'attenzione di Lucas sarebbe uno sviluppo positivo nella vita di Rosa, ma non posso lasciarmi sfuggire quel commento. "Sei molto attraente."

"Oh, per favore." Rosa mi rivolge uno sguardo incredulo. "Al massimo, sono nella media. Quelli come Kent sono abituati alle top model—come quella ragazza bionda che ha portato qui. Non sono il suo tipo."

"Beh, se non sei il suo tipo, allora è uno sciocco" dico con fermezza, e lo penso davvero. Con il suo viso rotondo, gli occhi castani caldi e il sorriso luminoso, Rosa è piuttosto bella. Ha anche il fisico che ho sempre invidiato: ha le curve e un bel seno. "Sei una bellissima ragazza—un ragazzo dovrebbe essere cieco per non vederlo."

Sbuffa. "Giusto. È per questo che la mia vita sentimentale è così straordinaria."

"La tua vita sentimentale è limitata dai confini di questa tenuta" le ricordo. "E poi, non hai detto di aver frequentato qualche guardia in passato?"

"Oh, certo." Agita la mano con noncuranza. "Eduardo e Nick, ma questo non significa niente. Anche le guardie hanno una scelta limitata e non sono molto esigenti. Scoperebbero qualunque cosa si muova."

"Rosa." Le rivolgo uno sguardo di rimprovero. "Ora stai esagerando."

Sorride. "Va bene, forse. Probabilmente dovrei dire 'qualunque cosa *femminile* si muova'—sebbene io abbia sentito dire che anche il Dott. Goldberg si diverte un po'. Secondo le voci, i ragazzi tatuati sono i suoi preferiti." Agita nervosamente le sopracciglia.

Scuoto la testa, sorridendo di nuovo, e scoppiamo entrambe a ridere all'idea del medico che fa sesso con una delle grosse guardie tatuate.

"Bene, ora che abbiamo stabilito che hai una cotta per Mr. Biondo e Pericoloso" dico qualche minuto dopo, quando smettiamo di ridere e riprendiamo a camminare verso gli alloggi delle guardie: "Puoi dirmi perché hai voglia di spiarlo insieme a quella ragazza?"

"Non lo so" ammette Rosa. "È così e basta. È folle, lo so, ma voglio vedere come si comporta con un'altra donna."

"Rosa . . ." Continuo a non capire. "Se lei è arrivata qui in manette, il loro non sarà esattamente un appuntamento romantico. Lo sai, vero?"

"Sì, certo." È incredibilmente irriverente. "Probabilmente le farà qualcosa di orribile."

"E perché vuoi vederlo?"

Si stringe nelle spalle. "Non lo so. Forse spero che vederlo mentre fa certe cose mi aiuti a superare questa stupida cotta. O forse sono solo morbosamente curiosa. Ha importanza?"

"No, credo di no." Mi affretto per tenere il suo veloce passo. "Ma posso dirti che la Dottoressa Wessex si divertirebbe molto con te."

"Oh, ne sono certa" dice, sorridendomi di nuovo. "Allora, è positivo che tu sia la sola che sta facendo terapia, non è vero?"

* * *

Le caserme delle guardie sono ai margini della tenuta, proprio accanto alla giungla. Insieme al gruppo di piccoli edifici squadrati ci sono alcune case dalle dimensioni normali. In base alle mie precedenti esplorazioni, so che sono occupate da alcuni dei dipendenti di livello più alto dell'organizzazione di Julian e da guardie che hanno le famiglie.

Man mano che ci avviciniamo, Rosa punta dritto verso una di quelle case più grandi, e io la seguo, correndo per tenere il passo. Il mio stomaco sta cominciando a farmi male e mi sento già in colpa per aver ceduto a questa follia.

"Eccoci qui" dice in tono sommesso, mentre giriamo intorno alla casa. "La sua camera da letto è qui."

"E come fai a saperlo?"

Mi sorride. "Sono stata qui un paio di volte."

"Rosa..." Sto scoprendo un lato completamente nuovo della mia amica. "Hai spiato quel pover'uomo in passato?"

"Solo una volta o due" sussurra, accovacciandosi sotto una finestra, mentre io faccio qualche passo indietro e osservo. "Shhh." Si mette un dito sulle labbra nel gesto di tacere.

Mi appoggio al tronco di un albero, incrocio le braccia, e la guardo mentre si alza lentamente e sbircia dalla finestra. Mi stupisce che sia così coraggiosa da farlo in pieno giorno. Anche se questo lato della casa di Lucas si affaccia sul bosco, ci sono un sacco di guardie nella zona, che potrebbero facilmente vederci.

Prima che io possa condividere questa preoccupazione con Rosa, lei si gira verso di me con uno sguardo deluso sul viso. "Non ci sono" dice a bassa voce. "Mi chiedo dove potrebbero essere."

"Forse l'ha portata da un'altra parte" dico, sollevata da questo sviluppo. "Andiamo."

"Aspetta, fammi controllare una cosa." Ancora accovacciata, si sposta verso una finestra più a sinistra.

La seguo con riluttanza, sempre più nauseata e a disagio per la situazione. Un altro minuto, prometto a me stessa, e tornerò indietro.

Proprio quando sto per dirle che me ne vado, Rosa si lascia sfuggire un gemito e mi fa cenno di avvicinarmi. "Eccola" dice con un sussurro emozionato, indicando la finestra. "L'ha portata lì."

Ora anche la mia curiosità si fa sentire. Chinandomi, mi avvicino verso il punto in cui è nascosta Rosa e mi accovaccio accanto a lei. "Che cosa sta facendo?" sussurro, quasi impaurita di scoprirlo.

"Non lo so" replica, guardandomi. "Lui non c'è. C'è solo lei."

"Cosa sta facendo *lei*, allora?"

"Guarda e giudica tu. È girata dall'altra parte."

Esito un attimo, ma la tentazione è troppa. Trattenendo il fiato, mi alzo quel tanto che basta per vedere oltre il bordo della finestra, a malapena consapevole del fatto che Rosa sta sbirciando accanto a me.

Come temevo, la vista all'interno mi fa contorcere le viscere.

La camera che vedo è grande e poco arredata. A giudicare dal divano in pelle nero vicino al muro e dal televisore sul lato opposto, dev'essere il salotto di Lucas. Le pareti sono dipinte di bianco e il tappeto è grigio. È una stanza tipicamente maschile, funzionale e senza fronzoli, ma non è l'arredamento che cattura la mia attenzione.

È la giovane donna al centro.

Tutta nuda, è legata a una sedia di legno, con le

gambe divaricate e le mani dietro la schiena. Ha la testa abbassata, con i capelli biondi e arruffati che le coprono il viso e gran parte della zona superiore del corpo. Tutto quello che vedo sono i suoi piedi e le lunghe gambe pallide ricoperte di lividi.

Gambe che sembrano troppo magre per una ragazza così alta.

Mentre osservo inorridita, lei alza la testa con uno scatto improvviso e guarda dritto verso di me, con i suoi occhi azzurri nitidi e chiari sul suo viso delicato.

Mi abbasso subito, in preda a una scarica di adrenalina. Rosa, tuttavia, sta ancora guardando, con un'espressione di avida curiosità.

"Rosa" sibilo, afferrandole il braccio. "Ci ha viste. Andiamo."

"Va bene, va bene" dice la mia amica, mentre la strattono. "Andiamo."

Ci dirigiamo in silenzio verso il nostro solito sentiero. Rosa sembra essere assorta nei suoi pensieri, e io non riesco a parlare, con la nausea che cresce sempre di più ad ogni passo. Quando superiamo un gruppo di cespugli di rose, mi chino e vomito mentre Rosa mi tiene i capelli e si scusa per avermi fatta stressare nella mia condizione.

Accetto le sue scuse, mentre mi rialzo, tremando. Quello che mi disturba di più non è il fatto di aver visto una donna legata e probabilmente in procinto di essere torturata.

È che quella vista non mi ha scossa quanto avrebbe

dovuto.

* * *

Quella sera, Julian non si unisce a me per la cena. Secondo Ana, ha una chiamata di emergenza con uno dei suoi collaboratori di Hong Kong. Rifletto sull'opportunità di recarmi nel suo ufficio per ascoltare, ma decido di sfruttare quel tempo per chiamare i miei genitori.

"Nora, tesoro, quando ti rivedremo?" chiede mia madre per la dodicesima volta dopo averla rapidamente aggiornata sui miei corsi. Mio padre è in viaggio per affari, quindi oggi ci siamo solo noi due in video chat. "Mi manchi tanto."

"Lo so, Mamma. Mi manchi anche tu." Mi mordo la parte interna della guancia, con gli occhi che all'improvviso mi bruciano dalle lacrime. *Fottuti ormoni della gravidanza.* "Ne abbiamo già parlato, Julian ha detto che vi verremo a trovare presto."

"Quando?" chiede mia madre dalla frustrazione. "Perché non puoi darci una data?"

Perché sono incinta, e il mio rapitore/marito iperprotettivo si rifiuta persino di parlare di viaggi in questo momento. "Mamma..." Faccio un respiro, cercando di trovare il coraggio. "C'è una cosa che dovresti sapere."

Mia madre si avvicina alla videocamera, con un'immediata preoccupazione visibile sulla fronte.

"Che c'è, tesoro?"

"Sono incinta di otto settimane. Io e Julian avremo un bambino." Non appena quelle parole mi escono dalla bocca, mi sento come se mi avessero tolto una lastra di granito dalle spalle. Fino a questo momento non mi ero resa conto di quanto mi pesasse questo segreto.

Mia madre sbatte le palpebre. "Cosa? Già?"

"Uhm, sì." Non è questa la reazione che mi aspettavo. Accigliata, mi avvicino alla videocamera. "Che cosa vuol dire, *già*?"

"Beh, tuo padre ed io pensavamo che visto che voi due siete sposati e tutto..." si stringe nelle spalle. "Voglio dire, speravamo che non sarebbe accaduto per un po', e che prima avresti finito la scuola—"

"Ti aspettavi che avrei avuto un figlio con Julian?" Mi sento come se fossi in un universo parallelo. "E sei d'accordo con questo?"

Mia madre sospira e si appoggia, guardandomi con un'espressione stanca. "Ovviamente non siamo d'accordo con questo. Ma non possiamo vivere nel diniego, nonostante i tentativi di tuo padre. Naturalmente, questo non è quello che avremmo voluto per te, ma—" Si ferma e sospira un'altra volta prima di dire: "Ascolta, tesoro, se questo è quello che vuoi, se lui ti rende davvero felice come dici, allora non dovremmo intrometterci. Vogliamo solo che tu sia felice e che stia bene. Lo sai, vero?"

"Lo so, Mamma." Sbatto le palpebre in fretta,

cercando di contenere un nuovo impulso di lacrime di commozione. "Lo so."

"Bene." Sorride, e sono abbastanza certa di vedere delle lacrime anche nei suoi occhi lucidi. "Ora dimmi tutto. Hai le nausee? Sei stanca? Come l'hai scoperto? È stato un incidente?"

E per tutta l'ora successiva, io e mamma parliamo di bambini e di gravidanza. Mi racconta la sua esperienza—sono stata concepita durante la luna di miele dei miei genitori—e spiego che mi sono fatta male al braccio quando sono stata rapita dai terroristi e che ho dovuto rimuovere l'impianto per un breve periodo di tempo. Questo è quanto di più vicino alla verità io possa raccontarle: che Al-Quadar mi ha strappato l'impianto dal braccio perché l'hanno scambiato per un localizzatore. I miei genitori sono a conoscenza del mio rapimento al centro commerciale—ho dovuto spiegar loro la mia scomparsa in qualche modo—ma non sanno tutta la storia.

Non sanno che la loro figlia ha agito da esca per salvare la vita del proprio rapitore e che ha ucciso un uomo a sangue freddo.

Quando la nostra conversazione finalmente si avvia alla conclusione, fuori è buio, e sto cominciando a sentirmi stanca. Quando riattacco, faccio la doccia, mi lavo i denti e mi metto a letto ad aspettare Julian.

Dopo un po', le mie palpebre si fanno pesanti, e sento che il sonno sta per avere la meglio su di me.

Mentre la mia mente comincia a vagare, mi appare un'immagine davanti agli occhi: quella di una ragazza legata e indifesa, legata a una sedia nel bel mezzo di una grande stanza dalle pareti bianche. I suoi capelli, però, non sono biondi.

Sono scuri ... e il suo ventre è gonfio per via di un bambino.

CAPITOLO TREDICI

❖ JULIAN ❖

È quasi mezzanotte quando finisco di lavorare ed entro nella nostra camera da letto. Accendo la lampada sul comodino e vedo che Nora sta già dormendo, rannicchiata sotto la coperta. Mi faccio la doccia e mi unisco a lei, tirando il suo corpo nudo a me non appena mi infilo sotto le lenzuola. Si adatta a me perfettamente, con il suo culetto sodo adagiato sul mio inguine e il suo collo appoggiato sul mio braccio teso. L'altro braccio è disteso lungo il suo fianco, e le stringo un seno con la mano.

Un seno che sembra un po' più paffuto rispetto a prima, ricordandomi che il suo corpo sta cambiando.

È strano quanto io trovi erotico tutto questo, quanto

mi ecciti il pensiero che il ventre di Nora stia crescendo per via del nostro bambino. Non ho mai trovato sexy le donne in gravidanza, ma con mia moglie, mi ritrovo a essere ossessionato dal suo corpo ancora esile, affascinato dalle sue capacità. Il mio desiderio sessuale, sempre forte, ha raggiunto il culmine in questi giorni, e devo sforzarmi con tutto me stesso per non aggredirla costantemente.

Se non fosse per le mie due sessioni di seghe quotidiane, non riuscirei a trattenermi.

Persino ora, dopo essermi appena masturbato sotto la doccia, essere avvolto intorno a lei in questo modo mi sembra una tortura. Non ho intenzione di spostarmi, però. Ho bisogno di sentirla accanto a me, anche se tutto quello che le farò è coccolarla. Ha bisogno di riposo, e ho tutta l'intenzione di lasciarla dormire. Tuttavia, mentre mi sistemo più comodamente sul cuscino, lei si muove tra le mie braccia e dice, assonnata: "Julian?"

"Certo, tesoro." Mi arrendo alla tentazione e annuso la pelle morbida dietro al suo orecchio, facendo scivolare la mano dal suo seno verso le calde pieghe tra le sue gambe. "Chi altro potrebbe essere?"

"Io—non lo so . . ." Il suo respiro accelera quando le trovo il clitoride e lo spingo. "Che ore sono?"

"È tardi." Spingo un dito dentro di lei per verificare la sua prontezza e il mio cazzo pulsa per la scorrevolezza che provo nel suo stretto canale caldo. "Dovrei lasciarti tornare a dormire."

"No." Ansima quando piego il dito dentro di lei, colpendo il suo punto G. "Sto bene, davvero."

"Stai bene?" Non posso fare a meno di tormentarla un po'. Devo tenere a freno i miei impulsi sadici in questi giorni, ma non posso lasciarmi sfuggire i suoi gemiti. Abbassando la voce, mormoro: "Io non ne sarei così sicuro. Credo che dovrei smettere."

"No, ti prego non farlo." Geme, mentre le accarezzo il clitoride con il pollice, strofinandole contemporaneamente la mia asta eccitata sul sedere. "Ti prego, non smettere."

"Dimmi cosa vuoi che faccia per te, allora." Continuo a massaggiarle il clitoride. Sembra un fuoco vivo tra le mie braccia, con il suo corpo caldo e bello. I suoi capelli profumano di shampoo alla camomilla e le sue pareti interne si flettono intorno al mio dito, come se cercasse di risucchiarlo nelle profondità della sua figa. "Dimmi esattamente cosa vuoi, gattina mia."

"Sai cosa voglio." Ansima ora, agitando i fianchi mentre cerca di costringere le mie dita ad assumere un ritmo costante. "Voglio che mi scopi. Duramente."

"Quanto duramente?" La mia voce si fa roca, mentre delle immagini depravate invadono la mia mente. Ci sono così tante cose sporche che vorrei farle, così tanti modi in cui vorrei prenderla. Anche dopo tutto questo tempo, c'è un'innocenza in lei che mi fa venir voglia di corromperla. Che mi fa venir voglia di spingerla al limite. "Dimmi, Nora. Voglio sentire ogni dettaglio."

"Perché?" chiede senza fiato, spingendo il bacino

contro la mia mano. La sua figa gocciola, ricoprendo le mie dita con la sua umidità. "Non mi farai quello che voglio."

"Non ti è permesso chiedere perché." Fermando la mano, lascio che alcuni dei miei desideri più oscuri si insinuino nella mia voce. "Ora dimmi."

"Io—" Fa un respiro mentre ricomincio a giocare con il suo clitoride. "Voglio che mi scopi così forte da farmi male." Le trema la voce quando spingo un secondo dito dentro di lei, allargando la sua piccola apertura. "Voglio che mi leghi e che mi fai quello che vuoi."

"Vuoi che ti fotta il culo?"

La sua figa si stringe intorno alle mie dita quando un brivido la fa tremare. "Io—" Le si incrina la voce. "Non lo so."

Se le mie palle non stessero sul punto di esplodere, troverei divertente la sua evasività. Uno di questi giorni le farò ammettere che ormai le piace il sesso anale, che le piace essere presa in quel modo. Anzi, la farò *supplicare* per avere il mio cazzo nel suo culetto. Per ora, però, tutte queste sono solo chiacchiere. Per quanto mi piacerebbe scopare ogni suo buco stretto, non posso farlo. Non voglio rischiare di danneggiare il bambino per un piacere fugace.

Dovrò accontentarmi di questo intermezzo verbale fin quando Nora partorirà.

Tirando via le dita dal suo corpo, afferro il mio cazzo e lo guido nella sua figa calda e umida. Lei geme quando inizio a spingere dentro di lei. Stando entrambi sdraiati di fianco e con le sue gambe chiuse, siamo ancora più uniti del solito, e procedo lentamente, ignorando il selvaggio desiderio martellante che mi pulsa nelle vene.

Non farle del male. Non farle del male. Quelle parole sono come un mantra nel mio cervello. Inarca la schiena, curvandosi per farmi entrare meglio, e io faccio scivolare la mano nella parte anteriore del suo sesso, alla ricerca della piccola gemma nelle sue pieghe. Quando le mie dita entrano in contatto con il suo clitoride, ansima il mio nome, e sento i suoi muscoli interni che si contraggono mentre raggiunge l'orgasmo.

Con il cuore che mi batte forte nel petto, faccio dei respiri profondi e rallento, cercando di contenere la mia imminente esplosione. Quando la voglia di venire si attenua un po', comincio a spingere dentro di lei, strofinando il suo clitoride gonfio. Si lascia sfuggire un verso incoerente, qualcosa a metà tra un gemito e un rantolo, e il suo corpo si irrigidisce nel mio abbraccio. Man mano che continuo a scoparla con brevi spinte poco profonde, si irrigidisce ancora di più, gridando, e sento la sua carne gonfia stringersi intorno a me mentre raggiunge il suo secondo orgasmo.

La sensazione che provo mentre mi stringe il cazzo è indescrivibile, e il piacere è selvaggio ed elettrizzante. Mi fa raggiungere un orgasmo improvviso. Gemendo duramente, sbatto il bacino dentro di lei, scavando in profondità nella sua figa, mentre il mio seme esplode con violenza, con una forza orgasmica.

Poi, rimaniamo sdraiati cercando di riprendere fiato, con i nostri corpi incollati per il sudore. Man mano che il mio battito cardiaco torna lentamente alla normalità, una sensazione di sazietà, di rilassato appagamento, mi attraversa. So che dovrei alzarmi e portare Nora a fare una doccia per un risciacquo veloce, ma sto troppo bene sdraiato lì, ad abbracciarla mentre il mio cazzo si ammorbidisce dentro il suo corpo. Chiudendo gli occhi, mi godo questo momento, prima di sprofondare nel pesante nulla del sonno.

"Julian?" La dolce voce di Nora mi scuote dal torpore, facendomi accelerare il battito cardiaco.

"Che c'è, tesoro?" Il mio tono è forte per l'improvvisa preoccupazione. "Stai bene?"

Si lascia sfuggire un sospiro pesante e si gira tra le mie braccia, guardandomi. "Certo che sto bene. Perché non dovrei stare bene?"

Respiro lentamente, troppo sollevato—e sessualmente sazio—per essere infastidito dal suo tono esasperato. "Che c'è, allora?" chiedo con più calma, tirando la coperta sopra di lei. La stanza è fresca per l'aria condizionata, e so che Nora sente freddo quando è stanca.

Sospira di nuovo mentre le metto la coperta sopra. "Sai che non sono fatta di vetro, vero?"

Non le rispondo. La guardo, con gli occhi socchiusi, fin quando sospira e dice: "Volevo solo dirti che ho parlato con i miei genitori, tutto qui."

"Hai detto loro del bambino?"

"Sì." Un sorriso compiaciuto le fa piegare le labbra. "Mamma ha reagito sorprendentemente bene."

"È una donna intelligente, tua madre. E tuo padre?"

"Non c'era durante la video chiamata, ma Mamma ha detto che gli parlerà."

"Bene." Trovo stranamente soddisfacente sapere che Nora ha finalmente compiuto questo passo. Vuol dire che è molto più vicina all'accettazione, ad ammettere finalmente che il bambino appartiene alla nostra vita. "Ora puoi smettere di preoccuparti di questo."

"Già." I suoi occhi brillano alla luce soffusa della lampada sul comodino. "La parte più difficile è finita. Ora tutto quello che devo fare è dare alla luce e crescere il bambino."

Il suo tono è allegro, ma riesco a sentire la paura sotto il sarcasmo. È terrorizzata dal futuro, e per quanto vorrei rassicurarla, non posso dirle che andrà tutto bene.

Perché, nel profondo del mio cuore, sono terrorizzato quanto lei.

* * *

Avendo lavorato fino a tarda notte, dormo più del solito, e quando mi sveglio, Nora si sta già stiracchiando.

Sentendomi muovere, si rotola nel letto e mi rivolge un sorriso assonnato. "Sei ancora qui."

"Sì." Arrendendomi a un impulso momentaneo, la tiro a me, avvolgendo le braccia intorno a lei. A volte mi sembra che il tempo che passiamo insieme non sia sufficiente. Anche se la vedo tutti i giorni, voglio di più.

Voglio sempre di più da lei.

Mette la gamba sopra la mia coscia e si avvicina ancora di più, strofinando il naso sul mio petto. Il mio corpo reagisce in modo prevedibile, con la mia erezione mattutina che si irrigidisce fino a diventare dolorosamente dura. Prima che io possa fare qualcosa, però, mi distrae parlando. "Julian..." La sua voce è soffocata. "Chi è la donna nella casa di Lucas?"

Sorpreso, la guardo. "Come fai a saperlo?"

"Io e Rosa l'abbiamo vista ieri." Nora sembra riluttante a incontrare il mio sguardo. "Eravamo, uhm ... di passaggio." Mi guarda da sotto le ciglia.

"Davvero?" Appoggiandomi su un gomito, la studio, notando il rossore sul suo viso. "E perché vi aggiravate da quelle parti? Di solito non passeggiate in quella zona."

"Ieri l'abbiamo fatto." Tirando la coperta intorno a sé, Nora si siede e mi rivolge uno sguardo determinato. "Allora, chi è lei? Che cos'ha fatto?"

Sospiro. Non volevo che Nora sapesse di quel dramma, ma a quanto pare non posso evitarlo. "La ragazza è l'interprete russa che ci ha traditi con gli ucraini" spiego, osservando con attenzione la reazione di Nora. La mia gattina si sta appena riprendendo dagli incubi, e l'ultima cosa che voglio è provocarle una ricaduta.

Mentre parlo, Nora sgrana gli occhi. "È la responsabile dell'incidente aereo?"

"Non direttamente, ma le informazioni che ha fornito agli ucraini hanno portato a quello, sì." Se Lucas non avesse deciso di prendere in mano la situazione, avrei mandato qualcuno a Mosca a occuparsi della traditrice—se i russi non l'avessero fatto per me, voglio dire.

Mentre Nora digerisce le informazioni, vedo la sua espressione cambiare, diventando più oscura. È affascinante da vedere. Le sue morbide labbra si irrigidiscono e il suo sguardo si riempie di odio puro. "Ti ha quasi ucciso" dice con voce strozzata. "Julian, quella troia ti ha quasi ucciso."

"Sì, e ha ucciso quasi cinquanta dei miei uomini." È la loro perdita che mi fa male più di qualsiasi altra cosa, e so che lo stesso vale per Lucas. Qualunque sia la punizione che deciderà di riservare alla sua prigioniera sarà quella che lei merita, e vedo che Nora sta cominciando a pensarla come me.

Mentre la guardo, salta giù dal letto, lasciando la coperta lì. Afferrando la vestaglia, la indossa prima di iniziare a camminare per la stanza, visibilmente agitata. La breve occhiata che rivolgo al suo corpo nudo mi eccita ancora una volta, ma tengo lo sguardo sul suo viso mentre mi alzo.

"Ti dà fastidio, gattina mia?" chiedo. Nora smette di camminare, distogliendo lo sguardo dalla parte inferiore del mio corpo prima di tornare a guardarmi. "È per questo che vuoi sapere di lei?"

"Certo che mi dà fastidio." La voce di Nora è carica di una tensione che non riesco a definire. "C'è una donna legata nella tua tenuta."

"Una traditrice" la correggo. "Non è una vittima innocente."

"Perché non hai lasciato che le autorità russe si occupassero di tutto?" Nora si avvicina. "Perché l'hai portata qui?"

"Lucas ha voluto questo. Ha una specie di . . .rapporto . . . particolare con lei."

Nora sgrana gli occhi, capendo tutto. "Ha avuto una relazione con lei?"

"Più un rapporto occasionale, ma sì." Cammino verso il bagno, e Nora mi segue lì. Quando entro nel bagno e comincio a lavarmi i denti, prende il suo spazzolino e fa la stessa cosa. Vedo che è ancora agitata, così dopo aver sciacquato il dentifricio, dico: "Se ti dà molto fastidio, posso farla portare da qualche altra parte."

Nora mette giù il suo spazzolino e mi rivolge uno sguardo sarcastico. "Così potrebbe torturarla senza che lo sappia nessuno? Credi che questo migliorerebbe la situazione?"

Mi stringo nelle spalle, camminando verso il box doccia. "Beh, tu non lo vedresti." Lascio aperta la porta della doccia, in modo da poter parlare con lei. La doccia è abbastanza spaziosa, quindi l'acqua non uscirà.

"Certo, naturalmente." Mi fissa mentre comincio a insaponarmi. "Quindi, se non lo vedo, non succederà."

Mi lascio sfuggire un altro sospiro. "Vieni qui, tesoro." Ignorando il sapone sulle mani, mi allungo e la tiro nella doccia con me. Poi le tolgo la vestaglia e la butto sul pavimento fuori dalla doccia.

Lei non resiste quando la porto sotto il getto caldo insieme a me. Chiude gli occhi e si ferma, mentre mi verso lo shampoo sul palmo e comincio a massaggiarlo sulla sua cute. Anche bagnati, i suoi capelli sono belli da toccare, folti e setosi sulle mie dita.

È strano quanto mi piaccia prendermi cura di lei in questo modo. Quanto il semplice atto di lavarle i capelli mi rilassi e mi ecciti. In momenti come questi, è più facile dimenticare la violenza dentro di me, sedare le voglie che non potrò soddisfare nei mesi a venire.

"Che differenza fa se è Lucas a decidere la punizione o se sono i russi?" chiedo quando ho finito di insaponarle i capelli. Nora non dice niente, ma so che sta ancora pensando all'interprete, ossessionata dal suo destino. "Il risultato sarebbe lo stesso. Lo sai, gattina mia, non è vero?"

Annuisce in silenzio, poi piega la testa all'indietro per togliere lo shampoo.

"Allora perché continui a pensarci?" Raggiungo il balsamo per i capelli mentre si asciuga l'acqua dal viso e apre gli occhi per guardarmi. "Vuoi che la lasciamo libera?"

"Dovrei volere questo." Mi fissa mentre comincio ad

asciugarle i capelli. "Non dovrei volere che soffra in questo modo."

Le mie labbra si piegano dal selvaggio divertimento. "Ma è quello che vuoi, non è vero? Vuoi la vendetta tanto quanto me." La sua agitazione ha senso ora. Come con l'uomo che ha ucciso, la sensibilità tipica della classe media a cui appartiene Nora si scontra con i suoi istinti. Sa come *dovrebbe* sentirsi in base alle imposizioni della società, e le dà fastidio che le emozioni che sta vivendo siano molto diverse.

Non fa parte della natura umana porgere l'altra guancia e la mia gattina sta cominciando a capirlo.

Nora chiude di nuovo gli occhi e muove la testa sotto il getto. L'acqua le cade sul viso, trasformando le sue ciglia in lunghe punte scure. "Volevo morire quando credevo che fossi morto" dice, con voce appena udibile sotto l'acqua corrente. "È stato ancora peggio di quando ti ho perso per la prima volta. Quando ho visto la ragazza, ho pensato che avesse fatto *qualcosa* per danneggiare la tua attività, ma non mi ero resa conto che aveva causato l'incidente."

Immagino come dev'essersi sentita Nora quel giorno e provo un acuto dolore nel petto. Impazzirei al solo pensiero di perderla. "Tesoro . . ." Avvicinandomi, uso la schiena per proteggerla dal getto d'acqua e le prendo il viso tra le mani, fissandola. "È finita. Quell'episodio della nostra vita appartiene al passato, va bene?"

Non risponde, così piego la testa e le prendo la bocca per un bacio profondo e lento, confortandola nell'unico modo in cui lo so fare.

CAPITOLO QUATTORDICI

❖ NORA ❖

Sto impazzendo. Lentamente e inesorabilmente, sto entrando nell'orbita oscura di Julian, risucchiata dall'intricata palude che è questa tenuta.

Ne sono al corrente da un po', naturalmente. Ho osservato la mia trasformazione con una sorta di distante orrore e curiosità. Cose che un tempo ritenevo aberranti ormai fanno parte della mia vita quotidiana. Omicidio, tortura, transazioni illegali di armi—intellettualmente, condanno ancora tutto, ma non mi dà più fastidio come una volta. I miei principi morali si stanno gradualmente incrinando e sto lasciando che accada.

Ho permesso al mondo di Julian di cambiarmi senza

nemmeno opporre resistenza.

Anche prima che venissi a sapere cos'aveva fatto la ragazza bionda, la sua situazione non mi affliggeva in profondità. Come Rosa, ero più morbosamente curiosa che sgomenta. E ora che so che lei è l'interprete che ha quasi ucciso Julian, l'odio che mi scorre nelle vene lascia poco spazio alla compassione. Mi rendo conto che è sbagliato lasciare che Lucas la punisca in questo modo, ma non ne sento l'*immoralità*.

Voglio che lei soffra, che paghi per l'agonia che ci ha fatto passare.

Il fatto che io riesca a riflettere in questo momento, nonché ad analizzare le mie sconcertanti emozioni, è bizzarro. Sto sotto la doccia, e Julian mi sta baciando, drogando i miei sensi con il suo tocco. Le sue mani mi cullano il viso e il mio corpo sta reagendo a lui come sempre, con l'acqua calda sulla pelle che si aggiunge al calore che brucia dentro di me. I miei pensieri, però, sono nitidi e chiari. C'è solo una soluzione che intravedo, solo un modo per tentare di salvare ciò che resta della mia anima.

Devo andarmene.

Non in modo definitivo. Non per sempre. Ma devo andarmene, anche solo per un paio di settimane. Ho bisogno di ritrovare il mio senso della prospettiva, di reimmergermi nel mondo esterno alla tenuta.

Se non per il mio bene, almeno per il bambino che sto portando in grembo.

"Julian . . ." Mi trema la voce quando finalmente mi

lascia andare le labbra e fa scivolare una mano lungo la mia schiena, facendomi pulsare il sesso dal bisogno. "Julian, voglio andare a casa."

Si ferma di colpo e alza la testa, continuando a stringermi. Il suo sguardo si indurisce, e il calore del desiderio si trasforma in qualcosa di freddo e minaccioso. "Tu *sei* a casa."

"Voglio vedere i miei genitori" insisto, con il cuore che mi batte forte nel petto. Con il corpo potente di Julian che mi circonda e il vapore della doccia che appanna la cabina, mi sento come se fossi intrappolata in una bolla di pelle nuda e lussuria. Il mio corpo brama il suo tocco, ma la mente mi grida che non posso cedere. Non con quello che c'è in gioco.

Un muscolo della sua mascella inizia a battere. "Ti ho già detto che ti ci porterò. Ma non ora. Non nelle tue condizioni."

"Quando?" Mi sforzo di tenere il suo sguardo. "Quando avrò un bambino di cui prendermi cura? Quando il bambino sarà cresciuto? Credi che a quel punto sarebbe sicuro andarci?"

Le labbra di Julian si assottigliano, formando una linea pericolosa e dura. Spingendomi contro il muro della doccia, mi afferra i polsi e li inchioda sopra la mia testa. "Non stuzzicarmi, gattina mia" mormora, con la sua erezione sul mio stomaco. "Le conseguenze non ti piacerebbero."

Nonostante la mia determinazione, un accenno di paura mi attraversa il petto. So che Julian non mi farebbe del male in questo momento, ma la punizione fisica non è l'unica arma nell'arsenale di mio marito. Le immagini del brutale pestaggio di Jake mi tornano in mente, provocandomi un nauseante brivido.

"Non farlo" sussurro, mentre si china e strofina le labbra sul mio orecchio, con quel tenero gesto che è in netto contrasto con la minaccia del suo corpo che incombe su di me. "Julian, non farlo."

Si raddrizza, con gli occhi simili a dure gemme blu. "Cosa non dovrei fare?" Spostandomi i polsi in un palmo, mi passa la mano libera sui seni, fino ad arrivare alla pancia, strofinando le dita sulla mia pelle che brucia.

"Non—" Mi si incrina la voce, con il suo tocco che mi fa pulsare forte l'intimo dal desiderio, nonostante la persistente fredda atmosfera. "Non comportarti così."

La sua mano sale, stringendomi la mascella in una morsa. "Così come?" chiede, con un tono ingannevolmente dolce. "Come se fossi mia?"

Mi si ferma il respiro. "Sono tua moglie, non la tua schiava—"

"Sei tutto quello che voglio che tu sia, gattina mia. Sei mia." La crudeltà delle sue parole mi colpisce come un pugno, facendomi uscire tutta l'aria dai polmoni. Devo lasciar trasparire un pizzico della mia reazione perché allenta la presa su di me, addolcendo il tono quando dice: "È questa la tua casa, Nora. Qui. Con me. Non là fuori."

"Sono i miei genitori, Julian. La mia famiglia.

Proprio come *tu* sei la mia famiglia ora. Non posso passare tutta la vita rinchiusa in una gabbia per essere al sicuro. Impazzirei." Sento che delle lacrime si stanno formando dietro le mie palpebre, e le sbatto in fretta, cercando di trattenerle. L'ultima cosa che voglio è mostrare il pasticcio emotivo che sono in questi giorni.

Stupidi ormoni della gravidanza.

Julian mi fissa, con gli occhi che brillano dalla frustrazione, e poi, con un movimento brusco, mi lascia andare, facendo un passo indietro. Chiudendo l'acqua, esce dalla cabina, afferrando un asciugamano con una violenza trattenuta a stento. Il suo cazzo è ancora duro, e il fatto che non sia ancora su di me è sorprendente, anche considerando il suo nuovo atteggiamento tratta-Nora-come-se-fosse-di-vetro.

Muovendomi con cautela, lo seguo fuori dalla doccia, affondando i piedi bagnati nella morbidezza del tappeto del bagno. "Puoi—" comincio a dire, ma Julian si sta già avvicinando a me con l'asciugamano. Avvolgendomelo attorno, mi asciuga prima di prendere un altro asciugamano per lui.

"Che cosa c'entra tutto questo con Yulia Tzakova?" Le sue parole mi bloccano, mentre sto per uscire dal bagno. Quando mi giro verso di lui, confusa, chiarisce: "L'interprete russa che hai visto ieri. Ha qualcosa a che vedere con il tuo improvviso desiderio di vedere i tuoi genitori?"

Per un attimo, prendo in considerazione l'idea di negarlo, ma Julian capisce quando sto mentendo. "In un certo senso" dico con attenzione. "Ho solo bisogno di passare un po' di tempo lontano da qui, di cambiare aria. Ho bisogno di un attimo di respiro, Julian." Deglutisco, sostenendo il suo sguardo. "Ne ho davvero bisogno."

Mi fissa, e poi, senza dire una parola, va in camera per vestirsi.

* * *

A colazione, Julian è silenzioso, apparentemente preso dalle e-mail sul suo iPad. Mi sento ignorata—una sensazione a me sconosciuta. Di solito, quando mangiamo insieme, ho la piena attenzione di Julian, e il fatto che si stia concentrando su qualcos'altro mi dà fastidio più di quanto dovrebbe.

Prendo in considerazione l'idea di cercare di rompere il silenzio, ma non voglio peggiorare le cose. La discussione di questa mattina probabilmente ha messo fine a tutte le mie possibilità di uscire dalla tenuta. Avrei dovuto aspettare un momento più opportuno per parlare della visita ai miei genitori; tirar fuori l'argomento nel bel mezzo di una sessione di baci non è stata una mossa intelligente.

Naturalmente, non c'è alcuna garanzia che un approccio diverso avrebbe alterato il risultato. Quando Julian prende una decisione, ho poche possibilità di fargli cambiare idea, soprattutto se si tratta della mia sicurezza. Abbiamo discusso molto dei localizzatori, e ce li ho ancora nel corpo. Julian non mi permetterà mai di rimuoverli, proprio come potrebbe non lasciarmi mai uscire dalla tenuta. A tutti gli effetti, io sono sua, e non posso fare niente per cambiare le cose.

Cercando di non cedere alla sorda disperazione che minaccia di prendere il sopravvento, finisco le uova e mi alzo, non volendo indugiare in questo clima di tensione. Prima che io possa allontanarmi dal tavolo, però, Julian alza lo sguardo dal suo iPad e mi rivolge uno sguardo tagliente. "Dove stai andando?"

"A studiare per gli esami" rispondo con cautela.

"Siediti." Fa un gesto imperioso verso la mia sedia. "Non abbiamo ancora finito."

Sopprimendo una fiammata di rabbia, torno al mio posto e incrocio le braccia. "Devo studiare, Julian."

"Quando hai l'ultimo esame?"

Lo fisso, con il cuore che mi batte forte, mentre un barlume di speranza si forma nel mio petto. "È flessibile con il programma online. Se finisco tutte le lezioni in anticipo, posso sostenere subito gli esami."

"Quindi, i primi di giugno?" insiste.

"No, prima." Appoggio le mie mani sudate sul tavolo. "Teoricamente potrei finire entro una settimana e mezzo."

"Va bene." Guarda di nuovo il suo iPad e digita qualcosa mentre lo guardo, osando appena respirare. Un minuto dopo, torna a guardarmi, fissandomi con uno sguardo duro. "Ti dirò questo una volta sola, Nora" dice. "Se mi disobbedisci o fai qualsiasi cosa che possa metterti in pericolo mentre siamo a Chicago, ti *punirò*. Capito?"

Prima che finisca di parlare, mi sono già alzata, e per poco non faccio capovolgere la sua sedia mentre salto sopra di lui. "Sì!" Non so nemmeno come faccio a finirgli in braccio, ma in qualche modo ci riesco, mettendogli le braccia intorno al collo mentre lo bacio su tutto il volto. "Grazie! Grazie! Grazie!"

Mi permette di baciarlo fin quando resto senza fiato, e poi mi prende il viso con le sue mani grandi, guardandomi intensamente. Vedo il bagliore del desiderio nei suoi occhi, sento il duro rigonfiamento che spinge nelle mie cosce, e capisco che stiamo per continuare quello che abbiamo iniziato questa mattina. Il mio corpo comincia a pulsare dall'attesa, e i miei capezzoli si induriscono sotto al vestito.

Come se percepisse la mia crescente eccitazione, Julian sorride cupamente e si alza in piedi, stringendomi sul suo torace. "Non farmi pentire di questo, gattina mia" mormora, portandomi verso le scale. "Faresti bene a non deludermi, credimi."

"Non lo farò" prometto con fervore, avvolgendo le braccia intorno al suo collo. "Te lo prometto, Julian, non lo farò."

PARTE III: IL VIAGGIO

CAPITOLO QUINDICI

❖ NORA ❖

Sto tornando a casa. Oh mio Dio, sto tornando a casa.

Persino ora, mentre guardo le nuvole fuori dall'oblò dell'aereo, faccio fatica a credere che tutto questo stia accadendo per davvero. Sono passate solo due settimane dalla nostra conversazione a colazione, ed eccoci qui, diretti a Oak Lawn.

"Quest'aereo non ha niente a che vedere con quelli che ho visto in TV" dice Rosa, osservando il lussuoso interno della cabina. "Voglio dire, sapevo che non avremmo volato con una normale compagnia aerea, ma questo è *davvero* bello, Nora."

Le sorrido. "Sì, lo so. La prima volta che l'ho visto, ho avuto la stessa reazione." Rivolgo una rapida occhiata a Julian, che è seduto sul divano con il suo portatile, ignorando la nostra conversazione. Mi ha detto che incontrerà il suo gestore di portafoglio a Chicago, quindi suppongo che stia pianificando i suoi futuri investimenti. O si tratta di questo o dell'ultima modifica al progetto dei droni da parte dei suoi ingegneri; quel progetto l'ha tenuto molto occupato questa settimana.

"È la prima volta che volo, e stiamo su un jet privato. Ci credi? C'è solo una cosa che sarebbe migliore: andare a New York" dice Rosa, richiamando la mia attenzione su di lei. I suoi occhi castani brillano dall'emozione, e sta praticamente saltando sul suo sedile in pelle. È così allegra da diversi giorni, da quando ho convinto Julian a lasciarla venire con noi in America—cosa che la mia amica sognava di fare da anni.

"Anche Chicago è molto bella" dico, divertita dal suo involontario snobismo. "È una città figa, vedrai."

"Oh, certo." Rendendosi conto di aver appena insultato la mia città, Rosa arrossisce. "Sono sicura che sia straordinaria, e non voglio che pensi che io sia un'ingrata" dice in fretta, sembrando sconvolta. "So che mi stai portando solo perché sei gentile, e sono entusiasta di questo—"

"Rosa, ti sto portando perché ho bisogno di te" la interrompo, non volendo che parli di questo davanti a Julian. "Tu sei l'unica di cui Ana si fidi che sappia prepararmi i frullati la mattina, e sai che ho bisogno di quelle vitamine."

O per lo meno, questo è quello che ho detto al mio marito ossessivamente protettivo, quando gli ho chiesto di portare Rosa con noi. Sono abbastanza certa che avrei potuto prepararmi i frullati da sola—o semplicemente ingoiare le vitamine sotto forma di pillole—ma volevo che permettesse alla mia amica di unirsi a noi. Ancora oggi, non so se lui abbia accettato perché mi ha creduto o perché non aveva obiezioni. Comunque sia, non voglio che Rosa mandi inavvertitamente tutto all'aria . . . o a terra, visto che siamo su un jet privato.

Non mi sembra ancora del tutto vero che tra poco rivedrò i miei genitori. Le ultime due settimane sono semplicemente volate. Con tutti gli esami, ho avuto a malapena il tempo di pensare al viaggio. Solo tre giorni fa ho potuto riprendere fiato e rendermi conto del fatto che il viaggio si sarebbe fatto davvero e che Julian aveva già fatto tutti i preparativi necessari, rafforzando la sicurezza intorno ai miei genitori ai livelli della Casa Bianca.

"Oh, sì, i frullati" dice Rosa, guardando in direzione di Julian. "Certo, me ne ero dimenticata. E ti aiuterò a disfare tutta l'attrezzatura da disegno, così non ti stresserai troppo."

"Esatto." Le rivolgo un sorriso complice. "Non posso sollevare quelle tele pesanti e tutto il resto."

In quel momento, l'aereo trema, e Rosa sbianca, mentre il suo entusiasmo svanisce. "Cosa— cos'è stato?"

"Solo un po' di turbolenza" dico, respirando lentamente per contrastare un immediato senso di nausea. Non ho ancora superato del tutto il malessere mattutino, e i movimenti a scatti dell'aereo non aiutano di certo.

"Non ci schianteremo, vero?" chiede Rosa con timore, e scuoto la testa per rassicurarla. Quando rivolgo un'occhiata a Julian, però, vedo che mi sta guardando, con il volto insolitamente teso e le nocche bianche, mentre afferra il computer.

Senza riflettere, slaccio la cintura di sicurezza e mi alzo, volendo andare da lui. Se Rosa ha paura che ci schiantiamo, posso solo immaginare come debba sentirsi Julian, dopo essere sopravvissuto a un incidente meno di tre mesi fa.

"Che cosa stai facendo?" La voce di Julian è tagliente quando si alza, lasciando cadere il computer sul divano. "Siediti, Nora. Non è sicuro."

"Voglio solo—"

Prima che io possa finire di parlare, è già accanto a me, costringendomi ad appoggiarmi al sedile e a mettermi la cintura. "Siediti" ringhia, fissandomi. "Non avevi promesso di comportarti bene?"

"Sì, è solo che—" Vedendo l'espressione sul volto di Julian, taccio prima di borbottare: "Non importa."

Continuando a fissarmi, fa un passo indietro e si siede davanti a me e Rosa. Lei sembra a disagio, torcendo le mani sul grembo mentre guarda fuori dall'oblò. Mi dispiace per lei; sono certa che trovi strano vedere la sua amica che viene trattata come se fosse una bambina disobbediente.

"Non voglio che tu cada se l'aereo dovesse incontrare un vuoto d'aria" dice Julian con un tono più calmo vedendo che non cerco più di alzarmi. "Non è sicuro camminare per la cabina durante una turbolenza."

Annuisco e cerco di respirare lentamente. Aiuta sia per la nausea che per la rabbia. A volte dimentico come stanno le cose e penso che il nostro sia un matrimonio normale, una relazione tra pari, invece di... beh, qualunque cosa sia quella che abbiamo. Sulla carta, sono la moglie di Julian, ma in realtà, sono più la sua schiava sessuale.

Una schiava sessuale disperatamente innamorata del suo padrone.

Chiudendo gli occhi, trovo una posizione comoda al centro dello spazioso sedile in pelle e cerco di rilassarmi.

Sarà un viaggio lungo.

* * *

"Svegliati, tesoro." Delle labbra calde mi sfiorano la fronte, mentre sento la mia cintura di sicurezza che viene slacciata. "Eccoci qui."

Apro gli occhi, sbattendo lentamente le palpebre. "Cosa?"

Julian mi sorride, con lo sguardo divertito mentre si alza davanti a me. "Hai dormito tutto il tempo. Dovevi essere molto stanca."

Ero un po' stanca—come conseguenza degli esami e dei preparativi delle valigie—ma un pisolino di otto ore è un nuovo record per me. Devono essere di nuovo quegli ormoni della gravidanza.

Coprendo uno sbadiglio con la mano, mi alzo e vedo che Rosa ci sta già aspettando all'uscita, con il suo zaino. "Siamo atterrati" dice allegramente. "Non ho nemmeno sentito l'aereo toccare terra. Lucas dev'essere un pilota straordinario."

"È bravo" concorda Julian, avvolgendomi uno scialle di cachemire intorno alle spalle. Quando gli rivolgo uno sguardo interrogativo, spiega: "Fa solo venti gradi là fuori. Non voglio che tu senta freddo."

Sopprimo la voglia di ridacchiare. Solo qualcuno che viene dai tropici considererebbe "freddo" una temperatura di venti gradi—anche se, ad essere sincera, probabilmente sentirò un po' freddo con il vestito a maniche corte che indosso. Il tempo di Chicago a fine maggio è imprevedibile, con giornate primaverili fresche intervallate da un caldo simile a quello estivo. Julian indossa un paio di jeans e una camicia a maniche lunghe con i bottoncini.

"Grazie" dico, guardandolo. In un certo senso, trovo la sua preoccupazione commovente, anche se sta esagerando ultimamente. Certo, non mi dispiace che la sensazione delle sue mani grandi sulle mie spalle mi faccia venir voglia di sciogliermi, anche con Rosa a pochi metri di distanza.

"Prego, tesoro" dice con voce roca, tenendo il mio sguardo, e capisco che la sente anche lui—questa profonda attrazione inspiegabile che proviamo l'uno per l'altra. Non so se si tratti di attrazione o di qualcos'altro, ma ci lega insieme in un modo più sicuro di qualsiasi corda.

Il fragore della porta dell'aereo che si apre mi strappa dal mio stato di trance. Sorpresa, faccio un passo indietro, afferrando lo scialle per non farlo cadere. Julian mi rivolge uno sguardo che promette la prosecuzione di quello che abbiamo iniziato, e un brivido di trepidazione mi attraversa.

"Posso scendere?" chiede Rosa, e mi giro per vederla attendere con impazienza sulla porta aperta.

"Certo" dice Julian. "Comincia a scendere, Rosa. Ti raggiungeremo presto."

Scompare dalla nostra vista, e Julian mi si avvicina, facendomi bloccare il respiro in gola. "Sei pronta?" chiede a bassa voce, e io annuisco, ipnotizzata dallo sguardo caldo nei suoi occhi.

"Allora, andiamo" mormora, prendendomi la mano. Il suo grosso palmo mascolino mi avvolge completamente le dita. "I tuoi genitori ti stanno aspettando."

* * *

L'auto che ci porta dall'aeroporto alla casa dei miei genitori è una lunga limousine dall'aspetto moderno con i vetri insolitamente spessi.

"Antiproiettile?" chiedo quando saliamo, e Julian annuisce, confermando la mia ipotesi. È seduto nella parte posteriore con me e Rosa, mentre Lucas è alla guida, come al solito.

Mi chiedo se l'uomo biondo si senta risentito per il fatto che questo viaggio l'abbia allontanato dal suo giocattolo russo. Da quello che so, l'interprete è ancora viva ed è ancora prigioniera nell'alloggio di Lucas. Julian mi ha detto che Lucas ha messo due guardie a vegliare su di lei in sua assenza e a fare in modo che stia bene. A quanto pare, non vuole che qualcun altro abbia il privilegio di torturare la ragazza.

Tutta quella situazione mi fa star male, quindi cerco di non pensarci. L'unico motivo per cui so tutte queste cose è che Rosa si rifiuta di lasciar perdere, supplicandomi costantemente di chiedere a Julian se ci sono novità. La sua strana ossessione per il braccio destro di Julian mi preoccupa, anche se sto giungendo alla conclusione che Rosa aveva ragione sul fatto che Lucas provi un interesse pari a zero nei suoi confronti. Eppure, per quanto io non voglia che si lasci coinvolgere da lui, non voglio che le spezzi il cuore, ma temo che le cose si stiano muovendo in quella direzione.

"Sei sicura che ai tuoi genitori non dia fastidio che arriviamo così tardi?" chiede Rosa, distogliendomi dai miei pensieri. "Sono quasi le nove di sera."

"No, sono davvero ansiosi di vedermi." Guardo il mio telefono, che lampeggia per un altro messaggio da parte di Mamma. Rispondendo al messaggio, dico a Rosa: "Mia madre ha già preparato la tavola."

"E ai tuoi non dà fastidio che ci sono anch'io?" Si morde il labbro inferiore. "Voglio dire, tu sei la loro figlia, ed è ovvio che vogliano vederti, ma io sono solo la domestica—"

"Tu sei la mia amica." Impulsivamente, mi allungo nella limousine e stringo la mano di Rosa. "Ti prego, smettila di preoccuparti di questo. Non dai fastidio."

Rosa sorride, sembrando sollevata, e io guardo Julian per vedere la sua reazione. Il suo volto è impassibile, ma intravedo un barlume di divertimento nel suo sguardo. Chiaramente, mio marito non si preoccupa di dare fastidio ai miei genitori così tardi. E questo ha perfettamente senso. Perché una cosa del genere dovrebbe passargli per la testa dopo aver rapito la loro figlia?

Questa sarà sicuramente una cena interessante.

* * *

"Nora, tesoro!" Non appena i miei genitori mi aprono la porta, sono avvolta da un morbido abbraccio profumato. Ridendo, abbraccio mia madre e poi mio padre, che sta dietro di lei. Mi stringe forte per qualche istante, e sento il suo cuore battergli forte nel petto.

Quando si tira indietro per guardarmi, c'è un velo di umidità nei suoi occhi. "Siamo così felici di vederti" dice con voce bassa e profonda, e gli sorrido dietro il mio velo di lacrime.

"Anch'io, Papà. Anch'io sono felice. Mi mancavate davvero tanto, tu e Mamma."

Non appena lo dico, ricordo che non solo sola. Girandomi, vedo che mia madre sta guardando Rosa e Julian, con un sorriso rigido e innaturale.

Faccio un respiro profondo per prepararmi. "Mamma, Papà, già conoscete Julian. E questa è Rosa Martinez. È la mia migliore amica nella tenuta." Avevo invitato a cena anche Lucas, ma ha declinato l'invito, spiegando che lui è il responsabile della sicurezza stasera e che deve rimanere fuori.

Mia madre annuisce cautamente verso Julian. Poi il suo sorriso si scalda quando guarda la mia amica. "Piacere di conoscerti, Rosa. Nora ci ha detto tutto di te. Entra, ti prego."

Fa un passo indietro per accoglierli, e Rosa entra, sorridendo. È seguita da Julian, che sembra sicuro di sé come sempre.

"Gabriela. Sono davvero felice di vederti." Rivolgendo a mio madre un sorriso smagliante, il mio ex rapitore si china per strofinarle le labbra sulla guancia in un gesto europeo. Quando si raddrizza, lei sembra arrossire, come una scolaretta alla prese con la prima cotta. Lasciando che si riprenda, Julian rivolge la sua attenzione a mio padre. "È un piacere conoscerti di persona, Tony" dice, porgendogli la mano.

"Anche per me" dice mio padre, serrando la mascella mentre stringe la mano tesa di Julian. "Sono felice di vedervi qui, finalmente."

"Sì, lo sono anch'io" dice Julian senza problemi, lasciando andare la mano di mio padre. Noto dei segni rossi sulla sua mano, dove mio padre ha volutamente stretto troppo forte, e il mio cuore salta un battito. Tuttavia, quando rivolgo un'occhiata alla mano di mio padre, mi rendo conto con sollievo che la sua non ha subìto alcun danno.

Julian deve aver perdonato mio padre per questo piccolo atto di aggressione, almeno lo spero.

Mentre camminiamo verso la sala da pranzo, osservo segretamente il bel profilo di mio marito. Avere il mio ex rapitore nella mia casa d'infanzia è più che strano. Sono abituata a stare con lui in luoghi esotici stranieri, non a Oak Lawn, nell'Illinois. Vedere Julian nella casa dei miei genitori è un po' come incontrare una tigre selvatica in un centro commerciale di periferia: è spaventosamente bizzarro.

"Oh, tesoro, sei così magra" esclama mia madre, guardandomi in modo critico, quando entriamo nella sala da pranzo. "Sapevo che non saresti ingrassata subito con il bimbo, ma sembra che tu abbia perso peso."

"Lo so" dice Julian, mettendomi una mano sulla parte bassa della schiena. Il suo tocco mi scalda e mi mette a disagio allo stesso tempo, visto che i miei genitori ci stanno guardando. "Con la nausea, è stato difficile convincerla a mangiare a sufficienza. Se non altro ha smesso di perdere peso. Avresti dovuto vederla quattro settimane fa."

"Stavi tanto male, tesoro?" chiede mia madre quando ci fermiamo davanti al tavolo. Tiene gli occhi sul mio viso, chiaramente determinata a ignorare il gesto possessivo di Julian. Mio padre, però, stringe i denti così forte che praticamente li sento stridere.

"Le cose sono cominciate ad andare meglio quando abbiamo scoperto che ero incinta. Ho iniziato a mangiare cibi più semplici a intervalli regolari, e questo mi ha aiutata" spiego, arrossendo. È strano parlare della gravidanza davanti a mio padre. Avevamo evitato l'argomento durante le nostre video chat, con Papà che, burbero, faceva domande sulla mia salute e io che ignoravo la sua insistenza. So che detesta il fatto che io sia incinta alla mia età e che disprezza l'intera situazione con Julian. Mia madre probabilmente la pensa allo stesso modo, ma è molto più diplomatica.

"Spero che mangerai stasera" dice mia madre, preoccupata. "Io e tuo padre abbiamo preparato un sacco di cibo."

"Sono sicura che ce la farò, Mamma." Sorridendo, mi siedo sulla sedia che Julian ha tirato fuori per me. "Sembra tutto delizioso."

Ed è vero. I miei genitori hanno superato sé stessi. Sul tavolo c'è di tutto, dal pollo al rosmarino di mio padre—una ricetta che usa solo per le occasioni speciali—ai tamales di mia nonna e al mio piatto preferito di costolette di agnello arrosto. È un vero banchetto, e il mio stomaco brontola dall'attesa, per i deliziosi profumi che emanano i piatti di vetro coperti.

Julian si siede alla mia sinistra, e Mamma e Papà si siedono davanti a noi.

"Vieni, siediti accanto a me" dico a Rosa, accarezzando la sedia vuota alla mia destra. Vedo che la mia amica non si sente ancora a proprio agio, convinta che la sua presenza dia fastidio. Il suo solito sorriso luminoso è incerto e un po' timido, quando si siede accanto a me, lisciando i palmi sul suo vestito blu.

"Questa tavola è straordinaria, signora Leston" dice con voce bassa e accentata.

"Oh, grazie, tesoro." Mia madre le sorride. "Il tuo inglese è ottimo. Dove hai imparato a parlarlo così bene? Nora mi ha detto che non eri mai stata negli Stati Uniti prima d'ora."

"No, non c'ero mai stata." Sembrando compiaciuta del complimento, Rosa spiega come la madre di Julian le insegnò l'inglese americano quando era piccola. I miei genitori ascoltano la sua storia con interesse, facendole una serie di altre domande, e sfrutto questa occasione per andare al bagno.

Quando torno qualche minuto dopo, l'atmosfera intorno al tavolo è carica di tensione. L'unica persona che sembra a proprio agio è Julian, che è appoggiato allo schienale della sua sedia e osserva i miei genitori con uno sguardo imperscrutabile. Mio padre è visibilmente irrigidito, e mia madre ha la mano sul suo gomito in un classico gesto calmante. La povera Rosa preferirebbe essere altrove.

Mi siedo e prendo in considerazione l'idea di chiedere cos'è successo, ma ho la sensazione che questo peggiorerebbe solo le cose. "Come va con il nuovo lavoro, Papà?" chiedo, invece.

Mio padre fa un respiro profondo, poi un altro, e prova ad abbozzare qualcosa che dovrebbe essere un sorriso. Sembra più una smorfia, ma almeno ci ha provato.

Prima che lui possa rispondere alla mia domanda, Julian si sporge in avanti, poggiando gli avambracci sul tavolo, e dice: "Tony, forse non lo sai, ma tua figlia è una delle donne più ricche del mondo. Non avrà bisogno di niente, a prescindere dal lavoro che sceglierà o se lavorerà. Mi rendo conto che avere un figlio durante l'università non sia proprio il massimo, ma non lo definirei 'distruggere la sua vita,' soprattutto in questa situazione."

Il torace di mio padre si gonfia dalla rabbia. "Credi che il bambino sia l'unico problema? Hai rapito—

"Tony." La voce di mia madre è dolce, ma la sua inflessione fa interrompere Papà a metà frase. Poi, lei si gira verso Julian. "Mi scuso per le cattive maniere di mio marito" dice. "Ovviamente, siamo ben consapevoli della tua capacità di sostenere Nora finanziariamente."

"Bene." Julian le sorride freddamente. "E sapete anche che Nora sta diventando un'artista famosa?"

Mi fermo mentre sto per prendere una costoletta di agnello e fisso Julian. Un'artista famosa? Io?

"So che una galleria di Parigi ha espresso un certo interesse per i suoi dipinti" dice mia madre con cautela. "È questo che vuoi dire?"

"Sì." Il sorriso di Julian si fa più sottile. "Quello che forse non sapete, però, è che il proprietario di quella galleria è uno dei collezionisti d'arte più importanti d'Europa. Ed è molto incuriosito dal lavoro di Nora. Così incuriosito, infatti, che mi ha appena inviato un'offerta per l'acquisto di cinque suoi dipinti per la propria collezione."

"Davvero?" Non riesco a nascondere l'entusiasmo nella mia voce. "Vuole comprarli? Per quanto?"

"Cinquantamila euro—dieci per ciascun dipinto. Anche se sono certo che possiamo negoziare per alzare il prezzo."

Smetto di respirare per un attimo. "Cinquantamila?" Sarei stata entusiasta di ricevere cinquecento dollari. Dannazione, avrei accettato anche cinquanta dollari. Il solo fatto che qualcuno voglia i miei scarabocchi è incredibile. "Hai detto *cinquantamila euro*?"

"Sì, tesoro." Lo sguardo di Julian si scalda mentre mi guarda. "Congratulazioni. Stai per effettuare la tua prima vendita importante."

"Oh mio Dio" sospiro. "Oh. Mio. Dio."

Vedo lo stesso shock riflesso sui volti dei miei genitori. Anche loro sono stupiti da questi eventi. Solo Rosa sembra rimanere calma. "Complimenti, Nora" esclama, sorridendo. "Te l'avevo detto che quei dipinti sono stupendi."

"Quando hai ricevuto quest'offerta?" chiedo a Julian, quando riesco di nuovo a parlare.

"Poco prima che arrivassimo qui." Julian si allunga per stringermi dolcemente la mano. "Te l'avrei detto dopo, ma ho pensato che anche ai tuoi genitori avrebbe fatto piacere saperlo."

"Sì, sicuramente" dice mia madre, riprendendosi dallo shock. "È . . . è straordinario, tesoro. Siamo così orgogliosi di te."

Mio padre annuisce, ancora muto, ma vedo che è altrettanto sorpreso. E che forse sta cominciando a cambiare idea sul potenziale del mio hobby.

"Papà" dico a bassa voce, guardandolo: "Non intendo lasciare il college. Nonostante il bambino in arrivo. Ti prego, non preoccuparti per me. Sto bene, davvero."

Mio padre fissa me, poi Julian, e poi di nuovo me. Aspetto che dica qualcosa, ma non lo fa. Raggiunge il piatto con le costolette di agnello e lo spinge verso di me. "Continua a mangiare, tesoro" dice con calma. "Devi avere fame dopo quel lungo viaggio."

Accetto volentieri l'offerta, e tutti gli altri iniziano a riempire i propri piatti.

Il resto della cena va come mi aspettavo. Nonostante alcuni silenzi, la maggior parte del pasto trascorre in una conversazione relativamente civile. Mia madre mi fa domande sulla vita nella tenuta, e io e Rosa le mostriamo alcune foto sul telefonino di Rosa. Nel frattempo, mio padre inizia una discussione politica con Julian. Con sorpresa di tutti, i due sembrano avere le stesse ciniche idee sulla situazione in Medio Oriente, anche se la conoscenza di Julian della geopolitica supera di gran lunga quella di mio padre. A differenza dei miei genitori, che ascoltano le notizie dai media, Julian fa parte delle notizie.

Lui, infatti, decide le notizie, anche se lo sanno in pochi al di fuori della comunità dell'intelligence.

Devo spezzare una lancia a favore dei miei genitori. Per essere persone convinte che il posto di Julian sia dietro le sbarre, sono dei padroni di casa sorprendentemente gentili. Ho il sospetto che questo sia dovuto al timore che hanno di perdermi inimicandosi Julian. Mia madre cenerebbe anche con il diavolo in persona, se questo le garantisse il contatto continuo con la sua unica figlia, e mio padre tende a essere d'accordo con lei quando si tratta di situazioni difficili.

Eppure, studiano Julian durante il pasto, guardandolo con la stessa diffidenza con cui guarderebbero una creatura selvaggia. Lui sorride, esibendo tutto il proprio fascino, ma so che loro percepiscono la sua aura di pericolo sempre presente, l'ombra della violenza che ha cucita addosso come un mantello scuro.

Quando arriviamo al caffè e al dessert, Julian riceve un messaggio urgente da parte di Lucas e si scusa di dover uscire qualche minuto. "Non è nulla di grave" mi dice quando gli rivolgo uno sguardo preoccupato. "Solo una piccola questione di lavoro che richiede la mia attenzione."

Esce di casa, e Rosa sceglie quel momento per andare al bagno, lasciandomi sola con i miei genitori per la prima volta dal nostro arrivo.

"Una questione di lavoro?" chiede mio padre, incredulo, non appena Rosa è fuori dalla portata d'orecchio. "Alle dieci e mezza di sera?"

Mi stringo nelle spalle. "Julian ha a che fare con persone che vivono in fusi orari diversi. Sono le dieci di mattina da qualche parte."

Noto che mio padre vorrebbe farmi altre domande, ma per fortuna si intromette mia madre. "La tua amica è davvero simpatica" dice, facendo cenno con la testa verso il corridoio in cui è andata Rosa. "È difficile credere che sia cresciuta in quel modo." Abbassa la voce. "Con i criminali, voglio dire."

"Sì, lo so." Mi chiedo cosa penserebbero i miei genitori se sapessero che Rosa ha ucciso due uomini. "È adorabile."

"Nora, tesoro..." Mia madre rivolge uno sguardo furtivo alla stanza vuota, poi si sporge in avanti, abbassando ulteriormente la voce. "So che non abbiamo molto tempo ora, ma dicci una cosa. Sei davvero felice con lui? Perché ora che siete entrambi sul territorio americano, l'FBI potrebbe—"

"Mamma, non posso vivere senza di lui. Se gli

succedesse qualcosa, vorrei morire anch'io." La cruda verità mi sfugge dalle labbra prima che io possa pensare a un modo più delicato di dirlo. Addolcisco il tono. "Non mi aspetto che capiate, ma ora lui è tutto per me. Lo amo davvero."

"E lui ricambia il tuo amore?" chiede mio padre sottovoce. Sembra più anziano in questo momento, invecchiato dalla dolorosa pietà che vedo nei suoi occhi. "Uno come lui è davvero capace di amarti, tesoro?"

Apro la bocca per rassicurarlo, ma per qualche ragione, non riesco a far uscire le parole. Voglio credere che a modo suo Julian mi ami, ma c'è un piccolo dubbio che è sempre presente dentro di me.

Mio padre ha ragione.

Julian può davvero amare?

In verità, non lo so ancora.

CAPITOLO SEDICI

❖ JULIAN ❖

La Lincoln nera sta già aspettando quando esco fuori.

"Gli ho detto che eri occupato, ma hanno insistito per questo incontro" dice Lucas, uscendo dall'ombra vicino alla casa. "Ho pensato che fosse meglio dirtelo."

Annuisco e mi avvicino alla macchina.

Il vetro del finestrino posteriore si abbassa. "Facciamo un giro" dice Frank, aprendo la portiera. "Dobbiamo parlare."

Gli rivolgo uno sguardo duro. "Non credo proprio. Se vuoi parlare, lo faremo qui."

Frank mi studia, probabilmente chiedendosi quanto possa tirare la corda con me, e percepisco la sua decisione di non infastidirmi ulteriormente.

"Va bene." Scende dalla macchina, con il suo vestito grigio stretto sullo stomaco un po' sporgente. "Se non ti scocciano i vicini curiosi, certamente."

Do un'attenta occhiata intorno. Purtroppo, ha ragione. C'è già una tendina che si muove dall'altra parte della strada.

Stiamo cominciando ad attirare l'attenzione.

"C'è un piccolo parco intorno all'isolato" dico, prendendo una decisione. "Perché non ci spostiamo là? Hai esattamente quindici minuti."

Frank annuisce, e la Lincoln nera si allontana, probabilmente per fare un giro intorno all'isolato. Non ho alcun dubbio sul fatto che ci siano altri uomini della sicurezza nascosti, proprio come i miei. La CIA non lascerebbe mai uno dei loro con me senza protezione.

"Va bene, parliamo" dico, mentre ci incamminiamo in direzione del parco. Faccio cenno a Lucas di seguirci a una certa distanza. "Perché sei qui?"

"La domanda migliore è: perché *tu* sei qui." La voce di Frank è carica di frustrazione. "Hai idea di quanti problemi ci stia causando la tua presenza? L'FBI sa che sei nella loro giurisdizione, e stanno andando su tutte le furie—"

"Credevo che te ne saresti occupato tu—"

"L'ho fatto, ma Wilson non ha voluto mollare. Lui e Bosovsky stanno ficcando il naso dappertutto, cercando di scoprire l'insabbiamento. È un caos totale, e la tua visita non aiuta."

"E questo sarebbe un mio problema?"

"Non ti vogliamo in questo Paese, Esguerra" dice Frank mentre giriamo l'angolo. "Non hai alcun motivo per stare qui."

"No?" sollevo un sopracciglio. "I genitori di mia moglie vivono qui."

"Tua moglie?" Frank sbuffa. "Vuoi dire la diciottenne che hai rapito?"

Nora ha vent'anni ora—li compirà tra un paio di giorni—ma non lo correggo. Non è di certo la sua età il problema principale. "Sì, lei" dico con freddezza. "Come ben sai, visto che hai interrotto la cena con i suoi genitori . . . i miei suoceri—"

Frank mi guarda in modo incredulo. "Dici sul serio? Dove trovi le palle per guardare quelle persone negli occhi? Hai rapito la loro figlia—"

"Che ora è mia moglie." Alzo il tono. "Il mio rapporto con i suoi genitori non sono affari tuoi, quindi non immischiarti."

"Non lo farò—se rimarrai fuori da questo Paese." Frank si ferma, respirando pesantemente dopo aver tenuto il mio lungo passo. "Non sto scherzando su questo, Esguerra. Possiamo eliminare i file e le registrazioni, ma non possiamo cancellare le persone."

"Mi stai dicendo che la CIA non può mettere a tacere due agenti dell'FBI un po' troppo ficcanaso?" Gli rivolgo uno sguardo freddo. "Perché se il problema sono loro—"

"Non sono loro" mi interrompe Frank, realizzando in fretta dove voglio arrivare. "Non si tratta solo dell'FBI, Esguerra." Si asciuga il sudore dalla fronte. "Ci sono dei pezzi grossi che sono nervosi per la tua presenza qui. Non sanno cosa aspettarsi."

"Di' loro che farò visita ai miei suoceri e poi me ne andrò." Per la prima volta, sono sincero al centro percento con Frank. "Non sono qui per affari, quindi i tuoi pezzi grossi non hanno motivo di preoccuparsi."

Frank non sembra credermi, ma non me ne frega un cazzo. Se la CIA sa cos'è meglio per loro, terrà l'FBI lontana da me.

Sono qui per Nora, e a chi non piace questo può andare direttamente all'inferno.

* * *

Quando torno a casa, trovo Nora che discute con Rosa per ripulire il tavolo.

"Rosa, ti prego, oggi sei tu l'ospite" dice Nora, raggiungendo il piatto con gli avanzi dell'agnello. "Ti prego, siediti, e io aiuterò Mamma—"

"No, no, no" replica Rosa, girando intorno al tavolo e prendendo i piatti sporchi. "Tu devi preoccuparti del bambino. Questo è il mio lavoro. Lasciami aiutare."

"Sono incinta di dieci settimane, non di nove mesi—"

"Rosa ha ragione, tesoro" dico, avvicinandomi a Nora e strappandole il piatto dalle mani. "È stata una giornata lunga, e non voglio che ti stanchi troppo."

Nora ricomincia a discutere, ma sto già portando il

piatto in cucina, dove i genitori di Nora stanno buttando via gli avanzi. Quando entro, Gabriela sgrana gli occhi, ma accetta il piatto con un tranquillo "grazie."

Le sorrido e torno in sala da pranzo per prendere altri piatti.

Ci vuole qualche altro viaggio da parte mia e di Rosa per ripulire il tavolo e portare tutto in cucina. Nora si siede sul divano del salotto, guardandoci al lavoro con un misto di esasperazione e curiosità.

Alla fine, il tavolo è pulito, e i Leston si uniscono a noi. Mi metto a sedere accanto a Nora sul divano e le prendo la mano, portandola sul mio grembo in modo da poter giocare con le sue dita.

"Gabriela, Tony, grazie per la deliziosa cena" dico, quando i genitori di Nora si siedono accanto a Rosa sul secondo divano. "Mi scuso per essere dovuto uscire ed aver perso il dessert."

"Ti ho messo da parte una fetta di torta" dice Nora, mentre le massaggio il palmo della mano. "Mamma l'ha incartata per te."

Rivolgo a sua madre un sorriso caldo. "Grazie, Gabriela. Lo apprezzo davvero."

Gabriela piega la testa. "Certo. È un peccato che il lavoro ti abbia disturbato a quest'ora, facendoti interrompere la cena."

"Già." Concordo, fingendo di non notare l'implicita domanda nella sua affermazione. "E hai ragione, si sta *facendo* tardi . . ." Guardo Nora, che sta coprendo uno sbadiglio con la mano libera.

"Nora dice che alloggiate in una casa a Palos Park" dice Tony, osservandoci con un'espressione indecifrabile. "Dormirete lì stanotte?"

"Sì, esatto." La casa si trova sul lato opposto del centro abitato, circondata da un'ampia superficie libera che ha permesso a Lucas di potenziare le misure di sicurezza richieste. "Soggiorneremo lì per tutta la durata della visita."

"Potete utilizzare la camera di Nora, se preferite" suggerisce Gabriela, con un tono incerto.

"Grazie, ma non vogliamo dare fastidio. Sarebbe meglio se avessimo il nostro spazio per queste due settimane." Continuando a stringere la mano di Nora, mi alzo e rivolgo ai Leston un sorriso gentile. "A proposito, credo che sia giunto il momento di andare. Nora ha bisogno di riposare."

"*Nora* sta benissimo" borbotta il soggetto della mia preoccupazione, mentre la conduco verso l'uscita. "Sai, potrei rimanere in piedi ben oltre le dieci."

Soffoco un sorriso alla nota scorbutica nella sua voce. Alla mia gattina non piace ammettere che si stanca con facilità ultimamente. "Sì, lo so. Ma anche i tuoi genitori hanno bisogno di riposare. Domani è giovedì, no?"

"Oh, sì, esatto." Fermandosi prima di raggiungere la porta d'ingresso, Nora si gira verso i suoi genitori. "Avevo dimenticato che voi due dovete andare al lavoro domani" dice, contrita. "Scusate. Forse saremmo dovuti andare via prima—"

"Oh, no, tesoro" protesta mia madre. "Siamo così felici di averti qui, e siamo stati noi a dirti di venirci a trovare questa sera. Quando ti rivedremo?"

Nora mi guarda e dice: "Domani sera, se per voi va bene. Questa volta cenerete a casa nostra."

"Ci saremo" dice Tony, e guardo entrambi i Leston baciare e abbracciare Nora prima di salutarla.

CAPITOLO DICIASSETTE

❖ NORA ❖

Quando saliamo sulla limousine, mi rendo conto di essere *stanca*, mentre la tensione della serata svanisce lasciandomi esausta. Rosa prende posto davanti a noi, e Julian mi tira a sé, mettendomi un braccio intorno alle spalle. Il suo caldo profumo virile mi scalda, facendomi rilassare al suo fianco.

Io e il mio ex rapitore abbiamo appena cenato con i miei genitori. Come una famiglia. È talmente assurdo che non riesco ancora a credere che sia successo. Non avrei immaginato che sarebbe andata in questo modo, quando Julian ha accettato di portarmi a fargli visita.

Credo che, in un certo senso, io mi sia semplicemente rifiutata di pensare a come sarebbe andata una cosa simile—con il mio rapitore seduto a mangiare un pasto in modo civile insieme alla mia famiglia. È come se avessi eretto un muro nella mia mente, per evitare di preoccuparmi. Quando ho pensato di tornare a casa, mi sono immaginata con i miei genitori... solo noi tre, con Julian più defilato, che rimaneva parte della mia vita più oscura.

Un pensiero ridicolo, naturalmente. Julian non rimane mai dietro le quinte. Lui domina qualunque situazione in cui si trovi, la plasma in base alla sua volontà. E persino in questo—nel mio rapporto con i miei genitori—ha preso il sopravvento, inserendosi nella nostra famiglia alle sue condizioni, perfettamente a proprio agio, laddove altri uomini sarebbero rabbrividiti dalla vergogna.

A quanto pare, è utile non avere una coscienza.

"Come ti senti, gattina mia?"

Alla domanda mormorata di Julian, piego la testa per guardarlo, rendendomi conto che negli ultimi minuti sono rimasta in silenzio. "Sto bene" dico, consapevole della presenza di Rosa a pochi metri di distanza. "Sto digerendo tutto."

"Oh?" Julian mi guarda, divertito, allentando la presa su di me e lasciandomi sedere più comodamente. "Ti riferisci al cibo o alla situazione?"

"Entrambi, credo." Sorrido, comprendendo la mia battuta non intenzionale. "La cena è andata bene."

"Sì." Persino all'interno fioco della vettura posso vedere la curva sensuale della bocca di Julian. "I tuoi genitori hanno fatto un ottimo lavoro."

Annuisco. "Concordo." Mi chiedo come dev'essere stato per loro cenare con l'uomo che ha rapito la propria figlia.

Con il criminale che ora è il loro genero e il padre del loro nipotino.

Sospirando, mi rannicchio sul fianco di Julian e chiudo gli occhi.

La follia della mia vita ha raggiunto un livello completamente nuovo.

* * *

Ci vogliono meno di venti minuti per raggiungere il ricco quartiere di Palos Park. Crescendo, ho sempre saputo della sua esistenza, attraversandolo per arrivare alla riserva del lago Tampier. Gli abitanti di Palos Park sono per lo più avvocati e medici, e non ho mai sentito di qualcuno che abbia affittato una casa per un paio di settimane.

Naturalmente, Julian non è una persona qualsiasi.

La casa che ha scelto si trova ai margini del quartiere, isolata da un alto recinto in ferro battuto. Dopo aver superato i cancelli elettronici, percorriamo una strada tortuosa per circa altri duecento metri prima di raggiungere la casa.

All'interno, la casa è lussuosamente arredata, bella quasi come la nostra dimora nella tenuta. Dagli scintillanti pavimenti in parquet all'arte moderna sulle pareti, tutto della nostra residenza di vacanza urla "estrema ricchezza."

"Quanto hai pagato per questo?" chiedo, mentre attraversiamo un'enorme sala da pranzo. "Non sapevo che si potesse affittare una casa del genere."

"Infatti, non si può" dice Julian casualmente. "L'ho comprata."

Resto a bocca aperta. "Cosa? Quando? Mi avevi detto di averla affittata."

"Ti avevo detto di aver trovato una casa per la nostra visita" mi corregge. "Non ti ho mai detto se l'avessi affittata o meno."

"Oh." Mi sento stupida per la mia supposizione. "E così, quando hai avuto la possibilità di acquistarla?"

"Ho cominciato a organizzare la cosa subito dopo aver concordato questo viaggio con te. L'ex proprietario ha impiegato quasi una settimana ad andarsene, ma la casa ora è nostra."

Nostra. Quella parola gli esce così facilmente che per un secondo non ci faccio caso. Poi rifletto su quello che ha detto. "Questa casa *ci* appartiene?" chiedo con attenzione. "Appartiene a noi?"

"Tecnicamente, appartiene a una delle nostre società di comodo, ma ho fatto sì che tu fossi azionista al cinquanta percento in quella società, quindi sì, appartiene a *noi*" dice Julian, mentre entriamo in una spaziosa camera con un letto a baldacchino.

"Julian ..." Fermandomi davanti al letto, lo guardo. "Perché l'hai fatto? Voglio dire, il fondo fiduciario era più che sufficiente—"

"Perché tu mi appartieni." Mi si avvicina, con un familiare calore nello sguardo, mentre raggiunge i bottoni del mio vestito. Le sue dita mi sfiorano la pelle nuda, facendomi indurire i capezzoli dal desiderio. "Perché voglio prendermi cura di te, viziarti, assicurarmi che tu non abbia mai bisogno di niente nella tua vita . . ." Nonostante le sue tenere parole, il suo sguardo si rabbuia quando finisce di sbottonarmi il vestito e lo lascia cadere a terra. "Hai altre domande, gattina mia?"

Scuoto la testa, fissandolo. Ora indosso solo un perizoma blu e un reggiseno abbinato, e il modo in cui mi sta guardando mi ricorda quello di un leone affamato che sta per balzare su una gazzella. Vorrà anche prendersi cura di me, ma in questo momento, vuole anche divorarmi.

"Bene." La sua voce è profonda e minacciosa. "Ora girati."

Con il cuore che mi batte più forte dal nervoso, faccio come dice. Pur desiderando l'imprevisto, sento una lieve paura viscerale. Julian è sempre stato imprevedibile. Per quanto ne so, la vita familiare di questa sera potrebbe aver risvegliato i suoi desideri sadici, scatenando il demone che ha tenuto sotto controllo nelle ultime settimane.

Una calda pulsazione insidiosa prende vita tra le mie cosce a quel pensiero.

Mentre aspetto, sento un lieve fruscio, e poi un

panno morbido mi cade sugli occhi.

Una benda, mi rendo conto, trattenendo il respiro. Privata della vista, mi sento infinitamente più vulnerabile. La mia mano destra si contrae dall'improvviso bisogno di sollevare la mano per strappare quel pezzo di stoffa.

"Oh, no, non farlo." Julian mi prende il braccio, con le dita che sembrano manette di acciaio sul mio polso. Abbassandosi, mi sussurra in un orecchio: "Chi ha detto che puoi farlo, gattina mia?"

Rabbrividisco al calore del suo respiro. "Volevo solo—"

"Silenzio." Il suo comando mi attraversa, facendo crescere la calda pulsazione in mezzo alle mie gambe. "Ti dirò io quando parlare." Lasciandomi andare il polso, mi spinge in avanti, facendomi inciampare e cadere a faccia in giù sul letto. "Non ti muovere" mi ordina, avvicinandosi.

Obbedisco, respirando appena mentre fa scorrere le mani sopra di me, partendo dalle spalle e arrivando alle cosce. Il suo tocco è delicato, eppure in qualche modo invasivo, come quello di un estraneo. Oppure, mi sembra così a causa della benda. Lo sento dietro di me, ma non vedo niente, e mi tocca come farebbe con un oggetto ... facendomi quello che vuole. Sento i calli sulle sue grandi mani calde, e mi torna in mente il ricordo della nostra prima volta insieme, cosa che mi fa stringere lo stomaco dall'ansia e da un oscuro desiderio.

Quando finisce di accarezzarmi, mi fa rotolare sulla schiena e mi sistema sul letto, mettendomi un cuscino sotto la testa. Poi mi afferra per il braccio, e sento che mi mette una ruvida corda intorno al polso. Lega l'altra estremità della corda a quello che suppongo sia la colonna del baldacchino.

Dopodiché, gira intorno al letto e fa la stessa cosa con l'altro braccio.

Rimango distesa lì come una sorta di sacrificio sessuale, con le braccia tese in diagonale e la benda che continua a coprirmi gli occhi. Sono ancora più indifesa del solito, e questo fatto mi spaventa e mi eccita allo stesso tempo, come la maggior parte delle mie interazioni con Julian. Per le altre coppie, questo sarebbe solo un gioco. Ma per noi, è tutto reale. Non ho la possibilità di dire di no. Julian mi prenderà, che io lo voglia o meno, e questa consapevolezza fa aumentare il perverso bisogno nel mio sesso.

"Sei bellissima." Il suo aspro sussurro è accompagnato dalle sue dita che mi sfiorano la sensibile pelle dello stomaco. "E tutta mia. Non è vero, gattina mia?"

"Sì." Il mio respiro si fa irregolare man mano che le sue dita si avvicinano alla parte superiore del mio perizoma. "Sì, tutta tua."

Il materasso affonda quando Julian sale sul letto e si mette a cavallo tra le mie gambe. Il materiale dei suoi jeans è ruvido sulle mie cosce nude, ricordandomi che è ancora vestito. "Proprio così..." Si abbassa, con i bottoni della sua camicia che spingono nel mio stomaco, mentre mi copre con il suo duro e grosso torace. Mi mordicchia il lobo dell'orecchio con i denti, facendomi venire la pelle d'oca quando mi sussurra nell'orecchio: "Non ti avrà mai nessuno, tranne me."

Reprimo un brivido mentre il mio nucleo si riempie di calore liquido. Da un altro uomo, questo sarebbe solo un modo possessivo di parlare a letto, ma da Julian, è sia una minaccia che un dato di fatto. Se mai fossi così stupida da lasciarmi toccare da un altro uomo, Julian lo ucciderebbe senza pensarci due volte.

"Voglio solo te." È vero, eppure mi trema la voce mentre Julian mi bacia il collo, per poi succhiare la tenera carne sotto il mio orecchio. "Lo sai."

Ridacchia dolcemente, con quel suono profondo e mascolino che mi attraversa. "Sì, gattina mia. Lo so."

Scende giù, e lo sento muoversi fino ai piedi del letto. Quando mi prende la caviglia destra, capisco perché.

Mi legherà anche le gambe.

Mi mette la corda intorno alla caviglia mentre sono sdraiata lì, con il cuore in gola. Julian mi immobilizza raramente in questo modo. Non ha bisogno di farlo. Anche se fossi incline a combattere, è abbastanza forte da controllarmi senza funi, né catene.

Naturalmente, non ho voglia di combattere. Sapendo cos'è capace di fare, cos'è disposto a fare pur di possedermi.

Dopo avermi legato la gamba destra, mi prende la

sinistra. Le sue mani sono forti e sicure, mentre mi avvolge la corda intorno alla caviglia e lega l'altra estremità alla rimanente colonna del baldacchino, lasciandomi distesa con le gambe aperte. È una posizione scomoda, e non appena Julian si sposta, cerco istintivamente di unire le gambe. Non posso chiuderle per più di un centimetro, ovviamente. Come le corde intorno ai miei polsi, quelle alla caviglia mi tengono saldamente ferma senza ostruirmi la circolazione.

Forse al mio rapitore non piace il BDSM tradizionale, ma sa sicuramente come legare qualcuno.

"Julian?" Mi rendo conto che indosso ancora la biancheria intima, sia il reggiseno che il perizoma. "Che cos'hai intenzione di farmi?"

Non risponde. Sento il materasso affondare di nuovo mentre lui ci sale, e poi sento i suoi passi e il rumore della porta che si chiude.

È uscito dalla stanza, lasciandomi legata al letto.

Il mio cuore inizia a battere più forte.

Fletto le braccia, testando un'altra volta la corda, pur sapendo che è inutile. Come immaginavo, le corde non cederanno; anzi, mi fanno davvero male quando cerco di tirarle via. Sono quasi nuda e sola, bendata e legata in questa casa sconosciuta. E pur sapendo che Julian non lascerà che mi accada nulla di male, non riesco ad allentare la tensione che mi assale, man mano che i secondi passano senza alcun segno del suo ritorno.

Qualche minuto dopo, provo di nuovo la corda. Continua a non cedere . . . e non c'è ancora alcun segno di Julian.

Mi sforzo di fare un respiro profondo. Non sta succedendo nulla di terribile; nessuno mi sta facendo del male. Non so a quale gioco stia giocando Julian, ma non sembra particolarmente brutale.

Ma tu vuoi la brutalità, mi ricorda una vocina insidiosa nella testa. *Vuoi il dolore e la violenza.*

Metto a tacere quella voce e cerco di rimanere calma. Il modo di fare l'amore di Julian mi eccita, ma mi spaventa pure. Spaventa la parte sana di me, per lo meno. Voglio il dolore, eppure lo temo in egual misura. È sempre così ormai. È come se fossi stata divisa in due: i resti della persona che ero e quella che sono ora.

Passano altri minuti.

"Julian?" Non posso più tacere. "Julian, dove sei?"

Niente. Nessuna risposta.

Mi strofino la nuca sulle lenzuola, cercando di rimuovere la benda, ma non si sposta di un centimetro. Frustrata, tiro le corde con tutte le mie forze, ma tutto quello che riesco a fare è ferirmi. Poi, mi arrendo e cerco di rilassarmi, ignorando l'ansia che mi attraversa.

Passa qualche altro minuto. Proprio quando comincio a pensare di impazzire, la porta si apre e sento un leggero rumore di passi.

"Julian, sei tu?" Non riesco a nascondere il sollievo nella voce. "Cos'è successo? Dove sei andato?"

"Shhh." Il suono è seguito da una sensazione di

solletico sulle labbra. "Chi ti ha detto che puoi parlare, gattina mia?"

Il cuore mi batte forte per la fredda nota nella sua voce. Mi sta punendo per qualcosa? "Cosa—"

"Zitta." Mi preme le dita sulle labbra, facendomi tacere. "Non dire un'altra parola."

Deglutisco, con la gola improvvisamente secca. Mi sta toccando solo le labbra, ma il mio corpo è in fiamme, con la precedente eccitazione che torna nonostante il mio crescente nervosismo.

O forse a causa di quello. È impossibile dirlo.

"Succhiami le dita." Il suo sussurrato comando è accompagnato da una crescente pressione sulle mie labbra. "Ora."

Obbedendo, apro la bocca e gli succhio due grosse dita. Sono leggermente salate, e la punta delle sue unghie corte mi stuzzica la bocca. Avvolgo la lingua intorno alle sue dita come farei con il suo cazzo, e lui tira via le mani, come se la sensazione fosse altrettanto intensa per lui.

Proprio quando sto iniziano ad abituarmici, Julian ritrae le dita e le fa scorrere lungo il mio corpo, lasciando una scia bagnata sulla mia pelle. Rabbrividisco, con i miei muscoli interni che si contraggono, mentre le sue dita mi sfiorano l'ombelico e le unghie mi raschiano leggermente il ventre. *Più giù*, gli dico sottovoce, *ti prego, un po' più giù*, ma alza la mano, privandomi del suo tocco.

Apro la bocca per supplicarlo, ma poi ricordo che

non vuole che io parli. Deglutendo, sopprimo le parole, non volendo farlo arrabbiare quando è di umore così imprevedibile.

Se Julian mi sta punendo per qualcosa, non voglio provocarlo ulteriormente.

Così, invece di supplicarlo, resto distesa, in attesa, con il respiro accelerato mentre cerco di ascoltare i suoi movimenti. Non sento niente. Mi sta guardando? Sta fissando il mio corpo seminudo sdraiato e legato sul letto?

Poi sento qualcosa. Un rumore graffiante, come se avesse preso qualcosa dal comodino.

Aspetto, ascoltando con attenzione, e poi lo sento.

Qualcosa di freddo e duro scivola sotto il mio reggiseno, premendo tra i miei seni.

Quasi mi ritraggo dallo shock, ma riesco a rimanere ferma, con il cuore che mi batte freneticamente.

Zac. Il rumore è inconfondibile.

È il rumore del metallo che taglia il tessuto spesso. Julian ha appena usato delle forbici sulla parte anteriore del mio reggiseno.

Tiro un piccolo sospiro di sollievo, ma poi mi irrigidisco di nuovo, sentendo le forbici fredde che scivolano lungo il mio corpo.

Zac. Zac. Entrambi i lati del mio perizoma sono tagliati, con il bordo delle forbici che spinge sulle mie ossa iliache. Sento il calore della mano di Julian che tira via i resti strappati del tessuto, e poi lo sento respirare. Mi sta guardando. Lo so. Immagino cosa sta guardando, mentre sono sdraiata lì, con le gambe divaricate, e un calore mi scalda la pelle vedendo l'immagine pornografica nella mia mente.

"Sei già bagnata." La sua voce, bassa e profonda per la lussuria, mi fa bruciare ancora di più. "La tua figa sta gocciolando per me." Accompagna quelle parole con un delicato tocco sul mio clitoride dolorante. Le sue dita sembrano ruvide sulla mia pelle sensibile, eppure un fuoco mi scorre nelle vene, riempiendomi di un disperato bisogno. Un gemito mi sfugge dalla gola, e sollevo i fianchi verso di lui, implorandolo in silenzio affinché continui.

Questa volta, risponde alla mia supplica.

Sento il materasso affondare di nuovo, mentre Julian sale sul letto, stabilendosi tra le mie gambe. Le sue mani, grandi e forti, afferrano la parte superiore delle mie cosce, e poi abbassa la testa nel mio sesso. Sento il suo respiro caldo sulle mie pieghe aperte. Per poco non mugolo prima del tempo, ma mi trattengo all'ultimo secondo, non volendo far cambiare idea a Julian. Voglio il suo tocco. Ne ho bisogno. È straziante non averlo.

E poi la sento—la lieve pressione della sua lingua bagnata tra le mie pieghe, la pressione che allevia e intensifica il dolore. Non mi lecca; tiene solo la lingua sul mio clitoride, ma è sufficiente. È più che sufficiente. Agito i fianchi con piccoli movimenti spasmodici, stabilendo il ritmo di cui ho bisogno, e la tensione dentro di me sale, con il piacere che si trasforma in una palla calda e pulsante all'interno del mio intimo. Poi, Julian muove la lingua, chiudendo le labbra intorno al mio clitoride con un forte movimento di suzione, e la pelle scoppia, con schegge di estasi che mi attraversano le terminazioni nervose mentre grido, non potendo più rimanere in silenzio.

Prima che il mio orgasmo sia del tutto finito, Julian comincia a leccarmi. Solo morbide leccate delicate che estendono le piacevoli scosse di assestamento che mi scorrono nel corpo. È una bella sensazione, anche con il clitoride gonfio e sensibile, così resto sdraiata, godendomela, sazia e soddisfatta dall'orgasmo. Un minuto dopo mi rendo conto che il piacere sta riaffiorando, sempre più forte, che si sta trasformando in quella dolorante tensione.

Ansimo, inarcandomi verso la sua bocca, sentendo il bisogno di una maggior pressione per raggiungere il culmine, ma lui continua a toccarmi con quelle lievi leccate, sfiorandomi appena il clitoride.

"Ti prego, Julian…" Le parole mi sfuggono prima che io possa ricordare il suo divieto di parlare, ma con mio grande sollievo, non si ferma. Anzi, continua a leccarmi, muovendo la lingua con un ritmo che lentamente mi porta vicino, ma non mi fa ottenere quello di cui ho bisogno. Provo a spingere i fianchi più in alto, ma non riesco a sollevarmi, essendo distesa e con le gambe divaricate.

Tutto quello che posso fare è sopportare, in balia del piacere-tormento scelto da Julian.

Proprio quando credo di non poter sopportare ulteriormente, si gira di lato, spostando la mano destra dalla mia coscia al mio sesso palpitante. Le sue grandi dita sondano il mio ingresso, e io gemo mentre ne spinge due dentro, penetrandomi con sorprendente rapidità. Ci sono quasi, è quasi quello di cui ho bisogno . . . e poi il suo pollice mi spinge duramente sul clitoride.

Raggiungo l'orgasmo, mentre il piacere acuto mi attraversa, facendomi ansimare e gridare.

"Sì, proprio così, tesoro" mormora. Ritrae la mano, e sento il rumore di una cerniera che scende. Me ne accorgo appena. Sono troppo sfinita dagli orgasmi, logorata dalla brutale intensità di tutto. Il cuore mi batte forte come se avessi fatto una corsa, e ho la sensazione che le mie ossa si siano trasformate in poltiglia.

Non potrei desiderare di più, ma quando mi copre con il suo grande corpo, una piccola contrazione di rinnovata sensibilità mi fa stringere lo stomaco. È nudo, essendosi già tolto i vestiti, e sento il suo calore, la sua durezza. Il suo rozzo potere maschile. Anche se non fossi legata, mi sentirei piccola e indifesa, circondata come sono da lui, ma con la corda sulle caviglie e i polsi, quella sensazione è amplificata. Riesco a malapena a respirare sotto il suo peso, ma non importa. Persino l'aria sembra passare in secondo piano in questo momento.

Tutto quello di cui ho bisogno è Julian.

Si muove sopra di me, appoggiandosi sui gomiti. La punta liscia e dura della sua erezione mi sfiora la parte interna della coscia mentre abbassa la testa per baciarmi, e mi irrigidisco per l'attesa, appena lo sento cominciare a spingere.

Sono bagnata e scivolosa per via dell'orgasmo, con il corpo che brama il suo possesso, ma sento ancora il suo cazzo grosso che separa le mie pareti interne, al limite del dolore. La sua lingua invade la mia bocca, allo stesso tempo, e non riesco nemmeno a gemere mentre comincia a muoversi, con spinte ritmiche e profonde. È sconvolgente, la sua sensazione, il suo sapore, il modo in cui il suo corpo domina completamente e desidera il mio. Non riesco a vedere, non riesco a muovermi. Sto annegando, e lui è la mia unica ancora di salvezza.

Non so quanto ci voglia prima che la tensione torni a pulsare nel mio nucleo ancora una volta. Tutto quello che so è che quando Julian viene, io vengo con lui, rabbrividendo e gridando nel suo abbraccio.

Poi, mi toglie la benda e le corde e mi porta a fare la doccia. Sono così esausta che riesco a malapena a reggermi in piedi, così Julian mi lava, prendendosi cura di me come se fossi una bambina. Quando mi riporta a letto, mi tira tra le sue braccia, e mentre mi addormento, lo sento dire a bassa voce: "Ti darò il mondo, gattina mia. Tutto il fottuto mondo—purché tu rimanga mia."

CAPITOLO DICIOTTO

❖ JULIAN ❖

La mattina seguente mi sveglio con la consueta sensazione di Nora sdraiata sopra di me. Come al solito, sta dormendo con la testa appoggiata sul mio petto e una gamba sulle mie cosce. Sento il morbido peso dei suoi seni sul mio fianco, la sento respirare, e il mio cazzo si irrigidisce mentre i ricordi di ieri sera mi invadono la mente.

Non so per quale motivo di tanto in tanto io abbia questa voglia di tormentarla, di sentirla implorare e supplicare. Per quale motivo vederla legata al mio letto mi dia tale soddisfazione. La sera scorsa, quando stavamo tornando a casa, dopo essere andati a trovare i suoi genitori, pensavo di prenderla con delicatezza e di metterla a dormire, ma quando l'ho vista accanto a quel letto a baldacchino, le mie buone intenzioni sono andate in fumo. Qualcosa nel modo in cui mi guardava ha stimolato la pericolosa fame dentro di me, portando l'oscurità in superficie. Quello che volevo farle è cominciato con le corde, e se non fossi uscito dalla stanza dopo averla legata, avrei infranto il voto fatto a me stesso la notte in cui le ho fatto male.

Il voto di tenere la violenza fuori della nostra camera da letto per i prossimi mesi.

Per fortuna, averla lasciata sola per un po' e aver fatto una doccia fredda in una delle camere degli ospiti ha funzionato, alleviando il desiderio. Quando sono tornato, avevo maggior controllo, e ho potuto torturarla con il piacere invece che col dolore.

Un cambiamento nella respirazione di Nora fa spostare la mia attenzione su di lei. Si muove sopra di me, facendo un leggero rumore, e strofina la guancia sul mio petto. "Non ti sei ancora alzato" mormora assonnata, e io sorrido, con un peculiare senso di beatitudine che si diffonde dentro di me alla lieta nota nella sua voce.

"No, non ancora" confermo, accarezzando la sua liscia schiena nuda. "Lo farò tra qualche istante, però."

"Devi proprio?" Le sue parole sono ovattate. "Sei un cuscino molto comodo."

"Mi fa piacere essere utile."

Al mio tono secco, muove la testa, guardandomi sotto le sue lunghe ciglia scure. "Ti dà fastidio? Che dormo su di te in questo modo?"

"No." Sorrido alla sua domanda. "Credi che te lo lascerei fare se fosse così?"

Sbatte le palpebre. "No. Certo che no." Scendendo giù da me, si siede, tirando la coperta intorno a sé. "Forse dovremmo alzarci. Volevo andare a correre prima di fare colazione."

Mi siedo anch'io. "A correre?"

"Sì. È sicuro qui, no?"

"Non quanto la tenuta." L'idea che corra là fuori mi mette a disagio, nonostante tutte le misure di sicurezza e nessun evidente pericolo in vista. Se dovesse succederle qualcosa . . .

"Julian, ti prego." Nora sembra arrabbiata. "Correrò solo qui, a Palos Park. Non mi allontanerò, ma non posso proprio stare rinchiusa in questa casa per due settimane—"

"Vengo con te." Mi alzo e mi avvicino all'armadio per cercare un paio di pantaloncini da corsa. "Vestiti. Dobbiamo sbrigarci. Sono certo che Rosa stia già preparando la colazione."

∗ ∗ ∗

Iniziamo una breve corsetta per riscaldarci. Fuori c'è una pungente temperatura di quindici gradi, ma fare movimento mi impedisce di sentire freddo, anche senza maglietta. Discuto affinché Nora indossi vestiti più pesanti, ma sembra proprio stare a proprio agio con i leggings e una T-shirt, così decido di non insistere.

Quando usciamo e imbocchiamo la strada, do un'occhiata alle auto dei vicini che escono dai garage e alle persone che escono per la loro corsa mattutina. Essere circondato da tanti sconosciuti mi mette a disagio. I miei uomini sono posizionati strategicamente in tutto il quartiere, quindi so che siamo al sicuro, ma non posso fare a meno di stare attento a eventuali segnali di pericolo.

"Sai che nessuno ci salterà addosso dai cespugli, vero?" dice Nora, notando la mia preoccupazione. "Non è quel genere di quartiere."

La guardo. "Lo so. Ho controllato."

Lei sorride e prende velocità. "Naturalmente."

Mi adeguo al suo passo, e corriamo a una velocità sostenuta per i successivi isolati. Una lieve patina di sudore appare sul volto di Nora, facendo brillare la sua pelle dorata, e mi ritrovo sempre più distratto da lei. È sempre sexy quando corre, con il suo esile corpo atletico e femminile allo stesso tempo. I muscoli sodi del suo sedere si flettono e si contraggono a ogni passo, e non posso fare a meno di pensare alle mie mani che spremono quei globi, mentre sbatto il cazzo dentro di lei.

Fanculo. Se continuo così, avrò bisogno di un'altra doccia fredda.

"Cosa farai dopo la colazione?" chiede Nora senza fiato, superando una coppia che sta facendo jogging.

"Devi lavorare?"

"Ho quella riunione con il mio gestore di portafoglio in città" rispondo, cercando di controllare la voglia di girarmi e guardare storto il jogger maschio. Quello stronzo ha guardato Nora con un leggero apprezzamento di troppo quando l'abbiamo superato. "Tornerò prima di cena."

"Oh, bene." Sta cominciando ad ansimare mentre parla. "Voglio tagliarmi i capelli oggi, e magari uscire con Leah e Jennie."

"Cosa?" Giro la testa e la fisso, mentre giriamo l'angolo. "Dove hai intenzione di fare queste cose?"

"Al Chicago Ridge Mall. Ho mandato un messaggio a Leah e Jennie la settimana scorsa, dicendo loro che sarei stata in città, e hanno detto che oggi sarebbero venute e che sarebbero rimaste per il lungo weekend del Memorial Day." Dice tutto d'un fiato, poi prende una boccata d'aria e mi rivolge uno sguardo implorante. "Non ti dispiace se le vedo, no? Non vedo Jennie da due anni, e Leah—" Improvvisamente, è silenziosa, e so che è perché stava per dire che ha visto Leah per l'ultima volta in quel centro commerciale maledetto, quando Peter le ha fatto fare da esca per Al-Quadar. La mia gattina non si rende conto che già so di quell'incontro—e della presenza di Jake quel giorno.

"Non andrai in quel centro commerciale." So di sembrare duro, ma non posso farci niente. Il solo pensiero che vaghi per quel posto da sola è sufficiente a farmi vedere rosso. "È troppo affollato per essere sicuro."

"Ma—"

"Se vuoi vedere le tue amiche, puoi farlo qui a casa o in qualche ristorante di Oak Lawn—*dopo* che mi sarò assicurato che non incorrerai in alcun pericolo."

Nora assottiglia le labbra, ma saggiamente non esprime obiezioni. Sa che è meglio non insistere. "Va bene, chiederò loro di vederci al Fish-of-the-Sea" dice un minuto dopo. "E il mio taglio di capelli?"

Guardo la sua lunga coda folta. Mi sembra bellissima, soprattutto con l'estremità che le oscilla avanti e indietro sul culo formoso. "Perché ne hai bisogno?"

"Perché"—ansima quando acceleriamo—"non li taglio da due anni."

"E allora?" Continuo a non capire quale sia il problema. "Mi piacciono i tuoi capelli lunghi."

"Sei proprio un *ragazzo*." Parla con un filo di voce, ma alza gli occhi. "Devo sistemare questo casino. Mi sta facendo diventare matta."

"Non voglio che li tagli troppo." Non so perché tutto d'un tratto mi importi, ma è così. "Se li tagli, non più di qualche centimetro."

Nora mi rivolge uno sguardo incredulo, quando ci fermiamo per lasciar uscire una macchina dal vialetto davanti a noi. "Davvero? Perché?"

"Te l'ho detto. Mi piacciono lunghi."

Alza gli occhi ancora una volta mentre riprendiamo a correre. "Va bene. Non avevo intenzione di tagliarli tutti. Voglio solo che siano in ordine."

"Non più di un paio di centimetri" ripeto, rivolgendole uno sguardo duro.

"Uh-uh, certo." Ho l'impressione che stia alzando gli occhi per la terza volta. "Quindi, posso andarmi a tagliare i capelli?"

"Non al Chicago Ridge Mall. Trova un posto tranquillo qui vicino e lo farò controllare dai miei uomini."

"Va bene" ansima, mentre cominciamo uno sprint a tutta velocità. "Affare fatto."

* * *

Prima di partire per la città, mi assicuro che Nora sia completamente al sicuro per i suoi piani del giorno. Fornisco i dettagli a una dozzina dei miei uomini migliori per tenerla sotto controllo, e do loro l'ordine di essere il più possibile discreti. Probabilmente non noterà nemmeno la loro presenza, ma loro si assicureranno che nessuna persona sospetta si avvicini a più di duecento metri da lei.

"Andrà tutto bene" dice quando esito nel corridoio prima di lasciare la casa. "Davvero, Julian. Si tratta solo di un taglio di capelli e di un pranzo con le ragazze. Ti prometto che andrà tutto bene."

Faccio un respiro profondo. Ha ragione. Sono paranoico. Le precauzioni che sto prendendo sono il miglior modo per tenerla al sicuro fuori dalla tenuta.

Ovviamente, potrei sempre tenerla all'*interno* della proprietà per il resto della sua vita—questo sarebbe ottimale per la mia tranquillità—ma Nora non sarebbe felice così, e la sua felicità mi sta a cuore.

Più di quanto mi sarei mai aspettato.

"Come ti senti?" chiedo, ancora riluttante ad andare, per chissà quale ragione. "Nausea? Stanchezza?" Guardo il suo stomaco—uno stomaco ancora piatto con i jeans stretti che indossa.

"No, niente." Mi rivolge un sorriso rassicurante quando la guardo. "Nemmeno un accenno di nausea. Sono sana come un pesce."

"Va bene, allora." Facendo un passo verso di lei, alzo la mano per accarezzarle la guancia. "Fa' attenzione, tesoro, va bene?"

"Va bene" sussurra, guardandomi. "Anche tu, Julian. Ci vediamo presto."

E prima che io me ne vada, si alza in punta di piedi per darmi un veloce bacio ardente sulle labbra.

CAPITOLO DICIANNOVE

❖ NORA ❖

"Rosa, sei sicura che non vuoi venire con me?"

"No, no, te l'ho detto—ho molto da fare prima di cena. Il Señor Esguerra si aspetta che io delizi la tua famiglia con questo pasto, e non voglio deluderlo. Vai, divertiti con le tue amiche." Rosa praticamente mi butta fuori dall'enorme cucina. "Vai, o farai tardi dal parrucchiere."

"Va bene, se sei sicura . . ." Scuotendo la testa per il senso del dovere di Rosa, mi dirigo verso l'ingresso principale, dove un'auto mi sta già aspettando. Per fortuna, non è la limousine, ma una Mercedes nera di dimensioni normali. Non darò troppo nell'occhio, anche se quest'auto, come la limousine, sembra avere i vetri antiproiettile.

Il conducente è un uomo alto, magro, che ho visto nella tenuta, ma con cui non ho mai parlato. Julian mi ha detto questa mattina che si chiama Thomas. Thomas non si presenta, né parla molto anche questa volta, con tutta la sua attenzione riposta sulla strada. Mentre lasciamo il vialetto, vedo due SUV neri che escono dietro di noi e ci seguono a una certa distanza. Mi sento come se fossi la First Lady—o forse una principessa della mafia.

Quest'ultimo, probabilmente, è un confronto migliore.

Ci mettiamo meno di mezz'ora ad arrivare dal parrucchiere. Non è un posto di lusso, ma ha una buona reputazione nella zona, e, soprattutto, Julian ha ritenuto che la sua posizione fosse facile da controllare. Non mi aspettavo di riuscire a prendere appuntamento così facilmente, ma questa mattina c'è stata una cancellazione e così me l'hanno dato per le undici.

"Vorrei solo spuntarli un po'" dico, dopo che una signora tatuata e con i capelli viola mi ha insaponato i capelli. "Non più di un paio di centimetri."

"Sei sicura?" chiede. "Guarda quanto sono folti. Dovresti almeno sfoltirli un po'."

Corrugo la fronte, studiando la mia immagine riflessa nello specchio. "Saranno sempre lunghi?"

"Certo. La lunghezza resterà invariata, solo che saranno più ordinati. Gli strati più corti, quelli intorno al tuo viso, saranno ben al di sotto delle spalle."

"Va bene, allora." Cerco di sembrare decisa, anche se non lo sono affatto. È difficile disobbedire a Julian, perfino in questo, ma sono determinata a farlo. "Sistemiamo questa chioma."

Mentre la parrucchiera mi gira intorno, tirandomi e acconciandomi i capelli, guardo le altre persone nel salone. Dopo settimane di isolamento nella tenuta, è strano stare in mezzo a tanti sconosciuti. Nessuno mi presta molta attenzione, ma mi sento comunque troppo esposta, come se mi stessero guardando tutti. Sono anche un po' ansiosa. So che qui nessuno mi farà del male, quindi la sensazione è illogica, ma un pizzico della paranoia di Julian ce l'ho anch'io.

Eppure, stare qui da sola è emozionante. So che gli uomini di Julian sono fuori, quindi non sono davvero libera, ma mi sento come se lo fossi.

Mi sento come se fossi una ragazza normale, che esce per vedere le sue amiche.

"Ecco fatto" dice la parrucchiera qualche minuto dopo. "Ora dobbiamo solo asciugarli, e abbiamo finito."

Annuisco, cercando di evitare di guardare le lunghe ciocche sparse su tutto il pavimento. Sembrano un sacco di capelli, anche se le ciocche umide che vedo nello specchio non sembrano particolarmente corte.

"Allora, che te ne pare?" chiede, quando ho i capelli asciutti. Mi porge uno specchio. "Ti piacciono?"

Mi sposto sulla sedia girevole, studiando il mio nuovo taglio di capelli da tutte le angolazioni. Sembra come nella pubblicità degli shampoo—lungo, scuro, ed elegante, con gli strati più corti intorno al viso che aggiungono un po' di volume.

"Perfetto." Restituisco lo specchio con un sorriso. "Grazie mille."

Julian sarà d'accordo con me. Per quanto riguarda il look, per lo meno.

* * *

Ho ancora un po' di tempo prima di incontrare Leah e Jennie, così opto per una pedicure nello stesso salone. Mentre la faccio, il mio cellulare vibra per un messaggio di Julian.

Sei ancora lì? Mi scrive. *Thomas dice che sono passate quasi due ore.*

Mi sto facendo mettere lo smalto alle unghie, rispondo. *A te come vanno le cose?*

Sicuramente non in modo così stravagante come a te.

Sorrido e metto via il telefono. Tutto questo sembra così meravigliosamente normale, nonostante la supervisione di Thomas. È come se fossimo solo una coppia, con nulla di oscuro e incasinato nella nostra vita.

D'impulso, prendo di nuovo il telefono dalla borsa.

Ti amo, digito, aggiungendo una faccina sorridente alla fine per dare più enfasi.

Non ricevo alcuna risposta, ma non me l'aspetto. Julian non esprimerebbe mai i suoi sentimenti per me, qualunque essi siano, in un messaggio. Eppure, il cuore mi sembra un po' più pesante, quando rimetto via il cellulare e prendo una rivista di gossip.

Mezz'ora dopo, sono lucida e brillante come le modelle della rivista. I capelli mi cadono lungo la schiena, lisci e luminosi, e le mie unghie sono più belle di quanto siano mai state. Aggiungendo una generosa mancia, pago e vado via, pronta per continuare la giornata.

Come previsto, Thomas mi sta aspettando fuori. Non vedo nessun altro della squadra di sicurezza, ma so che sono lì, a controllarmi di nascosto. Eppure, il fatto che non si vedano, rafforza l'illusione di normalità, e mi sento ancora una volta sollevata mentre ci dirigiamo verso il ristorante di pesce dove Leah e Jennie hanno accettato di vedermi per pranzo.

Sono già lì quando entro, e i primi minuti sono carichi di abbracci ed esclamazioni concitate su quanto tempo è passato dall'ultima volta che ci siamo viste. Temevo che la situazione si sarebbe fatta tesa con Leah dopo il nostro ultimo incontro al centro commerciale, ma le mie preoccupazioni a quanto pare erano infondate. Ora che siamo tutte e tre insieme, è come essere tornate ai tempi delle superiori.

"Oh Dio, Nora, avevo dimenticato quanto sei bella" esclama Jennie quando siamo tutte sedute. "Vivere nella giungla ti fa bene."

"Grazie" dico, ridendo. "Anche tu sei bellissima. Quando hai deciso di farti rossa? Mi piace un sacco quel colore su di te."

Jennie sorride, con i suoi occhi verdi che brillano. "Quando ho cominciato l'università. Ho deciso che era giunto il momento di cambiare, e ho dovuto scegliere tra il rosso e il blu."

"L'ho convinta io a scegliere il rosso" dice Leah con un sorriso malizioso. "Il blu non avrebbe donato alla sua carnagione irlandese."

"Oh, non lo so" dico con una faccia seria. "Ho sentito dire che i puffi vanno molto di moda ultimamente."

Leah scoppia a ridere, e io e Jennie ci uniamo alla risata. È così bello essere di nuovo con loro due. Sono uscita con Leah un paio di volte dopo il mio rapimento, ma non vedevo Jennie da quasi due anni. Stava studiando all'estero mentre io ero a casa per quei quattro mesi dopo l'esplosione del magazzino, quindi non abbiamo mai avuto l'opportunità di andare oltre qualche messaggio scambiato su Facebook.

"E va bene, Nora, sputa il rospo" dice Jennie, dopo che la cameriera ha preso le ordinazioni. "Come ci si sente a essere sposata con un moderno Pablo Escobar? Le voci che girano sono a dir poco bizzarre."

Leah si strozza con l'acqua, e io scoppio di nuovo a ridere. Avevo dimenticato la propensione di Jennie a scioccare le persone.

"Beh" dico, quando mi calmo abbastanza da riuscire a parlare: "Julian si occupa di armi, non di droga, ma per il resto essere sposata con lui è piuttosto bello."

"Oh, andiamo. Piuttosto bello?" Jennie mi guarda,

accigliata. "Voglio tutti i dettagli scabrosi. Dorme con una mitragliatrice sotto al cuscino? Mangia cuccioli a colazione? Voglio dire, quel tizio ti ha rapita, per l'amor del cielo! Dacci tutti i dettagli più—"

"Jennie" la interrompe Leah bruscamente. Non sembra affatto divertita. "Non credo che quello sia un argomento su cui scherzare."

"Va tutto bene" la rassicuro. "Davvero, Leah. Io e Julian *siamo* sposati ora, e siamo felici insieme. Davvero."

"Felici?" Leah mi fissa come se mi fossero cresciute le corna. "Nora, sai di cos'è capace, quello che ha fatto. Come puoi essere felice con un uomo del genere?"

La guardo, non sapendo come rispondere. Vorrei dirle che Julian non è poi così male, ma le parole mi si bloccano in gola. Mio marito *è* davvero pessimo. Anzi, probabilmente è peggiore di quanto immagini Leah. Lei non sa dell'eliminazione di massa di Al-Quadar degli ultimi mesi, né che Julian è un assassino fin dall'infanzia.

Naturalmente, non sa nemmeno che anch'io *sono* un'assassina. Se lo sapesse, probabilmente penserebbe che io e Julian siamo perfetti l'uno per l'altra.

Con mio grande sollievo, Jennie viene in mio soccorso. "Smettila di fare la guastafeste" dice, dando una gomitata a Leah. "È felice con lui. Meglio così, no?"

Leah arrossisce. "Certo. Scusa, Nora." Mi rivolge un sorriso debole. "È solo che mi resta difficile crederlo. Voglio dire, sei qui, di nuovo negli Stati Uniti, e hai intenzione di tornare in Colombia con lui."

"Questo è quello che succede quando le persone si sposano" dice Jennie prima che io possa rispondere. "Vivono insieme. Come te e Jake. È normale che Nora torni da suo marito—"

"Tu e Jake vivete insieme?" la interrompo, guardando Leah in stato di shock. "Da quando?"

"Da due settimane" dice Jennie allegramente. "Leah non te l'ha detto?"

"Stavo per dirtelo oggi" spiega Leah. Sembra a disagio. "Volevo dirtelo di persona."

"Perché? Sono usciti insieme una volta sola" dice Jennie ragionevolmente. "Non stavano insieme."

"Jennie ha ragione" dico. "Davvero, Leah, sono felice per voi due. Non devi aver paura di dirmi cose del genere. Non rimarrei sconvolta, te lo prometto." Le rivolgo un bel sorriso prima di chiedere: "Affitterete un appartamento fuori dal campus?"

"Sì" dice Leah, sembrando sollevata per la mia domanda. "Abbiamo avuto entrambi problemi con i coinquilini, così abbiamo pensato che forse convivere sarebbe stata la scelta migliore."

"Secondo me avete fatto bene" dice Jennie, e per i minuti successivi, discutiamo dei pro e dei contro di vivere con i fidanzati e con i coinquilini.

"E tu, Jennie?" chiedo, dopo che la cameriera ci ha portato gli antipasti. "Nessun ragazzo all'orizzonte per te?"

"Uh, no." Jennie fa una smorfia di disgusto. "Ci sono

a malapena una dozzina di ragazzi carini alla Grinnell, e sono tutti presi. Voi due avreste dovuto farmi cambiare idea quando ho deciso di andare al college in mezzo al nulla. Davvero, è peggio del liceo."

"No!" Sgrano gli occhi in un finto orrore. "Peggio del liceo?"

"Non c'è niente di peggio del liceo" dice Leah, e cominciano a discutere della disponibilità dei ragazzi in un liceo di periferia rispetto a un piccolo college di arti liberali.

Con il procedere del pasto, parliamo di tutto e di più, tranne che della mia relazione con Julian. Leah ci parla di uno stage che ha svolto presso uno studio legale di Chicago, e Jennie ci racconta della sua recente vacanza a Curaçao. "C'era un impianto per la lavorazione del petrolio proprio accanto al nostro hotel. Vi rendete conto?" si lamenta, e sia io che Leah concordiamo sul fatto che anche un'immensa piscina di acqua salata—una caratteristica figa dell'hotel di Jennie—non dovrebbe avere una cosa così atroce come una raffineria di petrolio in un luogo di vacanza.

Alla fine, la conversazione si sposta sulla mia vita nella tenuta, e parliamo dei miei corsi online alla Stanford, delle lezioni d'arte con Monsieur Bernard, e della mia crescente amicizia con Rosa. "Volevo che si unisse a noi oggi, ma non poteva" spiego, sentendomi un po' in colpa per questo. "I miei genitori verranno a trovarci per cena, e Julian ha chiesto a Rosa di cucinare." Mentre lo dico, mi rendo conto di quanto io debba sembrare viziata—e a giudicare dagli sguardi invidiosi sul volto di Jennie e di Leah, capisco che pensano proprio questo.

"Wow" dice Jennie, scuotendo la testa. "Non mi stupisce che tu sia felice con questo ragazzo. Ti tratta come una principessa. Se qualcuno mi desse la Stanford, i domestici e un'enorme tenuta, non dispiacerebbe neanche a me essere rapita."

"Jennie!" Leah la guarda, inorridita. "Non starai dicendo sul serio."

"No, probabilmente no" concorda Jennie, sorridendo. "Però, Nora, devi ammettere che tutto questo è piuttosto figo."

Mi stringo nelle spalle, sorridendo. 'Piuttosto figo' è un modo per descriverlo. Incasinato e complicato è un altro—ma per il momento sono soddisfatta della descrizione di Jennie.

"Aspetta, hai detto che i tuoi genitori verranno a cena da te?" chiede Leah, come se stesse riflettendo solo ora su quella parte della mia affermazione. "Vuoi dire che ceneranno con te e lui?"

"Sì" dico, divertita dalle espressioni sui volti delle mie amiche. "Abbiamo cenato a casa dei miei genitori ieri sera, quindi oggi verranno loro da me." E mentre Leah e Jennie continuano a guardarmi in stato di shock, spiego che Julian ha acquistato una casa a Palos Park, e che quindi abbiamo un posto sicuro in cui soggiornare durante le nostre visite.

"Ragazza, devo dire che vivi in tutto un altro mondo

ora" dice Jennie, scuotendo la testa. "Un'isola privata, una tenuta in Colombia, ora questo . . ."

"Nulla di tutto questo può compensare il fatto che è uno psicopatico" dice Leah, guardando storto Jennie prima di voltarsi verso di me. "Nora, che cosa ne pensano i tuoi genitori?"

"Lo . . . sopportano." Non so come altro descrivere la cauta accettazione dei miei genitori. "Ovviamente, non è facile per loro."

"Sì, posso immaginare" dice Jennie. "I tuoi genitori sono dei combattenti. I miei sarebbero impazziti."

"Non credo che 'impazzire' avrebbe aiutato" dice Leah con astuzia. "Sono certa che i genitori di Nora siano felici di averla rivista."

Comincio a rispondere, ma in quel momento le due ragazze alzano entrambe lo sguardo, restando a bocca aperta per qualcosa dietro di me. Istintivamente, mi giro, con il cuore che mi batte all'impazzata—e mi imbatto negli occhi azzurri del mio ex rapitore.

Incombe sopra di me, con la mano appoggiata casualmente sul retro della mia sedia e le labbra curve in un sorriso pericolosamente sexy. "Vi dispiace se mi unisco a voi, ragazze?" chiede, sembrando divertito.

"Julian." Salto sulla sedia, sorpresa e un po' agitata. "Che ci fai qui?"

"La mia riunione è finita presto, così ho pensato di passare a trovarti per vedere se fossi pronta per tornare a casa" dice. "Ma vedo che non avete ancora finito."

"Uhm, no. Stavamo per ordinare il dessert." Rivolgo

uno sguardo incerto a Leah e Jennie, e vedo che entrambe stanno fissando Julian. Leah sembra sul punto di scappare, mentre l'espressione di Jennie è un mix di fascino e soggezione.

Cazzo. Doveva essere un normale pranzo con le amiche. Rivolgendo di nuovo l'attenzione a Julian, dico a malincuore: "Voglio dire, potrei concludere se—"

"No, no, unisciti pure a noi, se hai tempo" dice Jennie, riprendendosi dallo shock. "Fanno delle ottime cheesecake qui."

"Beh, allora, devo rimanere" dice Julian, prendendo posto accanto a me. "Non vorrei privare Nora di una tale delicatezza." Mi sorride. "A proposito, i tuoi capelli sono stupendi, tesoro. Avevi ragione sul fatto di sfoltirli."

"Oh." Ricordando il mio piccolo atto di ribellione, mi tocco i capelli, sentendo le ciocche più corte. La sua approvazione è un mix di delusione e sollievo. "Grazie."

"Le dona tantissimo" dice Leah con voce roca, mentre vedo dai suoi occhi che si è un po' calmata. Schiarendosi la voce, aggiunge inutilmente: "Il nuovo taglio di capelli, voglio dire."

Il sorriso di Julian si allarga. "Sì. È stupenda, non è vero?"

"Sì, stupenda" ripete Jennie, guardando Julian, invece di me. Sembra ipnotizzata, e non posso biasimarla. Con le cicatrici sul volto ormai quasi scomparse e la protesi oculare indistinguibile dalla realtà, Julian è più bello che mai, di una virile bellezza oscura e straordinaria.

Tornando in me, dico: "Scusate, ho dimenticato le presentazioni. Julian—queste sono le mie amiche Leah e Jennie. Leah, Jennie—questo è Julian, mio marito."

"È un piacere conoscervi" dice Julian con un sorriso carico di fascino. "Nora mi ha parlato di voi."

"Oh?" Leah solleva le sopracciglia. A differenza di Jennie, lei non sembra abbagliata dall'aspetto di Julian. "Cosa ti ha detto?"

"Ad esempio che siete amiche fin dalla scuola media" dice Julian. "O che tu, Jennie, eri la compagna di Nora al ballo del secondo anno."

Sbatto le palpebre, sorpresa. Ho parlato a Julian di queste cose, ma non mi aspettavo che ricordasse tali banalità.

"Oh, wow" sospira Jennie, con gli occhi ancora incollati al volto di Julian. "Non posso credere che ti abbia raccontato tutto questo."

Leah serra la bocca e fa cenno al cameriere. "Una fetta di cheesecake, per favore, e poi il conto" ordina quando lui ritorna. "Le porzioni sono enormi" spiega lei, senza che nessuno abbia fatto commenti sulle dimensioni della sua ordinazione. "Potremmo dividerla."

"Per me va bene" dico. Mi sorprende che Leah sia disposta a rimanere abbastanza a lungo da mangiare la cheesecake. Non l'avrei biasimata se fosse andata subito via. So che è al corrente di quello che è successo a Jake, e il fatto che sia disposta a comportarsi in modo civile con Julian la dice lunga sul suo impegno per la nostra amicizia.

"Allora, ditemi" dice Julian, quando il cameriere si allontana: "Com'è andato il pranzo finora? Nora vi ha già dato la magnifica notizia?"

Mi blocco, inorridita dal suo comportamento. Avevo previsto di dire alle mie amiche del bambino in seguito, quando sarebbe stato inevitabile. Non oggi, quando potevo ancora fingere di essere una studentessa spensierata.

"Quale magnifica notizia?" chiede Jennie con insistenza, sporgendosi in avanti. Ha gli occhi spalancati dalla curiosità. "Nora non ci ha detto niente."

"Non vi ha parlato del gallerista di Parigi?" Julian mi guarda di traverso. "Quello che si è offerto di acquistare i suoi dipinti?"

"Cosa?" esclama Leah. "Quand'è successo, Nora?"

"Uhm, proprio ieri" mormoro, con un'ondata di sollievo che spazza via la sensazione di nausea. "Julian me ne ha parlato, ma non ho ancora visto l'offerta."

"Wow, complimenti." Jennie mi sorride. "E così, stai per diventare un'artista famosa, eh?"

"Non lo so—" comincio a dire, ma Julian mi interrompe.

"Lo è già" dice con fermezza. "Il proprietario della galleria vuole offrirle diecimila euro per ciascuno dei cinque dipinti." E tra le esclamazioni di entusiasmo delle mie amiche, spiega che il proprietario della galleria è un noto collezionista d'arte, e che i miei dipinti stanno già guadagnando notorietà a Parigi grazie alle conoscenze di Monsieur Bernard.

In mezzo a tutto questo, arriva la nostra fetta di cheesecake. Leah ha fatto bene a ordinarne una sola; la fetta è grossa quasi quanto la mia testa. Il cameriere ci porta quattro piattini, e dividiamo la torta mentre Julian risponde alle domande di Jennie sulla scena artistica di Parigi e sulla Francia in generale.

"Wow, Nora, che vita emozionante che stai per cominciare" dice Jennie, sporgendosi verso il conto che ha portato il cameriere. "Ci inviterai alla tua prima mostra, vero?"

"Faccio io" dice Julian, prendendo il conto prima che Jennie possa toccarlo. E prima che le mie amiche possano protestare, porge due banconote da cento dollari al cameriere, dicendo: "Tieni pure il resto."

"Oh, grazie" dice Jennie, mentre l'entusiasta cameriere se ne va. "Non ce n'era bisogno. Hai solo assaggiato la cheesecake, senza ordinare altro cibo."

"Ti prego, facci pagare per la nostra parte" dice Leah freddamente, prendendo il portafoglio, ma Julian insiste.

"Non vi preoccupate. È il minimo che io possa fare per le amiche di Nora." Alzandosi in piedi, mi porge la mano. "Pronta, tesoro?"

"Sì" dico, mettendo la mano nella sua. Le mie poche ore di libertà sono finite, ma non mi dispiace. Per quanto la giornata sia stata ricca di emozioni, è confortante tornare da Julian.

Tornare dove devo stare.

CAPITOLO VENTI

❖ JULIAN ❖

"Perché sei venuto a prendermi?" chiede Nora, quando saliamo in macchina dopo aver salutato le sue amiche. "Avevi paura che scappassi?"

"Non saresti andata molto lontano se ci avessi provato." Girandomi per guardarla, le passo le dita tra i capelli. Sono un po' più corti davanti, ma ancora lunghi e addirittura più setosi del solito.

"Non sarei scappata." Nora mi guarda storto. "Non voglio scappare da te. Non più."

"Lo so, gattina mia." Mi sforzo di smettere di toccarle i capelli, prima che si trasformi in un'ossessione. "Altrimenti non ti avrei portata in America."

"Allora, perché sei venuto a prendermi? Sarei tornata a casa tra un'ora in ogni caso."

Mi stringo nelle spalle, non volendo ammettere quanto mi mancava. La mia dipendenza è completamente fuori controllo. Qualsiasi cosa io faccia, mi ritrovo a pensare continuamente a lei. Stare anche solo un paio d'ore lontano da lei è insopportabile in questi giorni, per quanto possa sembrare ridicolo.

"Beh, sono contenta che Leah non sia uscita fuori di testa" dice Nora quando resto in silenzio. "Ho pensato che sarebbe scappata o che avrebbe chiamato la polizia quando ti sei presentato." Abbassa lo sguardo, poi mi guarda. "Se non avessi menzionato la grande notizia, sarebbe stato tutto un po' più complicato."

"Davvero?" chiedo. "Forse avrei dovuto dar loro la notizia *davvero* grande." È quello che volevo fare in un primo momento—chiedere se Nora avesse già detto loro del bambino—ma l'espressione inorridita sul suo viso mi ha fatto capire la verità ancora prima che una delle sue amiche potesse rispondere.

Nora mi prende la mano, con le sue dite affusolate intorno al mio palmo. "Sono contenta che non l'hai fatto." Mi stringe leggermente la mano. "Grazie."

"Perché non gliel'hai detto?" chiedo, mettendo l'altro palmo sulla sua piccola mano. "Sono le tue amiche—mi sarei aspettato che condividessi queste cose con loro."

"Gliene parlerò." Sembra a disagio. "Ma non ancora."

"Hai paura che ti giudichino?" Mi acciglio, cercando di capire. "Siamo sposati. È naturale. Lo sai, vero?"

"Certo che mi *giudicheranno*, Julian." Piega le sue morbide labbra. "Diventerò madre a vent'anni. Le ragazze della mia età non si sposano, né fanno figli. Almeno, la maggior parte."

"Capisco." La studio, pensieroso. "Che cosa fanno? Feste? Locali? Fidanzati?"

Abbassa lo sguardo. "Sono certa che pensi che siano tutte cose stupide."

In parte sì, in parte no. A volte, vengo ancora preso alla sprovvista dalla sua giovane età. Dalla sua limitata esperienza. Neanche ricordo di essere mai stato così giovane. A vent'anni, ero già alla guida dell'organizzazione di mio padre, avevo visto gran parte del mondo e fatto cose che farebbero rabbrividire perfino i mafiosi più duri. Ho saltato la fase della gioventù, e continuo a dimenticare che Nora conserva ancora un po' della sua.

"È questo che vuoi?" chiedo, quando mi guarda di nuovo. "Uscire? Divertirti?"

"No—voglio dire, sarebbe bello, ma so che non è realistico." Fa un respiro profondo, con la mano che si contrae nella mia stretta. "Va tutto bene, Julian. Davvero. Gliene parlerò presto. Solo che non volevo che il pranzo di oggi girasse tutto intorno a quello."

"Va bene." Lasciandole andare la mano, le metto il braccio sulle spalle e la tiro a me. "Come preferisci, gattina mia."

* * *

Con mia grande soddisfazione, la seconda cena con i genitori di Nora si svolge senza intoppi. Nora mostra loro la casa, mentre io lavoro un po', e quando mi unisco a tutti loro per cena, i Leston sembrano molto meno tesi rispetto a prima.

"Wow, guarda quel tavolo" dice Gabriela quando ci sediamo tutti. "Rosa, hai preparato tu tutto questo?"

Rosa annuisce, sorridendo con orgoglio. "Sì. Spero che vi piaccia."

"Sicuramente" dico. Il tavolo è ricoperto di piatti che vanno dall'insalata di asparago bianco alla tradizionale ricetta colombiana *Arroz con Pollo*. "Grazie, Rosa."

"Sono ancora sazia per quella cheesecake" dice Nora, sorridendo. "Ma cercherò di rendere giustizia a questo pasto. Sembra tutto delizioso."

Mentre mangiamo, la conversazione ruota intorno alla giornata di Nora con le amiche e agli ultimi pettegolezzi locali. A quanto pare, un divorziato dei vicini dei Leston ha cominciato a frequentare una donna che ha dieci anni più di lui, mentre il Chihuahua in miniatura dell'uomo si è scontrato con il gatto persiano di un altro vicino. "Vi rendete conto?" dice Tony Leston, ridacchiando. "Quel gatto pesa almeno cinque chili più del cane."

Nora e Rosa ridono mentre io osservo i Leston con perplessità. Per la prima volta, capisco perché Nora voleva tanto andare a trovarli, cosa intendesse quando ha detto di aver bisogno di una pausa dalla tenuta. La vita che conducono i genitori di Nora—la vita che lei conduceva prima di incontrare me—è così diversa che mi sembra di essere su un altro pianeta.

Un pianeta popolato da gente beatamente ignorante delle realtà del mondo.

"Quali programmi hai per sabato, tesoro?" chiede Gabriela, sorridendo calorosamente alla figlia. "Hai qualcosa in mente?"

Nora sembra perplessa. "Per sabato? No, non ancora." E poi sgrana gli occhi. "Oh, sabato. Vuoi dire per il mio compleanno?"

Sopprimo una fiammata di fastidio. Avevo sperato di sorprendere di nuovo Nora, preferibilmente con un risultato migliore questa volta. Oh, beh. Niente da fare, a quanto pare. Appoggiandomi allo schienale della sedia, dico: "Abbiamo qualcosa in programma per la sera, ma non per il giorno."

"Benissimo." La madre di Nora le sorride. "Perché non vieni a pranzo, allora? Preparerò tutti i tuoi piatti preferiti."

Nora mi guarda, e le rivolgo un leggero cenno col capo. "Ci farebbe piacere, Mamma" dice.

Il sorriso di Gabriela si affievolisce leggermente alla menzione del plurale, così mi chino in avanti e dico a Nora: "Credo di avere del lavoro da sbrigare, tesoro. Perché non passi un po' di tempo da sola con i tuoi genitori?"

"Oh, certo." Nora sbatte le palpebre. "Va bene."

Tony e Gabriela sembrano entusiasti, e io ricomincio a mangiare, concentrandomi sul resto della conversazione. Per quanto mi infastidisca l'idea di stare lontano da Nora, voglio che passi un po' di tempo senza tensioni con i suoi genitori, cosa che può avere solo senza la mia presenza.

Voglio che la mia gattina sia felice il giorno del suo compleanno, costi quel che costi.

* * *

Dopo che i Leston sono andati via, Nora si dirige verso la doccia, e io tiro fuori il telefono per controllare i messaggi. Con mia grande sorpresa, c'è un'e-mail di Lucas. Contiene solo una riga:

Yulia Tzakova è scappata.

Sospirando, metto via il telefono. So che dovrei essere furioso, ma per qualche ragione, sono solo leggermente infastidito. La ragazza russa non andrà lontano; Lucas la troverà e la riporterà presto nella tenuta. Per ora, però, immagino la sua rabbia—la rabbia che percepisco nelle parole concise dell'e-mail— e ridacchio.

Se l'incidente aereo non avesse ucciso così tanti dei miei uomini, quasi mi dispiacerebbe per quella ragazza.

CAPITOLO VENTUNO

❖ NORA ❖

"Occhio per occhio." Gli occhi di Majid bruciano dall'odio mentre mi si avvicina, scavalcando il corpo straziato di Beth. Il sangue gli arriva alle caviglie mentre cammina, con il liquido scuro intorno ai suoi piedi che affluisce in un malevolo vortice. *"Dente per dente."*

"No." Resto lì, in preda al terrore, con la paura che pulsa dentro di me provocandomi la nausea. *"No. Ti prego, non farlo."*

È troppo tardi, però. È già lì, a spingere il coltello nel mio stomaco. Sorridendo crudelmente, guarda dietro di me e dice: "La testa sarà un bel trofeo—dopo averla tagliata un po', naturalmente ..."

"Julian!"

Il mio grido riecheggia per la stanza mentre salto giù dal letto, tremando dal gelido terrore.

"Tesoro, stai bene?" Due forti braccia mi stringono nell'oscurità, avvolgendomi in un abbraccio caldo e forte. "Shh..." fa Julian quando comincio a singhiozzare, aggrappandomi a lui con tutte le mie forze. "Hai avuto un altro incubo?"

Riesco appena ad annuire.

"Che genere di incubo, gattina mia?" Sedendosi sul letto, Julian mi tira sul suo grembo e mi accarezza i capelli. "Quello vecchio su di me e Beth?"

Nascondo il viso nel suo collo. "Più o meno" sussurro quando riesco a parlare. "Solo che Majid minacciava me questa volta." Mando giù la bile che mi sta salendo nella gola. "Minacciava il bambino dentro di me."

Sento i muscoli di Julian che si contraggono. "È morto, Nora. Non può più farti del male."

"Lo so." Non riesco a smettere di piangere. "Credimi, lo so."

Julian sposta una mano verso il basso, sulla mia pancia, scaldando la mia pelle fredda. "Andrà tutto bene" mormora, dondolandomi delicatamente avanti e indietro. "Andrà tutto bene."

Lo stringo forte, cercando di calmare i miei singhiozzi. Vorrei tanto credergli. Vorrei che le ultime settimane fossero la norma, non l'eccezione, nella nostra vita.

Spostandomi sulle ginocchia di Julian, sento un

crescente indurimento spingere sul mio fianco, e per qualche motivo, questo allevia la mia paura. Se c'è una cosa di cui sono sicura è il disperato bisogno dei nostri corpi l'uno per l'altra. E improvvisamente, so esattamente cosa mi serve.

"Fammi dimenticare" sussurro, baciandolo sul collo. "Ti prego, fammi dimenticare."

Il respiro di Julian cambia, con il corpo che si contrae in modo diverso. "Volentieri" mormora, mettendomi sul materasso.

E mentre spinge dentro di me, avvolge le mie gambe intorno ai suoi fianchi, lasciando che la forza delle sue spinte scacci l'incubo dalla mia mente.

* * *

Venerdì mattina mi sveglio tardi, con gli occhi arrossati per il pianto nel cuore della notte. Trascinandomi fuori dal letto, mi lavo i denti e faccio una lunga doccia calda. Poi, sentendomi infinitamente meglio, torno in camera per vestirmi.

"Come stai, gattina mia?" Julian entra nella stanza proprio mentre mi sto infilando i pantaloncini davanti allo specchio. È già vestito, con la sua alta figura muscolosa che lo fa sembrare appena uscito da GQ, con quei jeans scuri e la maglietta.

"Sto bene." Girandomi, gli rivolgo un sorriso imbarazzato. "Non so perché ho fatto quel sogno la notte scorsa. Non mi succedeva da settimane."

"Giusto." Appoggiandosi al muro, Julian incrocia le braccia e mi rivolge uno sguardo penetrante. "È successo qualcosa ieri? Qualcosa che abbia potuto innescare una ricaduta?"

"No" dico in fretta. L'ultima cosa che voglio è che Julian pensi che non posso stare da sola per qualche ora. "Ieri è stata una giornata fantastica. Forse ho mangiato troppo a cena o qualcosa del genere."

"Uh-uh." Julian mi fissa. "Certo."

"Sto bene" ripeto, girandomi verso lo specchio per spazzolare i capelli. "È stato solo uno stupido sogno."

Julian non dice niente, ma so di non essere riuscita a dissipare le sue preoccupazioni. Per tutta la colazione, mi guarda come un falco, senza dubbio alla ricerca di segnali di un nuovo attacco di panico. Faccio del mio meglio per comportarmi in modo normale—un compito reso molto più facile dalle allegre chiacchierate con Rosa—e quando finiamo di mangiare, propongo di andare a fare una passeggiata nel parco.

"Quale parco?" Julian solleva le sopracciglia.

"Un parco locale" dico. "Quello che ritieni più sicuro. Voglio solo uscire di casa, prendere un po' d'aria fresca."

Julian sembra pensieroso per un attimo, poi digita qualcosa sul telefono. "Va bene" dice.

"Da' ai miei uomini una mezz'ora per preparare tutto, e poi potremo uscire."

"Vuoi venire con noi, Rosa?" chiedo, non volendo escludere la mia amica un'altra volta, ma con mia grande sorpresa, scuote la testa.

"No. Andrò in città" spiega. "Il Señor Esguerra"—lancia un'occhiata a Julian—"ha detto che per lui va bene, purché io porti una delle guardie con me. Non ho bisogno di tutta la sicurezza di cui avete bisogno voi, così ho pensato di sfruttare la giornata per visitare Chicago." Fa una pausa e mi guarda con preoccupazione. "Non ti dispiace, vero? Altrimenti, posso rinunciare—"

"No, no, devi assolutamente andare. Chicago è una città straordinaria. Ti divertirai." Le rivolgo un bel sorriso, ignorando l'improvvisa ondata di invidia. Voglio che Rosa abbia questa libertà; non c'è alcun motivo di tenerla nella periferia.

Non c'è alcun motivo di tenerla confinata come me.

* * *

Impieghiamo meno di trenta minuti ad arrivare al parco. Man mano che ci avviciniamo, mi rendo conto di dove stiamo andando, e mi si stringe lo stomaco.

Conosco questo parco.

È quello in cui stavo passeggiando con Jake la notte in cui Julian mi ha rapita.

I ricordi che mi tornano in mente sono nitidi e vividi. In un lampo, rivivo il terrore di vedere Jake a terra, incosciente, e la sensazione del crudele ago sulla mia pelle.

"Stai bene?" chiede Julian, e mi rendo conto che

devo essere impallidita. Solleva le sopracciglia. "Nora?"

"Sto bene." Cerco di sorridere mentre l'auto si ferma accanto al marciapiede. "Non è niente."

"Non è vero." Mio marito socchiude gli occhi. "Se non ti senti bene, torniamo a casa."

"No." Afferro la maniglia della portiera e la tiro freneticamente. Tutto d'un tratto, l'atmosfera in macchina si fa pesante, carica di ricordi. "Ti prego, voglio solo prendere un po' d'aria fresca."

"Va bene." Percependo il mio stato d'animo, Julian fa un cenno al conducente, e le portiere si sbloccano. "Vai."

Salto giù dalla macchina, con l'ansia nel petto che si allevia un po' appena sono fuori. Facendo un respiro profondo, mi giro per vedere Julian saltare fuori dalla macchina dietro di me, con il viso teso dalla preoccupazione.

"Perché hai scelto questo parco?" chiedo, cercando di mantenere la voce ferma. "Ce ne sono altri nella zona."

Sembra perplesso per un secondo; poi, vedo la comprensione sul suo volto. "Perché lo conoscevo già" dice, facendo un passo verso di me. Stringe le mani intorno alle mie braccia mentre mi fissa. "È questo che ti preoccupa, gattina mia? La scelta del posto?"

"Sì, un po'." Faccio un altro respiro profondo. "Mi fa tornare in mente certi . . . ricordi."

"Ah, certo." Gli occhi di Julian brillano per un improvviso divertimento. "Avrei dovuto immaginarlo.

Questo però è il parco più sicuro, avendo già tutta la planimetria."

"Per via del mio rapimento." Lo fisso. A volte la sua totale mancanza di pentimento mi coglie ancora alla sprovvista. "Hai studiato il parco due anni fa per il mio rapimento."

"Sì." Le sue bellissime labbra si piegano in un sorriso, mentre mi lascia andare le braccia e fa un passo indietro. "Ora, ti senti meglio o dobbiamo tornare indietro?"

"No, facciamo una passeggiata" dico, decisa a godermi la giornata. "Sto bene ora."

Julian mi prende la mano, infilando le dita tra le mie, ed entriamo nel parco. Con mio grande sollievo, alla luce del giorno tutto sembra diverso da quella fatidica sera, e presto i brutti ricordi svaniscono, ritirandosi in quel proibito angolo chiuso del mio cervello.

Voglio tenerli lì, così mi concentro sulla splendente luce del sole e sulla calda brezza primaverile.

"Adoro questo tempo" dico a Julian, superando un parco giochi. "Sono contenta che siamo usciti."

Lui sorride e mi solleva la mano per darmi un bacio sulle nocche. "Anch'io, tesoro. Anch'io."

Mentre camminiamo, noto che il parco è insolitamente frequentato per essere venerdì. Ci sono coppie di anziani, mamme e tate con i loro bambini, e molte persone della mia età. Suppongo che siano studenti universitari, tornati a casa per il lungo weekend. Qua e là, vedo dei tipi dall'aspetto militare, che stanno facendo del proprio meglio per non dare nell'occhio.

Gli uomini di Julian. Sono qui per proteggerci, ma la loro presenza mi ricorda anche che sono ancora una prigioniera, in un certo senso.

"Come hai fatto a trovarmi?" chiedo, quando ci sediamo su una panchina. So che dovrei smettere di pensare al passato, ma per qualche ragione, non riesco a fare a meno di riportare la mente a quei primi giorni. "Dopo il nostro primo incontro nel locale, voglio dire."

Julian si gira per guardarmi, con un'espressione indecifrabile. "Ho mandato qualcuno che ti ha seguita a casa."

"Oh." Così semplice, eppure così diabolico. "Sapevi già di volermi rapire?"

"No." Stringe entrambe le mie mani tra i suoi palmi. "Non avevo ancora preso quella decisione. Mi ero solo riproposto di sapere chi fossi, di assicurarmi che tornassi a casa sana e salva."

Lo fisso sia affascinata che turbata. "Quindi, quando hai deciso di rapirmi?"

I suoi occhi brillano di un blu acceso. "Dopo, quando non riuscivo a smettere di pensare a te. Sono venuto alla tua laurea perché mi sono detto che non potevi essere come ricordavo, come sembravi nelle foto che avevo fatto scattare dalle mie guardie. Mi sono detto che se ti avessi rivista di persona, quell'ossessione sarebbe scomparsa . . . ma ovviamente non è successo."

Le sue labbra si piegano dall'ironia. "È peggiorata. E continua a peggiorare."

Deglutisco, non riuscendo a distogliere lo sguardo dall'oscura intensità nei suoi occhi. "Ti sei mai pentito? Di avermi rapita in quel modo?"

"Pentito che sei mia?" Solleva le sopracciglia. "No, gattina mia. Per quale motivo avrei dovuto?"

Naturalmente. Non so quale altra risposta mi aspettassi. Che si è innamorato di me e che ora è pentito per avermi fatta soffrire? Che significo così tanto per lui da aver capito che le sue azioni sono sbagliate?

"Per nessun motivo" dico sottovoce, strappando le mani dalla sua presa. "Me lo stavo solo chiedendo, tutto qui."

La sua espressione si addolcisce un po'. "Nora . . ."

Mi appoggio a lui, ma prima che Julian possa continuare, siamo interrotti da uno scoppio di risate infantili. Una ragazzina con le trecce bionde ci si avvicina, con una grande palla verde tra le sue mani paffute.

"Prendila!" grida, lanciando la palla a Julian, e lo guardo con stupore mentre allunga la mano di lato e cattura abilmente l'oggetto lanciato goffamente.

La bimba ride dalla gioia e corre come una paperella verso di noi, con le sue gambette che sbattono. Prima che io possa dire qualcosa, ha già raggiunto la nostra panchina, afferrando le gambe di Julian, come se fosse un albero.

"Ciao" dice la bimba a Julian, con un sorriso che mostra le sue fossette. "Posso riavere la mia palla?" Pronuncia ogni parola con una chiarezza che farebbe inorgoglire un bambino più grande. "Voglio giocare ancora."

"Ecco qua." Julian sorride e gliela porge. "Tieni."

"Lisette!" Una donna bionda corre verso di noi, con il viso arrossato. "Eccoti. Non dare fastidio a questi signori." Afferrando la bimba per un braccio, ci rivolge uno sguardo carico di scuse. "Mi dispiace tanto. È corsa via prima che potessi—"

"Nessun problema" la rassicuro, sorridendo. "È adorabile. Quanti anni ha?"

"Due e mezzo" dice la donna con visibile orgoglio. "Non so da chi abbia ripreso; io e suo padre abbiamo a malapena finito le superiori."

"Io so leggere" afferma Lisette, fissando Julian. "E tu?"

Julian scende dalla panchina e si mette in ginocchio davanti alla bimba. "Anch'io" dice con voce profonda. "Ma non tutti sanno farlo, quindi sei sicuramente più avanti degli altri."

La bimba gli sorride. "So anche contare fino a cento."

"Davvero?" Julian piega la testa di lato. "Che altro sai fare?"

Vedendo che la presenza della bimba non ci dà fastidio, la donna bionda si rilassa visibilmente e lascia andare il braccio di sua figlia. "Sa tutte le parole della canzone *Frozen*" dice, accarezzando i capelli della bimba. "E sa cantarla."

"Davvero?" chiede Julian con serietà alla bambina, e lei annuisce con entusiasmo prima di cantare la canzone a squarciagola con voce infantile.

Sorrido, aspettandomi che Julian la fermi in qualsiasi momento, ma non lo fa. Anzi, la ascolta attentamente, con un'espressione di approvazione e senza aria di sufficienza. Quando Lisette finisce di cantare, lui applaude e le chiede quali sono i suoi film della Disney preferiti, spingendo la bimba a lanciarsi in un'entusiasta chiacchierata su *Cenerentola* e *La Sirenetta*.

"Mi dispiace" si scusa di nuovo la madre quando vede che Lisette non accenna a smettere. "Non so che cosa le sia preso oggi. Non è mai così loquace con gli estranei."

"Va tutto bene" dice Julian, alzandosi in piedi quando Lisette fa una pausa per riprendere fiato. "Non ci dà fastidio. Hai una figlia meravigliosa."

"Voi avete figli?" chiede la madre di Lisette, sorridendogli con la stessa espressione adorabile di sua figlia. "Sei così bravo con lei."

"No"—lo sguardo di Julian si sposta sul mio ventre— "non ancora."

"Oh!" La donna ansima, rivolgendoci un sorriso enorme. "Auguri. Avrete dei figli bellissimi, ne sono certa."

"Grazie" dico, sentendo il mio viso arrossire. "Non

vediamo l'ora."

"Beh, dobbiamo andare" dice la madre di Lisette, afferrando di nuovo il braccio della figlia. "Vieni, Lisette, tesoro, saluta questa bella coppia di giovani. Hanno da fare, e noi dobbiamo andare a pranzo."

"Ciao." La bimba ridacchia, salutando Julian con la mano libera. "Buona giornata."

Sorridendo, Julian ricambia il saluto, e poi si gira verso di me. "Quel pranzo sembra averci salvato. Che ne pensi, gattina mia? Sei pronta per tornare a casa?"

"Sì." Mi avvicino a Julian e infilo il braccio nella piega del suo gomito. Il petto mi fa male in modo strano. "Andiamo a casa."

Sulla strada di ritorno, per la prima volta in assoluto, mi permetto di sognare ad occhi aperti. Una fantasia in cui io e Julian siamo una famiglia normale. Chiudendo gli occhi, immagino il mio ex rapitore come nel parco: un uomo pericoloso e bellissimo inginocchiato accanto a una bambina precoce.

Inginocchiato accanto a *nostro* figlio.

Un figlio che, per tutta la durata di questa fantasia, desidero con tutta me stessa.

CAPITOLO VENTIDUE

❖ JULIAN ❖

Sabato mattina mi alzo presto e scendo in cucina. Rosa è già lì, e dopo aver verificato che lei abbia tutto sotto controllo, torno al piano di sopra da Nora.

Sta ancora dormendo quando rientro nella nostra camera. Avvicinandomi al letto, le tiro su le coperte con attenzione, facendo del mio meglio per non svegliarla. Borbotta qualcosa, rotolando sulla schiena, ma non apre gli occhi. È incredibilmente sexy, distesa nuda in quel modo, e cerco di ignorare l'erezione nei pantaloni mentre prendo la calda bottiglia di olio da massaggio che ho portato su dalla cucina e mi verso il liquido nel palmo.

Comincio con i suoi piedi, sapendo quanto

piacciano alla mia gattina i massaggi ai piedi. Non appena le tocco la pianta, arriccia le dita, e un gemito assonnato le sfugge dalle labbra. Quel verso mi fa eccitare ancora di più, ma resisto alla tentazione di salire sul letto e di immergermi nel suo esile corpo delizioso.

Questa mattina tutto quello che conta è il suo piacere.

Le strofino prima un piede, rivolgendo la stessa attenzione a ciascun dito, poi passo all'altro piede prima di farmi strada lungo i suoi polpacci e le cosce. A quel punto, Nora mi fa le fusa, e capisco che è sveglia, anche se ha ancora gli occhi chiusi.

"Buon compleanno, tesoro" mormoro, appoggiandomi sopra di lei per massaggiarle il ventre liscio. "Hai dormito bene?"

"Mmm." Quel suono inarticolato sembra essere tutto ciò che è in grado di fare, mentre sposto le mani sul suo seno. Spinge i capezzoli induriti nelle mie mani, pregandomi di succhiarli. Non potendo resistere alla tentazione, mi chino e ne prendo uno in bocca, tirandolo con un forte movimento di suzione. Ansimando, Nora si inarca, aprendo gli occhi, e rivolgo l'attenzione all'altro seno, facendo scorrere le mie dita intrise d'olio sulla parte bassa del suo corpo per stimolarle il clitoride.

"Julian" geme, con il respiro accelerato, mentre spingo due dita nel suo stretto canale caldo e le piego dentro di lei. "Oh mio Dio, Julian!" Le sue parole si trasformano in un grido, mentre si irrigidisce, e poi la sento raggiungere l'orgasmo.

Quando le sue contrazioni si placano, ritiro le mie dita dalla sua carne gonfia e le faccio scorrere sul suo petto. "Girati, tesoro" dico a bassa voce. "Non ho ancora finito con te."

Lei obbedisce, e riprendo l'olio da massaggio. Versandone una generosa quantità sulla mano, le massaggio il collo, le braccia e la schiena, godendomi i suoi continui gemiti di piacere. Quando arrivo alle curve del suo sedere, respiro a fatica, con il cazzo che somiglia a uno spuntone di ferro nei miei pantaloni. Salendo sul letto, le strofino le cosce e mi chino in avanti, coprendola con il mio corpo.

"Voglio scoparti" le sussurro in un orecchio, sapendo che sente la pressione della mia dura erezione sul suo culo. "Tu lo vuoi, tesoro? Vuoi che ti prenda e ti faccia venire un'altra volta?"

Trema sotto di me. "Sì. Ti prego, sì."

Un sorriso oscuro si forma sulle mie labbra. "Il tuo desiderio è un ordine." Abbassando la cerniera dei pantaloni, tiro fuori il cazzo e le faccio scorrere il braccio sinistro sotto ai fianchi, sollevandola per un'angolazione migliore. Se fosse un altro giorno, le verserei l'olio nel buchetto del culo e la prenderei lì, godendo della sua riluttanza, ma non oggi. Oggi, le darò solo quello che vuole lei.

Premendo il cazzo sulla sua piccola entrata scivolosa, comincio a spingere.

Un morbido calore mi avvolge quando scendo più in profondità dentro di lei. Nonostante il martellante desiderio che mi attraversa, mi muovo lentamente, lasciando che si adatti alle mie dimensioni. Quando sono tutto dentro, lei geme, stringendosi attorno a me, e per poco non brucio a quella sensazione, con le palle schiacciate contro il mio corpo.

"Julian . . ." Ansima di nuovo, contorcendosi sotto di me, mentre comincio a spingere con lenti movimenti controllati. "Julian, ti prego, fammi venire . . ."

La sua supplica mi spinge oltre il limite, e con un ringhio basso, comincio a scoparla più duramente, affondando nella sua morbida carne. Sento le sue grida, il suo corpo che mi stringe ancora di più, e quando le sue contrazioni ricominciano, esplodo con un gemito roco, mentre il mio seme zampilla nella sua figa in preda agli spasmi.

Poi, mi stendo accanto a lei e la stringo tra le braccia.

"Buon compleanno, tesoro" mormoro tra i suoi capelli arruffati, e lei ride sottovoce, piena di gioia.

* * *

"Oh, Julian, non avresti dovuto" protesta Nora, quando le metto il delicato ciondolo di diamanti intorno al collo. "È stupendo, ma—"

"Ma cosa?" Faccio un passo indietro, ammirando nello specchio la pietra a forma di mezzaluna sulla sua pelle dorata.

Si gira verso di me, con lo sguardo serio. "Hai già reso questo giorno davvero speciale per me, con il massaggio e le frittelle che Rosa ha preparato per colazione. Non c'era bisogno di farmi un regalo così costoso. Soprattutto perché non ho mai avuto la possibilità di fare qualcosa per il *tuo* compleanno."

"Il mio compleanno è a novembre" dico, divertito. "Lo scorso novembre non sapevi nemmeno se fossi sopravvissuto all'esplosione, quindi non avresti potuto fare niente per me. E l'anno prima, beh . . ." Sorrido, ricordando quanto mi detestasse i primi mesi sull'isola.

"Vero." Nora non batte ciglio. "L'anno prima, avevo altre cose per la testa."

Rido. "Ne sono certo. Comunque, non ti preoccupare. Non festeggio mai il mio compleanno."

"Perché no?" Solleva le sopracciglia, perplessa. "Non ti piacciono i compleanni?"

"Non i miei, no." I miei genitori li dimenticavano sempre quando ero piccolo, così ho imparato a dimenticarli anch'io. "Ad ogni modo, questo non ha nulla a che fare con questo regalo. Se non ti piace, posso prenderti qualcos'altro."

"No." Nora stringe la collana con un gesto possessivo. "La adoro."

"Allora è tua." Facendo un passo verso di lei, le alzo il mento con le dita e la bacio sulle labbra prima di fare un passo indietro. "Ora dovresti prepararti. I tuoi genitori non vedono l'ora di pranzare con te."

Sbatte le palpebre, fissandomi. "Cosa faremo stasera? Hai detto loro che abbiamo dei programmi."

"Sì. Ti porterò in un ristorante in città." Mi fermo, guardandola. "A meno che tu non voglia fare qualcos'altro. Dipende da te."

"Davvero?" Il suo viso si illumina dall'emozione. "Allora, possiamo fare qualche follia?"

"Tipo?"

"Possiamo andare in qualche locale dopo cena?"

Sono tentato di dirle di no, ma mi rimangio la parola. "Perché?" chiedo, invece.

Si stringe nelle spalle, sembrando un po' imbarazzata. "Non lo so. Credo che sarebbe divertente. Non ci vado da—" Si ferma, mordendosi il labbro.

"Da quando hai conosciuto me."

Annuisce, e ricordo la conversazione che abbiamo avuto dopo il pranzo con le sue amiche. C'era stata una certa malinconia nella voce di Nora parlando di uscite e divertimento, del desiderio di cose che pensava che non avrebbe più vissuto.

"In quale locale vorresti andare?" chiedo, incapace di credere che io stia prendendo l'idea in considerazione.

Gli occhi di Nora si illuminano. "Uno qualsiasi" dice in fretta. "Quello che ritieni più sicuro. Non mi importa dove andiamo, purché ci sia la musica e si balli."

"Che ne dici di quello in cui ci siamo conosciuti?" propongo a malincuore. "I miei uomini lo conoscono, quindi sarebbe più facile—"

"Sì, perfetto" mi interrompe, con un sorriso

raggiante. "Possiamo portare Rosa con noi? So che le piacerebbe tanto." La mia espressione deve riflettere i miei pensieri, perché chiarisce in fretta: "Solo al locale, non a cena. Anch'io voglio che siamo solo noi due a cena."

Sospiro. "Certo. La farò portare da una guardia, così potrà raggiungerci al nightclub dopo cena."

Nora grida e mi getta le braccia al collo. "Grazie! Oh, non vedo l'ora. Ci divertiremo un sacco."

E mentre va a pranzare con i suoi genitori, io incontro Lucas per vedere come poter proteggere un famoso nightclub di Chicago in un sabato sera.

* * *

"Wow, Julian, è straordinario" esclama Nora quando entriamo nel lussuoso ristorante francese che ho scelto per la nostra cena. "Come hai fatto a trovare un tavolo? Ho sentito dire che la gente deve aspettare mesi . . ." Poi si ferma e alza gli occhi. "Oh, non importa. Cosa sto dicendo? Certo che tu, più di ogni altro, riesci a prenotare un tavolo."

Sorrido davanti alla sua evidente emozione. "Mi fa piacere che ti piaccia. Speriamo che il cibo sia buono come l'atmosfera."

Il cameriere ci porta al nostro tavolo, che si trova in un angolo privato sul retro del ristorante. Al posto del vino, ordino acqua frizzante per entrambi, e chiedo anche il menù, dopo aver prima spiegato le restrizioni associate alla gravidanza di Nora.

"Molto bene, signore" dice il cameriere, con un lieve inchino, e presto, il primo piatto è sul nostro tavolo.

Mentre gustiamo il risotto agli asparagi e i ravioli agli scampi, Nora mi racconta del suo pranzo e di quanto siano stati felici i suoi genitori di aver festeggiato questo compleanno con lei. "Mi hanno regalato un nuovo set di pennelli" dice, sorridendo. "Credo che questo significhi che mio padre non è più scettico per quanto riguarda il mio hobby."

"Sono contento, tesoro. Non dovrebbe esserlo. Hai un talento incredibile."

"Grazie." Mi rivolge un sorriso luminoso e prende il bicchiere d'acqua.

Mentre parliamo, non riesco a distogliere lo sguardo da lei. È raggiante stasera, più bella che mai. Il suo abito blu senza spalline è sexy ed elegante al tempo stesso, anche se troppo corto per la mia pace dei sensi. Quando l'ho vista scendere per le scale, con quel vestito e le scarpe d'argento col tacco alto, ho dovuto sforzarmi con tutto me stesso per non riportarla al piano di sopra e scoparla per tre giorni di seguito. Non aiuta il fatto che abbia usato un tipo di trucco che rende le sue labbra lucide e davvero seducenti. Ogni volta che avvolge le labbra intorno alla forchetta, la immagino succhiarmi il cazzo e i pantaloni mi sembrano troppo stretti.

"Sai, non mi hai mai detto cosa stessi facendo in quel locale, quando ci siamo conosciuti" dice, quando arriviamo al contorno. "Come mai eri a Chicago, tanto per cominciare? La maggior parte dei tuoi affari si svolgono al di fuori degli Stati Uniti, non è vero?"

"Sì" dico, annuendo. "Non ero qui per lavoro, non in quel senso. Un conoscente mi aveva consigliato questo analista di hedge fund, così lo stavo intervistando per il posto di gestore di portafoglio personale."

"Oh." Nora sgrana gli occhi. "È quel tipo con cui ti sei visto l'altro giorno?"

"Sì. L'incontro di due anni fa è andato bene, così l'ho ingaggiato. E poi ho deciso di uscire per visitare un po' la città—finendo in quel locale."

"Non ti preoccupavi della sicurezza allora?"

"Avevo alcuni dei miei uomini con me, ma no, Al-Quadar non era ancora una grave minaccia, e poi, non dovevo preoccuparmi per te." Solo quando ho rapito Nora sono diventato così paranoico riguardo alla sicurezza. La mia gattina non sa quanto mi renda vulnerabile, non immagina cosa farei per proteggerla. Se fossi stato certo che Majid l'avrebbe lasciata andare illesa, gli avrei dato l'esplosivo e qualsiasi altra cosa pretendesse Al-Quadar.

Avrei fatto qualsiasi cosa pur di riaverla.

"Avevi in mente di far colpo su qualche donna quella notte?" chiede Nora, bevendo un sorso dal suo bicchiere. Il suo tono è tranquillo, ma lo sguardo nei suoi occhi non lo è affatto.

Sorrido, compiaciuto della sua apparente gelosia. "Forse" la stuzzico. "È per questo che la maggior parte degli uomini va nei locali, sai. Non è per ballare, te lo assicuro."

"Allora, ci sei riuscito?" Si sporge in avanti, stringendo la mano intorno alla forchetta. "Hai fatto colpo su qualcuna dopo che me ne sono andata?"

Sarei tentato di stuzzicarla ancora un po', ma non riesco a essere così crudele. "No, gattina mia. Sono tornato nella mia camera d'hotel da solo quella notte, incapace di pensare ad altro che non fosse quella bella ragazza minuta che avevo conosciuto." L'ho addirittura sognata. Ho sognato il suo viso, così simile a quello di Maria... con la sua pelle soffice e le curve al punto giusto.

Ho sognato le cose oscure, perverse che avrei voluto farle.

"Capisco." Nora si rilassa, con un sorriso che le appare sul volto. "E il giorno dopo? Sei uscito di nuovo?"

"No." Prendo un fico ripieno di granchio. "Non ne vedevo il motivo." Non dopo essere stato così ossessionato da passare ore a guardare le sue foto scattate dalle mie guardie.

Non dopo aver capito che non avrei mai potuto volere un'altra donna così tanto.

CAPITOLO VENTITRÉ

❖ NORA ❖

Quando usciamo dal ristorante, mi sento al settimo cielo. La nostra cena di stasera è stata quanto di più simile a un vero appuntamento, e per la prima volta dopo mesi, mi sento fiduciosa sul futuro.

Forse non saremo mai "normali," ma questo non significa che non possiamo essere felici.

Mentre siamo in auto per raggiungere la discoteca, mi ritrovo ancora una volta ad abbandonarmi a quel sogno ad occhi aperti, quello in cui io e Julian siamo una famiglia. Sembra più reale ora, più concreto. Per la prima volta, immagino di crescere mio figlio insieme a Julian. Non sarebbe facile, e saremmo costantemente circondati da guardie, ma potremmo farlo. Potremmo farlo funzionare. Vivremmo nella tenuta per la maggior parte del tempo, ma viaggeremmo anche. Andremmo a trovare i miei genitori e gli amici, e visiteremmo l'Europa e l'Asia. Avrei una carriera come artista, e l'attività di Julian sarebbe in secondo piano nelle nostre vite, invece di essere in una posizione preponderante.

Non sarebbe il tipo di vita che sognavo quando ero più piccola, ma sarebbe comunque una buona vita.

Impieghiamo mezz'ora ad arrivare in discoteca a causa del traffico del centro. Quando scendiamo dall'auto, Rosa è già lì, ad aspettarci. Vedendomi, sorride e corre fino alla macchina.

"Nora, sei stupenda" esclama prima di rivolgersi a Julian. "E anche tu, Señor." Ci rivolge un enorme sorriso raggiante. "Grazie mille per avermi portata con voi stasera. Morivo dalla voglia di entrare in una vera discoteca americana."

"Sono contenta che sei venuta" le dico, sorridendo. "Sei bellissima." Ed è vero. Con i suoi sexy tacchi rossi e un corto abito giallo che le mette in risalto le curve, Rosa sembra una pin-up.

"Lo pensi davvero?" chiede con entusiasmo. "Ho comprato quest'abito in città. Ero preoccupata che potesse essere un po' esagerato."

"Nient'affatto" dico con fermezza. "Sei assolutamente stupenda. Ora, vieni, andiamo a ballare." E afferrandola per un braccio, la conduco all'ingresso della discoteca, con Julian, divertito, alle calcagna.

Nonostante la discoteca si trovi nella parte più

vecchia del centro di Chicago, c'è una lunga fila di gente che aspetta sulla porta. Il luogo dev'essere ancora più conosciuto di quanto non lo fosse due anni fa. Mentre ci avviciniamo, gli uomini lanciano occhiate sia a me che a Rosa, e le donne guardano Julian. Non biasimo quelle donne, anche se un'oscura parte di me vorrebbe cavar loro gli occhi. Mio marito stasera, con quella giacca su misura e i jeans scuri, è sexy come una star del cinema uscita dalla premiere di un film. Naturalmente, le star del cinema di solito non nascondono pistole e coltelli sotto le giacche eleganti, ma sto cercando di non pensarci.

Julian dice qualcosa al buttafuori, ed entriamo, superando la folla in attesa. Nessuno ci controlla le carte d'identità, nemmeno al bar in cui Julian offre da bere a Rosa. Mi chiedo se sia perché gli uomini di Julian hanno già avvisato il gestore del locale.

Comunque sia, è molto carino.

Sono solo le dieci, ma la discoteca è già in pieno fervore, con gli ultimi successi pop e dance che escono a tutto volume dagli altoparlanti. Anche se non ho assunto alcol, mi sento sbronza, ubriaca dall'emozione. Ridendo, afferro Rosa e Julian e li trascino sulla pista da ballo, dove un sacco di gente è già entrata nel vortice della danza.

Quando arriviamo al centro della pista da ballo, Julian mi fa ruotare e mi tira a sé, tenendomi le mani sulla schiena mentre cominciamo a muoverci al ritmo della musica. Mi rendo subito conto di cosa sta facendo. Nel modo in cui mi sta tenendo, sto di fronte a Rosa, e balliamo tutti e tre insieme, ma sono circondata dal grande corpo di Julian. Nessuno mi può toccare, né di proposito, né per sbaglio, non senza prima vedersela con lui.

Persino nel bel mezzo di un'affollata pista da ballo appartengo a Julian e solo a lui.

Rosa sorride, comprendendo le intenzioni di Julian. È ancora più emozionata di me, e le brillano gli occhi, mentre muove il sedere al ritmo dell'ultima canzone di Lady Gaga. Poco dopo, due bei ragazzi le si avvicinano, e io la guardo, sorridendo, mentre inizia a flirtare con loro e gradualmente si allontana da me e Julian.

Vedendola occupata, Julian mi fa girare verso di lui. "Come ti senti, tesoro?" chiede, con la sua voce profonda che sovrasta la musica a tutto volume. Le luci colorate lampeggiano sul suo viso, facendolo sembrare straordinariamente bello. "Un po' di stanchezza? Nausea?"

"No." Sorridendo, scuoto vigorosamente la testa. "Sto benissimo. Anzi, sto dannatamente bene."

"Direi di sì" mormora, stringendomi a sé, e io arrossisco quando sento il duro rigonfiamento nei suoi pantaloni. Mi vuole, e il mio corpo reagisce immediatamente, con il ritmo pulsante della musica che fa eco all'improvviso dolore nel mio nucleo. Siamo circondati dalla gente, ma sembrano tutti svanire mentre ci guardiamo, con i nostri corpi che cominciano a muoversi con un primordiale ritmo sessuale. I miei seni si gonfiano, i miei capezzoli si induriscono quando spingo il petto contro di lui, e nonostante tutti gli strati di vestiti che indossiamo, sento il calore che irradia il suo grande corpo . . . lo stesso tipo di calore che sta crescendo dentro di me.

"Cazzo, tesoro" sospira, fissandomi. Agita i fianchi avanti e indietro mentre ondeggiamo all'unisono, spinti sia dal desiderio che proviamo l'uno per l'altra che dal ritmo della musica. "Non indosserai mai più questo vestito del cazzo."

"Il vestito?" Lo fisso, con il corpo in fiamme. "Credi che sia il vestito?"

Chiude gli occhi e fa un respiro profondo prima di riaprirli per incrociare il mio sguardo. "No" dice con voce roca. "Il problema non è il vestito, Nora. Sei tu. Sei sempre tu, cazzo."

A quel punto, mi aspetto che mi trascini via, ma non lo fa. Anzi, allenta la presa su di me, mettendo un paio di centimetri di spazio tra noi. Posso ancora sentire il suo corpo contro il mio, ma la cruda sessualità del momento è ridotta, permettendomi di tornare a respirare. Balliamo così per qualche altra canzone, e poi comincio ad avere sete.

"Posso prendere un po' d'acqua?" chiedo, alzando la voce per farmi sentire sopra la musica, e Julian annuisce, conducendomi verso il bar. Mentre passiamo davanti a Rosa, vedo che sta ancora ballando con quei due ragazzi, apparentemente contenta di essere schiacciata in mezzo a loro. Le faccio un occhiolino e le rivolgo un discreto pollice in su, e poi ci allontaniamo dalla folla che si dimena.

Julian mi porta un bicchiere pieno di acqua ghiacciata, e la trangugio con avidità, sentendomi assetata. Sorride mentre mi guarda bere, e capisco che lo ricorda anche lui—il nostro primo incontro, proprio qui in questo bar.

Mentre ci giriamo per tornare sulla pista da ballo, vedo Rosa che cammina verso il retro, dove ci sono i bagni. Mi saluta, sorridendo, e ricambio il saluto, prima di rivolgermi a Julian.

"Balliamo un altro po'" dico, afferrando la sua mano, e ci tuffiamo di nuovo tra la folla proprio mentre inizia una nuova canzone.

Pochi minuti dopo, comincio a sentirla—la familiare sensazione di una vescica troppo piena.

"Devo fare pipì" dico a Julian, e lui sorride, portandomi di nuovo fuori dalla pista da ballo. Torniamo sul retro della discoteca, e mi metto in fila per il bagno delle ragazze; Julian si appoggia al muro, osservandomi mentre aspetto il mio turno nel circolare corridoio in ombra che porta ai bagni. Mi chiedo se mi stia controllando anche qui, e quasi ridacchio al pensiero che si preoccupi abbastanza da accompagnarmi al bagno delle signore.

Per fortuna, non lo fa. Resta all'ingresso dello stretto corridoio, con le braccia conserte.

La fila è lunga, e ci metto quasi quindici minuti per raggiungere la mia destinazione. Quando finalmente arriva il mio turno, entro e faccio quello che devo fare. Solo quando mi lavo le mani ricordo che Rosa è scomparsa in questa direzione, e che da allora non l'ho più vista uscire.

Tirando fuori il telefono dalla mia borsetta, scrivo un messaggio a Julian: *Hai visto Rosa?*

Non c'è una risposta immediata, così esco dal bagno, e mi accingo a tornare, quando qualcosa di rosso a una decina di passi di distanza cattura la mia attenzione. Accigliata, mi avvio nel corridoio circolare, oltre i servizi igienici, e poi la vedo.

Una scarpa rossa col tacco alto abbandonata sul pavimento.

Il mio cuore salta un battito.

Chinandomi, la tiro su, e un brivido mi attraversa la schiena.

Non c'è dubbio ora. È la scarpa di Rosa.

Con il cuore che batte all'impazzata, mi raddrizzo, guardandomi intorno, ma non la vedo da nessuna parte. A causa della curva che fa il corridoio, non riesco a vedere nemmeno la fila del bagno.

Lasciando cadere la scarpa, tiro di nuovo fuori il telefono. C'è un messaggio di Julian in risposta al mio: *No, non l'ho vista.*

Comincio a digitare una risposta, ma in quel momento, una porta che non avevo notato prima si apre a pochi passi di distanza.

Esce un ragazzo basso e magro, che chiude la porta alle sue spalle, e si appoggia allo stipite.

Un giovane ragazzo, mi rendo conto, guardandolo. Più un adolescente, con il suo viso pallido e lentigginoso privo del minimo accenno di barba. La sua postura è disinvolta, quasi pigra, ma qualcosa nel modo in cui mi guarda mi fa esitare.

"Scusa." Mi avvicino a lui con attenzione, arricciando il naso per il forte odore di alcol e sigarette che emana. "Hai visto la mia amica? Indossa un abito giallo—"

Sputa sul pavimento davanti a me. "Togliti di mezzo, troia."

Sono così spaventata che faccio un passo indietro. Poi la rabbia esplode dentro di me, mescolandosi all'adrenalina. "Scusa?" Chiudo le mani a pugno. "Come mi hai chiamata?"

La postura del ragazzo cambia, diventando più combattiva. "Ho detto—"

E in quel momento, lo sento.

L'urlo di una donna dietro la porta, seguito dal rumore di qualcosa che cade.

I miei livelli di adrenalina si impennano. Senza riflettere, faccio un passo in avanti e agito il pugno destro, proprio come mi ha insegnato Julian. Lo slancio della mia mossa potenzia la forza del colpo, e il ragazzo resta senza fiato quando il mio pugno gli colpisce la bocca dello stomaco. Comincia a piegarsi in due, e in quel momento, alzo il ginocchio, colpendogli le palle.

Si china emettendo un urlo acuto, si stringe il cavallo, e gli afferro la nuca, sfruttando lo slancio per tirarlo in avanti mentre spingo fuori il piede destro.

Funziona ancora meglio che in allenamento.

Si piega in avanti, agitando le braccia, e la sua testa colpisce il muro sul lato opposto del corridoio. Poi scivola a terra, con il corpo inerte e immobile davanti a me.

Resto a bocca aperta. Non riesco a credere a quello che ho appena fatto.

Non riesco a credere di aver steso un ragazzo in una rissa—anche se il ragazzo in questione è un adolescente ubriaco.

Un altro urlo dietro la porta mi sveglia dallo stordimento.

Riconosco quella voce ora, e una raffica di adrenalina mi fa battere il cuore all'impazzata. Agendo esclusivamente d'istinto, salto sul corpo del giovane ragazzo a terra e apro la porta.

La stanza interna è lunga e stretta, con un'altra porta in fondo. Accanto a quella porta, c'è un divano colorato—e su quel divano c'è la mia amica, che si dimena e singhiozza sotto un uomo.

Per un attimo, sono troppo stordita per poter reagire, e poi noto delle macchie rosse sull'abito giallo brillante ormai strappato di Rosa.

Un'oscura rabbia esplode nel mio petto, spazzando via ogni residuo di cautela.

"Lasciala stare!" grido, precipitandomi nella stanza. Sorpreso, il ragazzo salta giù da Rosa, e poi, come se ricordasse la sua vile azione, la afferra per i capelli e la trascina giù dal divano.

"Nora!" Rosa grida istericamente, indicando qualcosa dietro di me.

Inorridita, mi volto, ma è troppo tardi.

L'altro uomo è già su di me, con il dorso della mano che vola sul mio viso.

Il colpo mi sbatte contro il muro, e sento l'impatto su tutte le ossa della mia schiena.

Stordita, cado a terra, e nonostante il ronzio nelle orecchie, sento la voce di un uomo che dice: "Puoi scoparti quella se vuoi. Io mi divertirò con questa in macchina."

E mentre delle mani ruvide cominciano a strapparmi i vestiti, vedo l'aggressore di Rosa che la trascina verso la porta sul lato opposto della stanza.

CAPITOLO VENTIQUATTRO

❖ JULIAN ❖

Annoiato, mi stacco dal muro e do un'occhiata al corridoio. Nora è già più avanti nella fila, così mi appoggio un'altra volta contro il muro e mi preparo ad aspettare ancora. Prendo anche nota mentalmente di non tornare mai più in questa discoteca. Queste file devono essere la norma qui, e trovo ridicolo che non abbiano messo un bagno più grande per le donne.

Tirando fuori il telefono, controllo la posta elettronica per la terza volta. Come previsto, non è successo niente negli ultimi tre minuti, così rimetto via il telefono e prendo in considerazione l'idea di andare al bar a prendere un drink. Mi sono astenuto tutta la serata per mantenere i riflessi pronti in caso di pericolo, ma una birra non dovrebbe avere spiacevoli conseguenze.

Eppure, decido di non farlo. Anche se molte delle mie guardie sono dispiegate in tutta la discoteca, mi sento a disagio a stare anche solo un paio di minuti senza vedere Nora. Avrei anche aspettato in fila con lei, ma il corridoio che curva è così stretto che c'è spazio solo per le donne e per l'uomo di turno che spinge per farsi strada.

Così, aspetto, divertendomi a guardare i ballerini sulla pista. Con tutti quei corpi che si strusciano, l'atmosfera è molto sensuale, ma le luci tremolanti e il ritmo pulsante non mi suscitano niente. Senza Nora tra le mie braccia che mi eccita, tanto varrebbe stare in un angolo della strada a guardare l'erba crescere.

Il telefono mi vibra nella tasca, distraendomi dai pensieri. Tirandolo fuori, leggo il messaggio di Nora e mi acciglio.

Hai visto Rosa?

Staccandomi di nuovo dal muro, do un'occhiata al corridoio. Non vedo né Rosa, né Nora, ma la ragazza che stava in fila dietro Nora sta ancora aspettando il proprio turno.

Convinto che Nora sia all'interno del bagno, mi giro per monitorare la discoteca, alla ricerca di un abito giallo in mezzo alla folla. È difficile da vedere, con tutta la gente e l'illuminazione fioca, ma il vestito di Rosa è così brillante che dovrei riuscire a individuarla.

Non la vedo, però. Né al bar, né sulla pista da ballo.

Cominciando a sentirmi a disagio, mi faccio strada tra la folla per raggiungere l'altra parte del bar e continuo a cercare.

Niente. Nessun vestito giallo da nessuna parte.

Il mio disagio si trasforma in completo allarme. Afferrando di nuovo il telefono, controllo la posizione dei localizzatori di Nora.

È ancora in bagno o proprio nei pressi.

Sentendomi leggermente più calmo, mando un messaggio a Lucas per dirgli di mettere gli uomini in allerta e scrivo a Nora la mia risposta prima di farmi di nuovo strada verso i bagni. Forse sono paranoico, ma ho bisogno di avere Nora con me. Ora. L'istinto mi grida che qualcosa non va, e non mi rilasserò fin quando lei non sarà al sicuro al mio fianco.

Quando arrivo al corridoio, vedo che la fila delle donne è ancora più lunga ora, e che ce n'è una anche per il bagno degli uomini. Il corridoio stretto è completamente bloccato, così comincio a spingere la gente, ignorandone le grida di indignazione.

Nora non è in questa fila, anche se i localizzatori indicano che è nelle vicinanze. Non è nemmeno nel bagno delle donne, mi rendo conto passandoci davanti. Secondo la mia app di localizzazione, si trova una ventina di metri più avanti, un po' a sinistra del corridoio curvo. La folla si dirada oltre questo punto, e accelero il passo, sempre più preoccupato.

Un secondo dopo, lo vedo.

Il corpo di un uomo sul pavimento, accanto a una

porta chiusa.

Il mio sangue si trasforma in ghiaccio, con la paura acuta e pungente sulla lingua. Se qualcuno ha preso Nora, se è stata ferita in qualche modo—

No. Non posso permettermi di lasciarmi andare a questi pensieri, non quando ha bisogno di me.

Una gelida calma mi sommerge, bloccando la paura. Accovacciandomi, afferro il coltello dalla fondina sulla mia caviglia e lo faccio scorrere nella fibbia della cintura per un'estrazione più veloce. Poi, alzandomi in piedi, tiro fuori la pistola e scavalco il corpo, ignorando il sangue che cola dalla fronte dell'uomo.

Secondo l'applicazione, Nora si trova a pochi metri da me, sulla sinistra—il che significa che è dietro quella porta.

Facendo un respiro profondo, apro la porta ed entro nella stanza.

Un grido soffocato alla mia destra cattura subito la mia attenzione. Voltandomi, vedo due figure che lottano accanto alla parete... e ogni traccia di calma svanisce.

Nora—la mia Nora—sta combattendo contro un uomo grosso il doppio di lei. È sopra di lei, soffocando le sue grida con una mano e strappandole i vestiti con l'altra. Lo sguardo di Nora è selvaggio e furioso, con le dita piegate come artigli mentre gli graffia il viso e il collo, lasciando striature di sangue sulla sua pelle.

Una nebbia rossa cala su di me, una rabbia più violenta che mai.

Un salto, e sono sopra di loro, trascinando l'uomo giù da Nora. Non sparo—troppo rischioso con lei vicino—ma tengo il coltello in mano mentre lo inchiodo a terra, schiacciandogli la gola con l'avambraccio sinistro. Soffoca, con gli occhi fuori dalle orbite, mentre alzo il coltello e lo conficco nel suo fianco, più e più volte. Sgorga un sangue caldo, che mi sporca tutto, e sento il terrore dell'uomo, la sua consapevolezza della morte imminente. Le sue mani battono contro di me, ma non sento i colpi. Lo guardo negli occhi mentre lo pugnalo più e più volte, godendo della sua inutile lotta per la vita.

"Julian!" Il grido di Nora mi distoglie dalla sete di sangue, e salto in piedi, lasciando il corpo agonizzante del suo aggressore sul pavimento.

Lei trema, con il mascara e le lacrime che le colano lungo il viso, e cerca di alzarsi, reggendosi al muro per sostenersi.

Fanculo. Una nauseante paura mi opprime. Mi precipito da lei e la tiro a me, accarezzandola freneticamente alla ricerca di ferite. Sembra che non si sia rotta nulla, ma il suo labbro inferiore è spaccato e gonfio, e il suo vestito ha un piccolo strappo in alto. E il bambino—No, non posso pensarci ora.

"Tesoro, sei ferita?" La voce che mi esce non sembra neanche la mia. "Ti ha fatto del male?"

Scuote la testa, con gli occhi ancora carichi di rabbia. "No!" Si dimena tra le mie braccia, spingendomi via con una forza sorprendente. "Lasciami andare!

Dobbiamo andare da lei!"

"Cosa? Da chi?" Sorpreso, faccio un passo indietro, tenendola per un braccio in modo che non possa cadere.

"Rosa! L'ha presa, Julian! L'ha afferrata e l'ha trascinata in quella direzione." Nora muove la mano libera nella direzione della porta sul retro. "Dobbiamo andare da lei!" Sembra isterica.

"È stata presa da un altro uomo?"

"Sì! Ha detto—" La voce di Nora si incrina per un singhiozzo. "Ha detto che si sarebbe divertito con lei in macchina. Erano due, e uno ha preso Rosa!"

La fisso, con una nuova rabbia che sta crescendo dentro di me. Rosa non sarà la persona più importante per me, ma mi piace quella ragazza ed è sotto la mia protezione. L'idea che qualcuno abbia osato farle questo, abbia osato aggredire lei e Nora in questo modo—

"Sbrigati!" Nora mi implora, tirandomi freneticamente il braccio per spingermi verso la porta. "Dai, Julian, dobbiamo sbrigarci! L'ha *appena* trascinata in quella direzione, quindi possiamo ancora arrivare in tempo!"

Fanculo. Stringo i denti, con ogni muscolo del corpo che vibra dalla tensione. Non mi sono mai sentito così distrutto in vita mia. Nora è ferita, e tutto dentro di me urla che lei è mia, che dovrei afferrarla e condurla in salvo il più rapidamente possibile. Ma se quello che dice è vero, allora l'unico modo per salvare Rosa è agire immediatamente—e i miei uomini ci metteranno almeno un paio di minuti per arrivare dove siamo.

"Ti prego, Julian!" supplica Nora, singhiozzando, e il panico nei suoi occhi decide per me.

"Resta qui." La mia voce è fredda e profonda quando le lascio andare il braccio e faccio un passo indietro. "Non ti muovere."

"Vengo con te—"

"Col cavolo che lo farai." Tirando fuori la pistola, la spingo nelle sue mani. "Aspettami qui, e spara a chiunque non riconosci."

E prima che lei possa discutere con me, esco in fretta dalla porta sul retro, mandando messaggi a Lucas sulla situazione.

CAPITOLO VENTICINQUE

❖ NORA ❖

Non appena Julian scompare oltre la porta, mi lascio cadere a terra, stringendo la pistola che mi ha dato. Mi tremano le gambe e mi gira la testa, con ondate di nausea che mi attraversano. Mi sento come se il mio equilibrio mentale fosse appeso a un filo. Solo la consapevolezza che Julian è andato a salvare Rosa mi impedisce di cedere completamente all'isteria. Con un respiro tremante, mi asciugo il viso con il dorso della mano e, mentre abbasso il braccio, una striscia rossa cattura la mia attenzione.

Sangue.

Ho del sangue addosso.

Lo guardo, disgustata ma affascinata. Dev'essere

quello dell'uomo ucciso da Julian. Anche lui era ricoperto di sangue quando mi ha toccata, e ora è tutto su di me, con le macchie di rosso sulle braccia e sul petto che mi ricordano un mio dipinto. Stranamente, quell'analogia mi calma un po'. Facendo un altro respiro, alzo lo sguardo, rivolgendo l'attenzione all'uomo morto disteso a pochi passi da me.

Ora che non mi sta attaccando, mi rendo conto, scioccata, che lo conosco. È uno dei due giovani con cui Rosa stava ballando. Questo significa che il secondo aggressore è l'altro uomo? Sollevo le sopracciglia, cercando di ricordare il viso del secondo uomo, ma la sua immagine è sfocata nella mia mente. Non ricordo nemmeno di aver mai visto il ragazzo che era di guardia all'ingresso di questa stanza. Stava insieme ai compagni di ballo di Rosa? Se sì, perché? Tutto questo non ha alcun senso. Anche se i tre fossero degli stupratori seriali, come hanno potuto pensare di farla franca con un brutale assalto in una discoteca?

Naturalmente, le motivazioni dell'uomo morto non contano più. So che è morto, perché il suo corpo non dà più segni di vita. Ha gli occhi aperti e la bocca spalancata, con un rivolo di sangue che gli riga la guancia. Puzza anche di morte, mi rendo conto—di sangue, feci, e paura. Per riprendermi da quell'odore nauseante, mi allontano, per avvicinarmi al divano.

Un altro uomo è stato ucciso davanti a me. Aspetto l'orrore e il disgusto, ma non arrivano. Tutto quello che sento è una sorta di gioia viziosa. Come su uno schermo cinematografico, vedo il coltello di Julian che sale e scende, affondando nel fianco dell'uomo più e più volte, e tutto quello a cui penso è che sono felice che l'uomo sia morto.

Sono felice che Julian l'abbia sventrato.

È strano, ma la mia mancanza di empatia non mi preoccupa questa volta. Sento ancora le mani dell'uomo su di me, le sue unghie che mi raschiano la pelle, nel punto in cui mi ha strappato i vestiti. Era riuscito a inchiodarmi a terra mentre ero stordita dal suo colpo, e pur essendomi dimenata come ho potuto, sapevo che stavo cedendo. Se Julian non fosse venuto—

No. Respingo quel pensiero. Julian è venuto, quindi non c'è bisogno di pensare a come sarebbero andate le cose in caso contrario. A dir la verità, me la sono cavata riportando danni minimi. Il mio labbro spaccato palpita e la schiena sembra un livido enorme, ma non è nulla di irreparabile. Il mio corpo guarirà. Sono rimasta ferita in passato e sono sopravvissuta.

La vera domanda è: Anche Rosa sopravvivrà?

Il pensiero che sia stata ferita o stuprata mi riempie di rabbia. Voglio che Julian uccida selvaggiamente l'altro uomo, proprio come ha fatto con questo. Anzi, voglio farlo io stessa. Avrei insistito per andare con lui, ma discutere con Julian avrebbe solo rallentato il salvataggio di Rosa.

Per il momento, tutto quello che posso fare è aspettare e sperare che la riporti qui.

Vedendo la mia borsetta sul pavimento, mi abbasso

per raccoglierla. Ogni movimento mi fa male, ma voglio quella borsa con me. Contiene il telefono, il che significa che posso contattare Julian. E questo è importante, perché improvvisamente mi rendo conto che Rosa non è l'unica a essere in pericolo in questo momento.

Lo stesso vale per mio marito.

No. Respingo anche questo pensiero. So di cos'è capace Julian. Se c'è qualcuno in grado di gestire questa situazione, è proprio l'uomo che mi ha rapita. La vita di Julian è stata caratterizzata dalla violenza fin dall'infanzia; uccidere un pezzo di merda o due dev'essere un gioco da ragazzi per lui.

A meno che quel pezzo di merda non sia armato o abbia dei complici.

No. Chiudo gli occhi, rifiutando di abbandonarmi a simili pensieri. Julian tornerà con Rosa, e andrà tutto bene. Dev'essere così. Stiamo per diventare una famiglia, cresceremo una vita insieme...

Una famiglia.

Spalanco gli occhi, portando la mano allo stomaco mentre ansimo ad alta voce. Per la prima volta, mi rendo conto che, senza l'intervento di Julian, io e Rosa avremmo potuto non essere le uniche vittime degli stupratori. Se fossi stata brutalizzata, scossa un altro po', non so cosa sarebbe successo al bambino.

Quel terrificante pensiero mi toglie il fiato.

Ricomincio a tremare, con nuove lacrime che mi si formano negli occhi. Non so nemmeno perché sto piangendo. Va tutto bene. Deve andare tutto bene.

Stringendo la borsa, mi concentro sulla porta sul retro. Da un momento all'altro, Julian la varcherà insieme a Rosa, e le nostre vite torneranno alla normalità.

Da un momento all'altro.

I minuti passano lentamente. Così lentamente che devo sforzarmi per non urlare. Guardo la porta fin quando le lacrime si fermano e i miei occhi cominciano a bruciare dalla secchezza. Per quanto mi sforzi, non riesco a spazzar via le fantasie oscure, e la paura dentro di me sembra volermi inghiottire, consumandomi fin quando non rimarrà più niente.

Alla fine, la porta comincia ad aprirsi.

Salto in piedi, dimenticando il dolore, ma poi ricordo le parole di Julian mentre andava via.

Non è l'unico che potrebbe varcare quella porta.

Sollevando la pistola che mi ha dato, prendo la mira con le mani tremanti e aspetto.

CAPITOLO VENTISEI

❖ JULIAN ❖

Non appena mando il messaggio a Lucas, apro la porta ed esco dal vicolo dietro la discoteca. Il fetore della spazzatura colpisce subito le mie narici, mescolandosi a quello pungente di urina. Deve aver piovuto mentre eravamo dentro, perché l'asfalto è bagnato, e la luce di un lampione lontano riflette nelle pozzanghere oleose.

Spinto dalla rabbia violenta e dalla preoccupazione, esamino metodicamente l'ambiente che mi circonda. Poi penserò al viso di Nora rigato dalle lacrime e a come ho sbagliato tutto, ma per ora devo concentrarmi sul salvataggio di Rosa.

Lo devo a lei e a Nora.

Non vedo nessuno nei paraggi, così serpeggio tra i cassonetti, dirigendomi verso la strada. Alcuni ratti scappano via vedendomi. Mi chiedo se possano percepire la violenza nelle mie vene, la brama di sangue che si intensifica ogni passo che faccio.

Una morte non è sufficiente. Per niente.

I miei passi risuonano mentre giro l'angolo, imboccando una stradina stretta, e poi le vedo.

Due figure che lottano accanto a un SUV bianco a una trentina di metri di distanza.

Vedo il vestito giallo di Rosa mentre l'uomo cerca di trascinarla in macchina, e una rabbia oscura mi attraversa ancora una volta.

Tirando fuori il coltello, mi precipito verso di loro.

Intuisco il momento esatto in cui l'aggressore di Rosa mi vede. Sgrana gli occhi, con il viso che si contorce dalla paura, e prima che io possa reagire, spinge Rosa verso di me e sale in macchina.

Faccio uno scatto, riuscendo ad afferrare Rosa prima che cada, e lei si aggrappa a me, singhiozzando istericamente. Cerco di calmarla mentre mi libero dalla sua presa, ma è troppo tardi.

La macchina sfreccia via con un ruggito, e le gomme stridono mentre l'aggressore di Rosa spinge sull'acceleratore, scappando da codardo qual è.

Fanculo. Fisso l'auto che si sta allontanando, ansimando. So che i miei uomini sono posizionati all'incrocio più avanti, ma una sparatoria in pubblico attirerebbe troppa attenzione. Tenendo Rosa con un braccio, tiro fuori il telefono e dico a Lucas di seguire la macchina bianca.

Poi rivolgo l'attenzione alla donna che sta singhiozzando tra le mie braccia.

"Rosa." Ignorando l'adrenalina che mi pompa nelle vene, l'allontano delicatamente per valutare l'entità delle sue ferite. Un lato del suo viso è gonfio e macchiato di sangue, e ha graffi e lividi su tutto il corpo, ma con mio grande sollievo, non vedo ossa rotte. Sembra così scossa, però, che abbasso la voce, parlandole come farei con un bambino. "Sei ferita, cara?"

"Lui . . . loro . . ." Sembra poco coerente mentre sta lì tremante, con il vestito strappato, e io stringo i denti, lottando contro una nuova ondata di furia. Posso già intravedere che qualsiasi cosa le sia successa non la supererà tanto facilmente.

"Vieni, cara, ti riporto da Nora." Mantengo la voce dolce e rilassata quando mi chino per prenderla in braccio. I suoi tremori si intensificano mentre la stringo tra le braccia, e serro la mascella, tornando verso il vicolo il più in fretta possibile.

Quando arriviamo davanti alla porta della discoteca, metto giù Rosa. Poi, tenendole il gomito per sorreggerla, le faccio varcare attentamente la porta.

Siamo accolti dall'immagine di Nora con la pistola puntata contro di noi. Non appena ci vede, però, il suo viso si illumina e abbassa l'arma.

"Rosa!" Lascia cadere la pistola e corre da noi. "L'hai

riportata qui, Julian! Oh, grazie a Dio, ci sei riuscito!" Raggiungendoci, si alza in punta di piedi e mi abbraccia forte prima di avvolgere le braccia intorno a Rosa e di portarla sul divano. La sento mormorare qualcosa di rassicurante quando Rosa si aggrappa a lei, piangendo, e colgo l'occasione per chiamare e far venire la nostra auto nel vicolo.

Qualche minuto dopo, la macchina è pronta.

"Andiamo, care. Dobbiamo andare, vi porterò entrambe all'ospedale" dico a bassa voce, avvicinandomi al divano, e Nora annuisce, con le braccia ancora avvolte intorno al corpo tremante di Rosa. Mia moglie sembra molto più calma ora, con l'isteria non più visibile. Eppure, devo reprimere l'impulso di afferrarla e di assicurarmi che stia bene come sembra. L'unica cosa che mi frena è la consapevolezza che Rosa cadrebbe a pezzi senza l'aiuto di Nora.

Per fortuna, la mia gattina sembra in grado di aiutare la sua amica traumatizzata. Quell'anima d'acciaio che ho sempre avvertito dentro di lei non è mai stata più evidente di quanto non lo sia ora. Anche con la rabbia che mi brucia dentro, sento un lampo di orgoglio, mentre guardo Nora che fa scendere Rosa dal divano per condurla verso l'uscita.

Lucas è appoggiato alla macchina, e ci aspetta. Quando il suo sguardo si posa su Rosa, vedo il suo volto che cambia, la sua espressione impassibile che si trasforma in qualcosa di oscuro e spaventoso.

"Quegli stronzi" mormora con risentimento, girando intorno alla macchina per aprirci la portiera. "Quei fottuti stronzi." Non sembra riuscire a smettere di fissare Rosa. "Moriranno, cazzo."

"Sì, moriranno" concordo, guardandolo con una certa sorpresa separare accuratamente Rosa da mia moglie e guidare la ragazza che piange in macchina. Il suo atteggiamento è così insolitamente premuroso che non posso fare a meno di chiedermi se ci sia qualcosa tra loro. Sarebbe strano, vista la sua fissazione per l'interprete russa, ma sono successe cose molto più strane.

Alzando le spalle, mi rivolgo a Nora, che sta in piedi accanto alla portiera aperta, con la mano sinistra sulla parte superiore del telaio della portiera. Sembra persa nel suo mondo, con lo sguardo stranamente assente, mentre solleva la mano destra e la posa sul suo ventre.

"Nora?" Faccio un passo verso di lei, con un'improvvisa paura che mi stringe il petto, e in quel momento, la vedo sbiancare.

CAPITOLO VENTISETTE

❖ NORA ❖

La sensazione dei crampi che ho cominciato a provare alcuni secondi fa improvvisamente si intensifica, trasformandosi in un dolore acuto. Mi attraversa lo stomaco, togliendomi il fiato proprio quando Julian fa un passo verso di me, con il viso carico di preoccupazione. Ansimando, mi piego in due, e sento subito le sue mani forti su di me, che mi sollevano da terra.

"Ospedale, subito!" Ringhia a Lucas, e prima che io possa battere ciglio, mi ritrovo dentro la macchina, cullata sulle ginocchia di Julian mentre usciamo dal vicolo.

"Nora? Nora, stai bene?" La voce di Rosa è carica di

panico, ma non posso rassicurarla in questo momento, non quando ho i crampi e mi si contorce lo stomaco. Tutto quello che posso fare sono dei brevi respiri affannati, con le mani che scavano convulsivamente nelle spalle di Julian, che mi fa oscillare avanti e indietro, con il suo grande corpo teso sotto di me.

"Julian." Non posso fare a meno di piangere quando un crampo particolarmente forte mi attraversa il ventre. Sento una calda umidità scivolosa sulle cosce, e so che se guardassi in basso, vedrei il sangue. "Julian, il bambino . . ."

"Lo so, tesoro." Preme le sue labbra sulla mia fronte, dondolandomi più velocemente. "Un attimo. Aspetta ancora un attimo."

Attraversiamo le strade buie, i lampioni e i semafori appannati davanti ai miei occhi. Sento Rosa che mi parla, accarezzandomi i capelli con le sue mani delicate, e provo un vago senso di colpa per il fatto che lei debba affrontare tutto questo dopo quello che ha passato.

Soprattutto, però, quello che provo è la paura.

Un'orribile paura che sia troppo tardi, che nulla potrà più essere come prima.

* * *

"Mi dispiace tanto, signora Esguerra." La giovane dottoressa si ferma accanto al mio letto, con i suoi occhi color nocciola carichi di empatia. "Come forse avrà immaginato, ha avuto un aborto. La buona notizia—se così si può dire in un momento come questo—è che lei era ancora al primo trimestre, quindi l'emorragia si è già fermata. Potrebbe notare qualche macchia o perdita nei prossimi giorni, ma il suo corpo dovrebbe tornare alla normalità abbastanza rapidamente. Non c'è motivo per cui non dovrebbe riprovare a concepire un altro bambino al più presto . . . Se desidera farlo, naturalmente."

La fisso, sentendomi come se i miei occhi fossero stati raschiati con la carta vetrata. Non posso più piangere. Ho già versato tutte le lacrime che avevo dentro di me. Julian mi stringe la mano, seduto sul bordo del letto, mentre dei crampi sordi continuano nella mia pancia, e tutto quello a cui riesco a pensare è che ho perso il bambino.

Ho perso il nostro bambino, ed è tutta colpa mia.

"Dov'è Rosa?" La mia gola è così gonfia che devo sforzarmi per far uscire le parole. "Sta bene?"

"È nella stanza accanto" dice la dottoressa a bassa voce. È incredibilmente bella, con il viso pallido, a forma di cuore, incorniciato da capelli castani e mossi. "Vuole parlare con lei?"

"Hanno finito di farle le analisi?" La voce di Julian è più dura che mai. Il suo volto e le mani sono puliti ora—ha usato l'acqua della bottiglia per togliere la maggior parte del nostro sangue prima che scendessimo dalla macchina—ma la sua giacca grigia è macchiata di marrone. Mi chiedo che cosa pensino i medici del nostro aspetto, se si rendono conto che non tutto il sangue su di noi è il mio.

"Sì, hanno finito." La dottoressa esita un attimo. "Signor Esguerra, la sua amica ha detto che non vuole sporgere denuncia, né parlare con la polizia, ma noi consigliamo vivamente di farlo in casi come questo. Per lo meno, dovrebbe lasciare che la nostra assistente che si occupa di aggressioni sessuali raccolga le prove. Forse può parlare con la signora Martinez, aiutarci a convincerla—"

"Qualche sua ferita richiede il ricovero in ospedale?" la interrompe Julian, stringendo la mano intorno alle mie dita. "O può tornare a casa con noi?"

La dottoressa si acciglia. "Può tornare a casa, ma—"

"E mia moglie?" Rivolge alla giovane donna uno sguardo intenso. "È sicura che non ci siano ferite a parte i lividi?"

"Sì, come le ho già spiegato, signor Esguerra, tutte le analisi sono nella norma." La dottoressa lo guarda senza battere ciglio. "Non ci sono lesioni interne, né commozione cerebrale, e non c'è bisogno di una procedura D&C—dilatazione e raschiamento—quando la perdita avviene così presto nella gravidanza. Consiglio che la signora Esguerra si riposi nei prossimi giorni, dopodiché potrà riprendere le sue normali attività."

Julian mi lancia un'occhiata. "Tesoro?" Il suo tono si addolcisce per una frazione di secondo. "Vuoi restare qui fino a domani mattina o preferisci tornare a casa?"

"Casa." Deglutisco dolorosamente. "Voglio tornare a

casa."

"Signora Esguerra..." La dottoressa appoggia la mano sul mio braccio, scaldandomi la pelle con le sue dita affusolate. Quando la guardo, dice dolcemente: "So che è una magra consolazione per la sua perdita, ma voglio che sappia che la stragrande maggioranza degli aborti non può essere prevenuta. È possibile che l'incidente capitato a lei e alla sua amica abbia provocato questo sfortunato evento, ma è altrettanto probabile che ci fosse qualche anomalia cromosomica che l'avrebbe causato a prescindere. Statisticamente parlando, il venti percento delle gravidanze finisce con un aborto spontaneo, e fino al settanta percento degli aborti nel primo trimestre si verificano a causa di queste anomalie—non a causa di qualcosa che la madre ha fatto o non ha fatto."

Rifletto sulle sue parole, spostando lo sguardo sull'etichetta attaccata sul suo petto: *Dott.ssa Cobakis*. Qualcosa di quel cognome mi sembra familiare, ma sono troppo stanca per capire cosa.

Svogliatamente, alzo lo sguardo. "Grazie" mormoro, sperando che cambi argomento. So cosa sta cercando di fare. Alla dottoressa probabilmente sono già capitati dei casi del genere—donne che si danno la colpa quando qualcosa va male durante la gravidanza. Quello che non capisce è che nel mio caso la colpa è *mia*.

Sono stata io a insistere affinché andassimo in quella discoteca. Quello che è successo a Rosa e al bambino è colpa mia e di nessun altro.

La dottoressa mi stringe delicatamente l'avambraccio e fa un passo indietro. "Vado a preparare la sua amica, mentre lei si veste" dice, ed esce dalla stanza, lasciandomi sola con Julian per la prima volta dal nostro arrivo in ospedale.

Non appena la dottoressa se ne va, lui mi lascia la mano e si china su di me. "Nora..." Nel suo sguardo, vedo la stessa agonia che mi sta facendo a pezzi. "Tesoro, stai ancora male?"

Scuoto la testa. Il disagio fisico è niente in confronto. "Voglio andare a casa" dico con voce roca. "Ti prego, Julian, portami a casa."

"Lo farò." Accarezza il lato indenne del mio viso, con un tocco caldo e delicato. "Ti prometto che lo farò."

CAPITOLO VENTOTTO

❖ JULIAN ❖

Non mi sono mai sentito così vuoto, un vuoto bruciante che pulsa per il forte dolore. Quando ho perso Maria e i miei genitori, c'erano stati la rabbia e il dolore, ma non questo.

Non questo terribile vuoto mescolato alla più forte sete di sangue che io abbia mai provato.

Nora è immobile e silenziosa mentre la porto su per le scale, verso la nostra camera da letto. Ha gli occhi chiusi, e le ciglia formano mezzelune scure sulle sue guance incolori. È in queste condizioni—in stato catatonico per la perdita di sangue e la stanchezza—da quando abbiamo lasciato l'ospedale.

Mentre la metto sul letto, noto il suo zigomo

contuso e il labbro spaccato, e devo distogliere lo sguardo per recuperare il controllo. La violenza che ribolle dentro di me è così tossica, così corrosiva, che non posso toccare Nora in questo momento—non senza rischiare di segnarla in qualche modo.

Qualche istante dopo, mi sento abbastanza calmo da guardare il letto. Nora non si è mossa, è ancora sdraiata dove l'ho messa, e mi rendo conto che si è addormentata. Respirando lentamente, mi chino su di lei e comincio a spogliarla. Potrei lasciarla dormire fino a domani mattina, ma ci sono tracce di sangue rappreso sui suoi vestiti, e non voglio che si svegli in quel modo.

Avrà già molte altre cose da affrontare domani mattina.

Quando è nuda, mi tolgo i vestiti e la tiro su, cullando il suo esile corpo inerte sul mio petto, mentre cammino verso il bagno. Entrando nel box doccia, apro l'acqua, continuando ad abbracciarla.

Si sveglia quando il getto caldo le colpisce la pelle, aprendo gli occhi mentre si aggrappa convulsamente al mio bicipite. "Julian?" Sembra preoccupata.

"Shh" la rassicuro. "Va tutto bene. Siamo a casa." Sembra un po' più calma, così la metto in piedi e le chiedo a bassa voce: "Riesci a stare in piedi da sola per un minuto, tesoro?"

Annuisce, così la lavo in fretta prima di lavarmi io. Quando ho finito, barcolla, e vedo che si sta sforzando il più possibile per rimanere in piedi. Rapidamente, la avvolgo in un grande asciugamano e la riporto a letto.

Crolla prima che la sua testa tocchi il cuscino. Le avvolgo una coperta intorno e mi siedo accanto a lei per qualche istante, osservando il suo petto che sale e scende a ogni suo respiro.

Poi mi alzo e mi vesto per andare al piano di sotto.

* * *

Entrando nel salone, vedo che Lucas mi sta già aspettando.

"Dov'è Rosa?" chiedo, abbassando il mio tono di voce. Poi penserò a nostro figlio, a Nora distesa, così dolorante e vulnerabile, ma per ora scaccio tutti questi pensieri dalla mente. Non posso permettermi di cedere al dolore e alla furia, non quando c'è così tanto da fare.

"Sta dormendo" risponde Lucas, alzandosi dal divano. "Le ho dato l'Ambien e mi sono assicurato che facesse una doccia."

"Bene. Grazie." Attraverso la camera per raggiungerlo. "Ora, dimmi tutto."

"La squadra di pulizia si è occupata del corpo e ha catturato il ragazzo che Nora ha steso nel corridoio. Lo tengono in un magazzino che ho affittato nella zona sud."

"Bene." Il mio petto si riempie di feroce attesa. "E la macchina bianca?"

"Gli uomini sono riusciti a seguirla fino alle zone residenziali del centro. A quel punto, è scomparsa in un parcheggio, e hanno deciso di non proseguire. Sto già controllando il numero di targa."

A quel punto si ferma, spingendomi a chiedere con impazienza: "E?"

"E a quanto pare abbiamo un problema" dice Lucas, cupo. "Il nome Patrick Sullivan ti dice niente?"

Aggrotto la fronte, cercando di riflettere su dove l'ho sentito. "Mi sembra di conoscerlo, ma non riesco a identificarlo."

"I Sullivan posseggono la metà di questa città. Prostituzione, droga, armi—hanno messo la propria firma su qualsiasi cosa. Patrick Sullivan dirige la famiglia, e ha al soldo quasi ogni capo politico e della polizia locale."

"Ah." Ora capisco. Non ho avuto a che fare con l'organizzazione dei Sullivan, ma la mia attività mi porta a conoscere potenziali clienti negli Stati Uniti e altrove. Il nome Sullivan dev'essere venuto fuori nella mia ricerca—il che significa che potremmo davvero avere un problema. "Che c'entra Patrick Sullivan in tutto questo?"

"Ha due figli" dice Lucas. "O meglio, *aveva* due figli. Brian e Sean. Brian è attualmente immerso nella soda caustica del nostro magazzino in affitto, e Sean è il proprietario del SUV bianco."

"Capisco." Quindi, gli stronzi che hanno attaccato Rosa e mia moglie hanno conoscenze importanti. Più che importanti—direi, il che spiega la loro idiota arroganza nell'aggredire due donne in una discoteca pubblica. Avendo il padre che controlla questa città, devono essere abituati a essere gli squali più feroci della piscina.

"Inoltre" continua Lucas: "Il ragazzo che abbiamo appeso in quel magazzino è il loro cugino di diciassette anni, nipote di Sullivan. Si chiama Jimmy. A quanto pare, lui e i due fratelli sono molto uniti. O *erano* uniti, dovrei dire."

Socchiudo gli occhi per un improvviso sospetto. "Hanno idea di chi siamo? Potrebbero aver puntato Rosa per arrivare a me?"

"No, non credo." L'espressione di Lucas si irrigidisce. "I fratelli Sullivan hanno una brutta storia con le donne. Droghe da stupro, violenza sessuale, gangbang di studentesse universitarie—e l'elenco potrebbe continuare all'infinito. Se non fosse per il loro padre, starebbero marcendo in carcere in questo momento."

"Capisco." Storco la bocca. "Beh, quando avremo finito con loro, si pentiranno di non esserci."

Lucas annuisce, cupo. "Devo organizzare una squadra d'assalto?"

"No" dico. "Non ancora." Mi volto e mi avvicino alla finestra, guardando fuori nel cortile buio e alberato. Sono le quattro del mattino, e l'unica luce visibile attraverso gli alberi proviene dalla mezza luna sospesa nel cielo.

Questo quartiere è un luogo tranquillo, ma non rimarrà così a lungo. Non appena Sullivan scoprirà chi ha ucciso i suoi figli e suo nipote, sulle strade di questo bel posto scorrerà il sangue.

"Voglio che Nora e i suoi genitori vengano portati alla tenuta prima di fare qualsiasi cosa" dico, girandomi per guardare Lucas. "Sean Sullivan dovrà aspettare. Per ora, ci concentreremo sul nipote."

"Va bene." Lucas piega la testa. "Comincio a prendere accordi."

Esce dalla stanza, e mi giro per guardare fuori dalla finestra.

Nonostante la mezzaluna, tutto quello che vedo là fuori è l'oscurità.

CAPITOLO VENTINOVE

❖ NORA ❖

"Nora, cara..." Una delicata carezza mi sveglia dall'inquieto sonno. Sforzandomi di aprire le palpebre pesanti, guardo senza capire mia madre, che è seduta sul bordo del letto e mi accarezza i capelli. La testa mi fa così male che ci metto qualche minuto a rendermi conto della sua presenza nella nostra camera—e noto i suoi occhi gonfi cerchiati di rosso.

"Mamma?" Stringendo la coperta, mi metto seduta, sopprimendo un gemito di dolore causato dal movimento. La mia schiena è rigida e dolorante, e ho i crampi al basso ventre. "Che cosa ci fai qui?"

"Julian ci ha chiamati questa mattina" dice, con voce tremante. "Ha detto che tu e Rosa siete state aggredite in una discoteca la scorsa notte."

"Oh." Un lampo di rabbia mi fa svegliare completamente. Come osa Julian far preoccupare i miei genitori in questo modo? Mi sarebbe venuto in mente qualcosa di meno spaventoso da dir loro, un modo più gentile per spiegare la perdita del bambino.

La perdita del bambino.

L'angoscia è così acuta e improvvisa che non riesco a trattenerla. Un singhiozzo mi sfugge dalla gola, portando con sé un fiume di lacrime brucianti. Tremando, mi metto la mano sulla bocca, ma è troppo tardi. Il dolore cresce e si riversa fuori, con le lacrime che sembrano acido sulla mia pelle. Sento le braccia di mia madre intorno a me, la sento piangere, e capisco che mi devo fermare, ma non ci riesco. È troppo il dolore, la consapevolezza di quello che ho fatto.

Improvvisamente, non è più mia madre a stringermi. Sto sulle ginocchia di Julian, con le sue braccia forti avvolte intorno a me mentre mi culla, dondolandomi come se fossi una bambina. Sento la voce di mio padre, il suo timbro basso e rilassante, e mi rendo conto che Papà sta consolando Mamma, cercando di alleviare il *suo* dolore. A un certo punto, lui e Julian devono essere entrati nella stanza, ma non so come o quando sia successo.

Alla fine, Julian mi porta nella doccia. È lì, lontano dagli occhi dei miei genitori, che finalmente riesco a riprendere il controllo. "Mi dispiace" sussurro, mentre Julian mi toglie l'asciugamano e mi mette un accappatoio. "Mi dispiace tanto. Dov'è Rosa? Come sta?"

"Sta bene" dice con calma. I suoi occhi sono iniettati di sangue, facendomi sospettare che non abbia dormito molto la scorsa notte. "Beh, bene per la situazione in cui si trova. È ancora in camera sua, ma Lucas ha parlato con lei e ha detto che sta meglio. E non c'è bisogno di scusarsi, tesoro. Davvero."

Scuoto la testa, con quel terribile senso di colpa che mi assale di nuovo. "Ho bisogno di vederla—"

"Aspetta, Nora." Mi afferra per il braccio proprio mentre sto per correre nella camera da letto. "Prima che tu vada, c'è qualcosa di cui io e te dobbiamo discutere con i tuoi genitori."

"I miei genitori?"

Annuisce, guardandomi. "Sì. Ecco perché li ho fatti venire qui. Dobbiamo parlare tutti insieme."

* * *

"La famiglia criminale Sullivan?" Mio padre alza la voce dall'incredulità. "Mi stai dicendo che gli uomini che hanno aggredito mia figlia sono dei mafiosi?"

"Sì" risponde Julian, con volto duro e inespressivo. È seduto accanto a me sul divano, con la mano sinistra appoggiata sul mio ginocchio. "L'ho scoperto la scorsa notte, dopo essere tornati dall'ospedale."

"Dobbiamo andare subito alla polizia." Mia madre si china in avanti, con le mani strette a pugno nel grembo. "Quei mostri la pagheranno. Se sai chi sono—"

"La pagheranno, Gabriela." Lo sguardo di Julian diventa d'acciaio. "Non preoccuparti di questo."

"È per colpa tua, non è vero?" dice mio padre, furioso, alzandosi con un movimento brusco. "Sono venuti per te—"

"No" lo interrompo, scuotendo la testa. Sto ancora cercando di riprendermi da quello che ho appena appreso, ma se c'è una cosa di cui sono certa è che per una volta l'attività di Julian è esente da colpe. "È stato un caso, Papà. Non avevano idea di chi fossimo io e Rosa. Lo hanno fatto"—rabbrividisco al ricordo—"solo per divertimento."

"Divertimento?" Mio padre mi fissa, teso dalla rabbia, tornando a sedersi. "Quegli stronzi pensavano che fare del male a due donne sarebbe stato divertente?"

"Beh, tecnicamente volevano solo Rosa" dico debolmente. "Io sono solo intervenuta."

Julian stringe la mano sul mio ginocchio mentre guarda nella mia direzione. Scorgo un lampo di rabbia dietro la sua facciata priva di emozioni. Non ho alcun dubbio sul fatto che incolpi me per questo—per aver sfruttato il mio compleanno come scusa per manipolarlo e convincerlo ad andare in quella discoteca, per aver cercato di salvare Rosa da sola.

Per aver perso il nostro bambino . . . quello che non sapevo nemmeno di volere, fin quando è stato troppo tardi.

Non ho idea di quale sarà la mia punizione, ma qualunque essa sia, sarà più che meritata.

"Dobbiamo andare alla polizia" ripete mia madre. "Dobbiamo denunciare—"

"No." Questa volta, è Julian ad alzarsi in piedi e a cominciare a camminare impazientemente davanti al divano. "Non sarebbe saggio."

"Perché?" chiede mio padre bruscamente. "Questo è quello che fanno le persone civili in questo Paese. Si rivolgono alle autorità—"

"Le autorità sono al soldo dei Sullivan." Julian rivolge a mio padre uno sguardo duro. "E anche se non lo fossero, tanto varrebbe inviare ai Sullivan un'e-mail dicendo loro chi siamo."

"Giusto." Salto in piedi, ignorando il dolore nei miei muscoli sofferenti. Alla fine, il mio cervello pigro collega tutti i puntini, e capisco il motivo per cui Julian ha portato i miei genitori qui. Se l'uomo che lui ha sventrato la notte scorsa è il figlio del capo mafioso, allora mio marito non è l'unico pericoloso criminale in cerca di vendetta. "Mamma, Papà, non possiamo farlo."

Mia madre sembra sorpresa. "Ma, Nora—"

"È meglio che voi due veniate a stare un po' con noi" dice Julian, avvicinandosi a me. "Fin quando non avremo la situazione sotto controllo."

"Cosa?" Mia madre resta a bocca aperta. "Che cosa vuoi dire? Perché? Oh." Smette di parlare. "Hai fatto qualcosa a uno di quegli uomini la notte scorsa, non è vero?" dice lentamente, guardando Julian. "Non vuoi che sappiano chi siamo, perché . . . perché—"

"Perché uno dei figli di Sullivan è morto, sì." È come se Julian stesse riportando le previsioni del tempo. "Ci daranno la caccia, e una volta scoperto chi siamo, verranno a cercare te e Tony."

Mia madre impallidisce visibilmente, e mio padre si alza in piedi. "Stai dicendo che la mafia ci sta dando la caccia?" La sua voce è carica di incredulità e rabbia. "Che potrebbero attaccarci perché . . . perché tu—"

"Perché ho ucciso uno dei figli di Sullivan per aver cercato di fare del male a Nora, sì." La voce di Julian è più fredda che mai. "Possiamo preoccuparci più tardi delle ramanzine. Per ora, visto che non voglio che Nora pianga la morte dei suoi genitori, vi consiglio di informare i vostri datori di lavoro circa la prossima vacanza e di preparare le valigie."

"Quando partiremo?" chiede mia madre, pallida, quando si alza anche lei. "E quanto durerà questa vacanza?"

"Gabry, non starai dicendo sul serio—" comincia a dire mio padre, ma mia madre gli mette una mano sul braccio.

"Sì, invece." La voce di mia madre è ferma ora, con uno sguardo carico di determinazione. "Non voglio questo più di quanto non lo voglia tu, ma hai sentito parlare dei Sullivan. Sono persone malvagie, e se Julian dice che siamo in pericolo—"

"Ti fidi di quest'assassino?" Mio padre si gira per fissarla. "Credi che saremo più al sicuro con *lui*?"

"Che qui con la mafia in cerca di vendetta? Sì, credo di sì" ribatte mia madre. "Non abbiamo molte alternative, non è vero?"

"Possiamo rivolgerci alla polizia o all'FBI—"

"No, Tony, non possiamo, non se quello che dice Julian è vero."

"Beh, ovviamente *lui* è contrario all'idea della polizia—"

Mentre litigano, sento che il mio mal di testa peggiora. Non ne posso più. "Mamma, Papà, per favore." Faccio un passo in avanti, ignorando il dolore alle tempie. "Venite a stare un po' con noi. Non dev'essere per sempre. Vero, Julian?" Guardo mio marito per averne la conferma.

Julian annuisce con freddezza. "Come ho detto, solo fin quando non avrò la situazione sotto controllo. Spero tra circa un mese o due."

"Un mese o due? Come pensi di poter sistemare le cose in appena un mese o due?" chiede mia madre mentre mio padre resta lì, teso dalla rabbia.

"Vuoi davvero saperlo, Gabriela?" chiede Julian a bassa voce, e mia madre diventa ancora più pallida.

"No, va bene." Sembra un po' roca. Schiarendosi la voce, chiede: "Allora, cosa diremo al lavoro? Come spieghiamo una vacanza così lunga decisa così frettolosamente? Voglio dire, è molto più di un semplice permesso—"

"Potete dire la verità: che vostra figlia ha avuto un aborto spontaneo e ha bisogno di voi nelle prossime settimane." Le dure parole di Julian mi fanno indietreggiare. Notando la mia reazione, mi raggiunge, piegando le dita intorno al mio palmo, mentre dice a mia madre con un tono più dolce: "Oppure potete inventare qualche altra storia. La scelta spetta a voi."

"Va bene, lo faremo" dice mia madre tranquillamente, guardandoci, e quando osservo mio padre, vedo che la rabbia è scomparsa dal suo viso. Sembra che stia trattenendo le lacrime. Accorgendosi che lo sto guardando, fa un passo verso di me.

"Mi dispiace, tesoro" dice con calma, con la sua voce profonda carica di dolore. "Non ho ancora avuto l'occasione di dirtelo, ma mi dispiace davvero tanto per la tua perdita."

"Grazie, Papà" sussurro, e poi mi volto per evitare di ricominciare a piangere.

Julian mi stringe subito nel suo abbraccio. "Tony, Gabriela" lo sento dire a bassa voce. Traccia dei piccoli cerchi sulla mia schiena, per farmi rilassare, e io resto lì, a combattere le lacrime, con il viso sul suo petto. "Credo sia meglio che Nora riposi per ora. Che ne dite di continuare a discuterne tra voi due e ne riparliamo più tardi? Vorrei che voi e Nora partiste domani, prima che i Sullivan scoprano chi siamo."

"Certo" dice mia madre sottovoce. "Vieni, Tony, abbiamo molto da fare." E prima che io possa girarmi, li sento uscire dalla stanza.

Quando se ne sono andati, Julian allenta la presa e mi guarda. "Nora, tesoro—"

"Sto bene" lo interrompo, non volendo la sua compassione. Il senso di colpa che sono riuscita a mettere da parte nell'ultima ora è tornato, più forte che mai. "Vado a parlare con Rosa."

Julian mi studia un attimo e poi fa un passo indietro, lasciandomi andare. "Va bene, gattina mia" dice a bassa voce. "Puoi andare."

CAPITOLO TRENTA

❖ JULIAN ❖

Mentre guardo Nora uscire dalla stanza, sento una forte, opprimente pressione nel petto. Sta cercando di nascondere il suo dolore, di essere forte, ma so che quello che è successo la sta facendo a pezzi. La sua crisi nervosa di questa mattina è stata solo la punta dell'iceberg, e la consapevolezza che la persona da biasimare sono io—che sono la persona responsabile di tutto—si aggiunge alla violenta rabbia che provo.

È tutta colpa mia. Se non avessi voluto così fottutamente tanto accontentarla, renderla felice, cedendo a ogni suo capriccio, non sarebbe successo nulla di tutto questo. Avrei dovuto dar retta al mio istinto e tenerla nella tenuta, dove nessuno avrebbe potuto toccarla. Per lo meno, avrei dovuto rifiutare la sua richiesta di andare in quella maledetta discoteca.

Ma non l'ho fatto. Mi sono lasciato convincere. Ho lasciato che la mia ossessione per lei offuscasse il mio giudizio, e ora ne sta pagando il prezzo. Se solo non l'avessi lasciata andare da sola in quel bagno, se solo avessi scelto un'altra discoteca... I velenosi rimpianti mi turbinano nel cervello fin quando mi sento come se la testa mi stesse per esplodere.

Ho bisogno di trovare uno sfogo per la mia rabbia, e ho bisogno di farlo ora.

Voltandomi, mi dirigo verso la porta d'ingresso.

"Ho portato qui il cugino" dice Lucas non appena metto piede sul vialetto. "Ho pensato che forse non avresti avuto voglia di andare fino a Chicago oggi."

"Fantastico." Lucas mi conosce troppo bene. "Dov'è?"

"In quel furgone laggiù." Indica un furgone nero parcheggiato strategicamente dietro gli alberi più lontani dai vicini di casa.

Morendo dall'attesa, cammino in quella direzione, con Lucas accanto. "Ci ha già dato qualche informazione?" chiedo.

"Ci ha dato i codici di accesso per il parcheggio e gli ascensori del palazzo del cugino" dice Lucas. "Non è stato difficile farlo parlare. Ho pensato di lasciare il resto dell'interrogatorio a te, nel caso avessi voluto parlargli di persona."

"Hai pensato bene. Lo farò sicuramente."

Avvicinandomi al furgone, apro le portiere posteriori e scruto l'interno buio.

Un giovane magro è sdraiato sul pavimento, imbavagliato. Le sue caviglie sono legate ai polsi dietro la schiena, ed è contorto in una posizione innaturale, con il viso insanguinato e gonfio. Un forte tanfo di piscio, paura e sudore mi arriva sotto al naso. Lucas e le mie guardie hanno fatto un ottimo lavoro con lui.

Ignorando il tanfo, salgo sul furgone e mi giro. "Le pareti sono insonorizzate?" chiedo a Lucas, che rimane a terra.

Annuisce. "Circa il novanta percento."

"Bene. Dovrebbe essere sufficiente." Chiudo la porta dietro di me, rimanendo solo con il ragazzo—che comincia subito a contorcersi sul pavimento, facendo rumori frenetici dietro al bavaglio.

Tirando fuori il coltello, mi rannicchio accanto a lui. Si agita ancora di più, con il panico in evidente aumento. Ignorando lo sguardo terrorizzato nei suoi occhi, lo afferro per il collo per tenerlo fermo e gli infilo il coltello tra il bavaglio e la guancia, tagliando il pezzo di stoffa. Un rivolo di sangue gli scorre lungo la guancia, dove il coltello l'ha tagliato, e lo guardo, godendo davanti a quella vista. Voglio vedere altro sangue. Voglio vedere questo furgone ricoperto dal suo sangue.

Come se potesse leggermi nel pensiero, l'adolescente comincia a farfugliare. "Ti prego, non farlo, amico" implora, singhiozzando. "Non ho fatto niente! Lo giuro, non ho fatto niente—"

"Zitto." Lo fisso, con l'attesa che sale. "Sai perché sei qui?"

Scuote la testa. "No! No, lo giuro" balbetta. "Non so niente. Ero in discoteca, e c'era una ragazza, e non so cosa sia successo perché mi sono svegliato in questo magazzino, e non ho fatto niente—"

"Non hai toccato la ragazza con il vestito giallo?" Piego la testa di lato, facendo roteare il coltello tra le dita. So esattamente come si sentono i gatti quando giocano con i topi; questo genere di cose è divertente.

Il ragazzo sgrana gli occhi. "Che cosa? No! Cazzo, no! Lo giuro, non ho niente a che fare con quello! Ho detto a Sean che era una cattiva idea—"

"E così, sapevi che l'avrebbero fatto?"

Rendendosi subito conto di quello che ha appena ammesso, il ragazzo ricomincia a balbettare, mentre le lacrime e il muco gli rigano il viso martoriato. "No! Voglio dire, non mi dicono mai niente prima di farlo, quindi non lo sapevo! L'ho saputo solo quando siamo arrivati lì, e hanno detto di controllare la porta, e ho detto che non era giusto, ma mi hanno detto di farlo, e poi è arrivata l'altra ragazza, e le ho detto di andarsene—"

"Zitto." Premo il bordo affilato del coltello sulla sua bocca. Tace all'istante, con gli occhi sgranati dalla paura. "Bene" dico a bassa voce "ora ascoltami attentamente. Mi dirai dove mangia, dorme, caga, scopa, e qualsiasi altra cosa faccia tuo cugino Sean.

Voglio una lista con tutti i posti che potrebbe visitare. Chiaro?"

Fa un lieve cenno con il capo, e allontano il coltello. Immediatamente, il ragazzo comincia a vomitare nomi di ristoranti, locali, palestre di combattimento sotterranee, alberghi e bar. Uso il telefono per registrare tutto, e quando ha finito, gli sorrido. "Ottimo lavoro."

Le sue labbra screpolate si piegano nel debole tentativo di ricambiare il sorriso. "Quindi, ora mi lascerai andare, giusto? Perché giuro che non ho avuto niente a che fare con tutto quello."

"Lasciarti andare?" Guardo il coltello nella mia mano, come se stessi riflettendo sulle sue parole. Poi alzo lo sguardo e sorrido di nuovo. "Perché dovrei? Perché hai tradito tuo cugino?"

"Ma . . . ma ti ho detto tutto!" I suoi occhi sono di nuovo sgranati. "Non so nient'altro!"

"Sì, lo so." Premo il coltello sul suo stomaco. "E questo significa che ora sei inutile per me."

"Non è vero!" Comincia a urlare. "Puoi utilizzarmi per il riscatto! Sono Jimmy Sullivan, il nipote di Patrick Sullivan, e lui pagherà per riavermi! Lo farà, te lo giuro—"

"Oh, ne sono certo." Affondo la punta del coltello, godendo davanti alla vista del sangue che zampilla intorno alla lama. Distogliendo lo sguardo, incrocio gli occhi pietrificati del giovane. "Purtroppo per te il suo denaro è l'ultima cosa di cui ho bisogno."

E mentre si lascia sfuggire un urlo terrorizzato, lo faccio a pezzi, osservando il sangue che fuoriesce, formando un bellissimo fiume rosso.

* * *

Dopo essermi asciugato le mani sul panno che qualcuno ha lasciato nel furgone, apro la portiera e salto fuori. Lucas mi sta aspettando, così gli dico di occuparsi del corpo per poi tornare a casa.

È strano, ma non mi sento molto meglio. L'uccisione avrebbe dovuto allentare un po' la mia tensione, alleviare l'accecante brama di violenza, ma, invece, sembra averla solo peggiorata, con il vuoto dentro di me che cresce e si rafforza ogni momento che passa.

Voglio Nora. Ne ho bisogno più che mai. Ma quando entro in casa, la prima cosa che faccio è dirigermi verso la doccia. Sono coperto di sangue, e non voglio che lei mi veda in queste condizioni.

Come il selvaggio assassino che i suoi genitori mi hanno accusato di essere.

Quando esco, la prima cosa che faccio è controllare l'applicazione di monitoraggio per localizzare Nora. Con mia immensa delusione, è ancora nella camera di Rosa. Prendo in considerazione l'idea di andare da lei, ma poi decido di concederle qualche altro minuto e di lavorare un po' nel frattempo.

Quando apro il portatile, vedo che la mia casella di

posta è piena dei soliti messaggi. Russi, ucraini, lo Stato Islamico, modifiche contrattuali del fornitore, una falla nella sicurezza di una delle fabbriche indonesiane . . . Leggo il tutto con disinteresse fin quando trovo un'e-mail da parte di Frank, il mio contatto della CIA.

Dopo averla aperta, la leggo velocemente—e mi si gela il sangue.

CAPITOLO TRENTUNO

❖ NORA ❖

"Ciao." Sorreggendo un vassoio con camomilla e panini, apro la porta della camera da letto di Rosa e mi avvicino al suo letto.

È sdraiata su un fianco, guardando nella direzione opposta rispetto alla porta, con una coperta avvolta strettamente intorno a sé. Poggiando il vassoio sul comodino, mi siedo sul bordo del suo letto e le tocco delicatamente la spalla. "Rosa? Stai bene?"

Si gira verso di me, e quasi indietreggio alla vista dei lividi sul suo volto.

"Piuttosto brutti, eh?" dice, notando la mia reazione. La sua voce è un po' roca, ma sembra molto calma, con gli occhi asciutti sul suo viso gonfio.

"Beh, direi di sì" dico con attenzione. "Come ti senti?"

"Forse meglio di te" dice con calma, guardandomi. "Mi dispiace tanto per il bambino, Nora. Non riesco nemmeno a immaginare cosa stiate passando tu e Julian."

Annuisco, cercando di ignorare la fitta di dolore nel petto. "Grazie." Mi sforzo di sorridere. "Hai fame? Ti ho portato qualcosa da mangiare."

Trasalendo, si mette seduta e rivolge una dubbiosa occhiata al vassoio. "L'hai fatto tu?"

"Certo. Sai che sono in grado di far bollire l'acqua e di mettere il formaggio sul pane, vero? Lo facevo sempre prima che Julian mi rapisse e mi facesse vivere nel lusso."

Un accenno di sorriso appare sul viso tumefatto di Rosa. "Ah, sì. Quei tempi bui del passato, quando dovevi badare a te stessa."

"Esattamente." Raggiungo la tazza di camomilla fumante e la porgo a Rosa con attenzione. "Ecco qui. Camomilla e miele. Dovrebbe curare ogni male, secondo Ana."

Rosa ne beve un sorsetto e solleva un sopracciglio. "Incredibile. Buona quasi quanto quella di Ana."

"Ehi." La guardo con un cipiglio esagerato. "Quasi? E io che credevo di essere insuperabile in fatto di camomilla."

Il suo sorriso è più luminoso questa volta. "Ci sei quasi, davvero. Ora fammi provare uno di quei panini.

Devo dire che hanno un aspetto appetitoso."

Le porgo un piatto e la guardo mentre mangia il suo panino. "Non ti unisci a me?" chiede dopo un po', e scuoto la testa.

"No, ho sgranocchiato qualcosa in cucina prima" spiego.

"Non dovrei avere fame nemmeno io" dice Rosa dopo aver mangiato quasi tutto il panino. "Lucas mi ha portato una frittata questa mattina."

"Davvero?" Sbatto le palpebre dalla sorpresa. "Non sapevo che fosse bravo a cucinare."

"Nemmeno io." Dà gli ultimi morsi e mi restituisce il piatto. "Era davvero buono, Nora, grazie."

"Naturalmente." Mi alzo, ignorando il dolore alla schiena. "Posso portarti qualche altra cosa? Forse un libro da leggere?"

"No, va bene così." Trasalendo di nuovo, si toglie la coperta, mostrando una maglietta lunga, e agita i piedi sul pavimento. "Devo alzarmi. Non posso stare tutto il giorno a letto."

Sollevo un sopracciglio. "Certo che puoi. Dovresti riposare oggi, rilassarti."

"Come ti stai riposando tu?" Mi rivolge uno sguardo sardonico e si dirige verso l'armadio sul lato opposto della stanza. "Ne ho abbastanza di oziare nel letto. Voglio parlare con Lucas e scoprire che cosa farà con quegli stronzi che ci hanno aggredito."

La guardo. "Rosa..." Esito, non sapendo bene cosa dire.

"Vuoi sapere cos'è successo ieri sera con quei ragazzi, no?" Infila un paio di jeans e si ferma a guardarmi, con gli occhi che brillano. "Vuoi sapere cosa mi hanno fatto prima che arrivassi tu?"

"Solo se vuoi dirmelo" dico in fretta. "Se non te la senti—"

Alza la mano, interrompendomi a metà frase. Poi fa un respiro profondo e dice: "Mi hanno seguita in bagno." C'è solo un accenno di fragilità nella sua voce. "Quando sono uscita, erano lì, tutti e due, e il più grande, Sean, ha detto che c'era una sala VIP sul retro che voleva mostrarmi. Sai, come succede a volte nei film?"

Annuisco, sentendo un nodo che mi sale nella gola.

"Beh, idiota come sono, gli ho creduto." Si gira, dirigendosi verso l'armadio. La guardo in silenzio mentre si toglie la maglietta e indossa un reggiseno, seguito da una camicetta nera a maniche lunghe. Ci sono graffi e lividi sulla sua pelle liscia, alcuni a forma di impronte digitali, e devo nascondere la mia reazione, quando si gira di nuovo verso di me e dice: "Prima avevo detto loro che era il mio primo viaggio in questo Paese, così ho pensato che volessero farmi divertire."

"Oh, Rosa . . ." Faccio un passo verso di lei, con il petto dolorante, ma lei alza la mano.

"No, aspetta." Deglutisce. "Lasciami finire."

Mi fermo a qualche metro di distanza da lei, che continua un attimo dopo. "Non appena abbiamo superato i bagni, fuori dalla vista delle persone in fila, il più giovane, Brian, mi è saltato addosso e mi ha trascinata in quella stanza. C'era anche quel ragazzo, che ha osservato tutta la scena prima che Sean gli dicesse di andare nel corridoio e di assicurarsi che non arrivasse nessuno. Credo che gli avrebbero permesso di"—si ferma per ricomporsi un attimo—"fare un giro dopo di loro."

Mentre parla, la rabbia che ho provato in discoteca riaffiora. Si era affievolita sotto il peso del dolore, messa da parte dall'agonia per la mia perdita, ma ora è tornata. Profonda e accecante, la rabbia mi riempie fino a farmi tremare, stringendo e aprendo le mani lungo i miei fianchi.

"Credo che tu conosca il resto della storia" continua Rosa, con voce sempre più fragile ogni secondo che passa. "Sei arrivata proprio mentre stavo lottando contro Sean. Se non fosse stato per te..." Fa una smorfia, e questa volta non riesco a trattenermi.

Riducendo la distanza tra noi, l'abbraccio, stringendola mentre comincia a tremare. A parte la rabbia, mi sento impotente, del tutto inadeguata al compito di confortarla. Quello che è successo a Rosa è il peggior incubo di ogni donna, e non ho idea di come consolarla. Per un estraneo, quello che mi ha fatto Julian sull'isola potrebbe sembrare la stessa cosa, ma perfino quella traumatica prima volta mi aveva dato una parvenza di tenerezza. Mi sono sentita violata, ma anche amata, per quanto possa sembrare incoerente quella combinazione.

Non mi sono mai sentita come deve sentirsi Rosa in questo momento.

"Mi dispiace" sussurro, accarezzandole i capelli. "Mi dispiace così tanto. Quei bastardi la pagheranno. Gliela faremo pagare."

Tira su col naso e si allontana, con gli occhi luccicanti dalle lacrime. "Sì." La sua voce è soffocata quando fa un passo indietro. "Voglio che la paghino, Nora. Lo voglio più di ogni altra cosa."

"Anch'io" sussurro, fissandola. Voglio vedere morti gli aggressori di Rosa. Voglio che siano eliminati nel modo più brutale possibile. È sbagliato, è malato, ma non m'importa. Le immagini dell'uomo ucciso da Julian la scorsa notte mi tornano in mente, portando con loro un peculiare senso di soddisfazione. Voglio che l'altro—Sean—paghi nello stesso modo.

Voglio scatenare l'ira di Julian su di lui e assistere alla selvaggia magia di mio marito.

Qualcuno bussa alla porta e ci spaventiamo entrambe.

"Avanti" grida Rosa, asciugandosi le lacrime dal viso con la manica.

Con mia grande sorpresa, Julian entra nella stanza, con espressione tesa e stranamente preoccupata. Si è cambiato i vestiti che indossava questa mattina, e i suoi capelli sembrano bagnati, come se avesse appena fatto una doccia.

"Che c'è?" chiedo subito, con il cuore che mi batte più forte. "È successo qualcosa?"

"No" dice Julian, attraversando la stanza. "Non ancora. Ma dobbiamo anticipare la tua partenza." Si ferma davanti a me. "Ho appena saputo che un identikit di noi tre fatto da un artista sta circolando nell'ufficio dell'FBI locale. Il fratello che è scappato deve avere un'ottima memoria visiva. I Sullivan ci stanno dando la caccia, e se hanno le connivenze che crediamo, non abbiamo molto tempo."

La paura mi avvolge come un filo spinato intorno al petto. "Pensi che sappiano già dei miei genitori?"

"Non ne ho idea, ma non possiamo escluderlo. Chiamali subito, e di' loro di mettere in valigia tutto quello che possono. Passeremo a prenderli tra un'ora, e poi porterò tutti voi all'aeroporto."

"Aspetta un attimo." Fisso Julian. "Tutti *noi*? E tu?"

"Devo occuparmi della minaccia rappresentata dai Sullivan. Io e Lucas rimarremo nell'ombra con la maggior parte delle guardie."

"Cosa?" All'improvviso, faccio fatica a respirare. "Che vuol dire che rimarrete nell'ombra?"

"Devo sistemare questo casino" dice Julian con impazienza. "Dobbiamo perdere tempo a parlare di questo o chiami i tuoi genitori?"

Mando giù l'amara obiezione che sta crescendo nella mia gola. "Vado subito a chiamarli" dico, raggiungendo il telefono.

Julian ha ragione; non è il momento di discutere. Tuttavia, se pensa che accetterò tutto questo senza oppormi, si sbaglia di grosso.

Farò tutto quello che devo per non perderlo un'altra volta.

CAPITOLO TRENTADUE

❖ JULIAN ❖

Il viaggio verso la casa dei genitori di Nora trascorre in un cupo silenzio. Sono occupato a coordinare la logistica di sicurezza con la mia squadra, e Nora è tutta presa a mandare messaggi ai suoi genitori, che sembrano bombardarla di domande sull'improvviso cambio di programma. Rosa ci osserva in silenzio, con il gonfiore nero-blu sul viso che nasconde la sua espressione.

Appena arriviamo, Nora si precipita in casa, ed io la seguo, non volendo lasciarla sola neanche per mezz'ora. Rosa resta in macchina con Lucas, spiegando che non vuole essere di intralcio.

Quando entro, mi rendo conto che Rosa ha fatto

bene a rimanere fuori.

All'interno, la casa dei Leston è un manicomio. Gabriela corre da una parte all'altra, cercando di far entrare più roba possibile in un'enorme valigia, e suo marito parla ad alta voce al telefono, spiegando a qualcuno che deve lasciare il Paese ora e che gli dispiace non aver potuto avvisare prima.

"Mi licenzieranno" mormora, cupo, quando riaggancia, e resisto alla tentazione di dirgli che nessun lavoro vale quanto la sua vita.

"Se ti licenziano, ti aiuterò a trovare un altro posto, Tony" dico, sedendomi al tavolo della cucina. Il padre di Nora mi guarda storto, ma lo ignoro, concentrandomi sulle decine di e-mail che sono riuscite ad accumularsi nella mia casella di posta nelle ultime ore.

Quaranta minuti dopo, Nora riesce finalmente a far smettere ai Leston di preparare le valigie.

"Dobbiamo andare, Mamma" insiste, quando la madre si ricorda un'altra cosa che ha dimenticato di prendere. "Abbiamo lo spray alla tenuta, te lo giuro. E qualunque altra cosa ti serva, l'ordineremo e te la faremo consegnare. Non viviamo in una landa così desolata, lo sai."

Gabriela sembra addolcirsi, così l'aiuto a chiudere l'enorme valigia e la porto in macchina. Pesa almeno cento chili, e grugnisco dallo sforzo quando la sollevo per metterla nel bagagliaio della limousine.

Nel frattempo, il padre di Nora porta una seconda

valigia, più piccola.

"Ti aiuto io" dico, afferrandola, ma mi allontana.

"Ci penso io" dice bruscamente, così mi scanso per permettergli di sistemarla da solo. Se vuole continuare con questo atteggiamento, sono affari suoi.

Dopo aver caricato tutto, i genitori di Nora salgono in macchina, e Rosa va a sedersi nella parte anteriore accanto a Lucas. "Per lasciare più spazio a voi quattro" spiega, come se la parte posteriore della limousine non potesse accogliere comodamente dieci persone.

"È necessario che ci siano tutte queste auto qui intorno?" chiede la madre di Nora, mentre prendo posto accanto a Nora. "Voglio dire, è davvero così pericoloso?"

"Probabilmente no, ma non voglio rischiare" dico, uscendo dalla stradina. Oltre alle ventitré guardie divise tra sette SUV—che stanno oziando in questo tranquillo caseggiato—ho anche una scorta di armi sotto il sedile. È eccessivo per un semplice viaggio a Chicago, ma ora che ci sono problemi, temo che non sia sufficiente. Avrei dovuto portare più uomini, più armi, ma non volevo che Frank e compagnia pensassero che fossi venuto qui per sbrigare qualche affare.

"Tutto questo è folle" mormora Tony, guardando fuori dal finestrino posteriore il corteo delle auto che ci seguono. "Non voglio nemmeno immaginare che cosa stiano pensando i nostri vicini."

"Stanno pensando che sei un VIP, Papà" dice Nora con falsa allegria. "Non ti sei mai chiesto come dev'essere per il Presidente, che viaggia sempre con i servizi segreti?"

"No, direi di no." Il padre di Nora si gira verso di noi, con un'espressione più dolce quando guarda sua figlia. "Come ti senti, tesoro?" le chiede. "Forse dovresti riposare invece di assistere a tutta questa follia."

"Sto bene, Papà." Il volto di Nora si irrigidisce. "E preferirei non parlarne, se non ti dispiace."

"Certo, cara" dice la madre, sbattendo le palpebre in fretta—suppongo per evitare di piangere. "Come vuoi, tesoro mio."

Nora cerca di sorridere a sua madre, ma fallisce miseramente. Non riuscendo a trattenermi, mi allungo e metto il braccio sulle sue spalle, spingendola verso di me. "Rilassati, gattina mia" mormoro tra i suoi capelli, mentre si sistema sul mio fianco. "Arriveremo presto, e potrai dormire sull'aereo, va bene?"

Nora si lascia sfuggire un sospiro e borbotta nel mio orecchio: "Molto bene." Sembra stanca, così le accarezzo i capelli, godendo della loro setosa morbidezza. Potrei rimanere seduto così per sempre, a sentire il calore del suo esile corpo, a inebriarmi del suo dolce profumo delicato. Per la prima volta dopo l'aborto, un po' della pesantezza che provo nel petto si attenua, con il dolore amaro che si allevia leggermente. La violenza mi pulsa ancora nelle vene, ma il terribile vuoto è colmato per il momento; il doloroso vuoto non si espande più all'interno.

Non so per quanto tempo restiamo seduti in quel

modo, ma quando guardo dall'altra parte della limousine, noto che i genitori di Nora ci stanno osservando in modo strano. Gabriela, in particolare, sembra affascinata. Li guardo storto e sistemo Nora più comodamente al mio fianco. Non mi piace che stiano assistendo a questo. Non voglio che sappiano quanto io dipenda dalla mia gattina, quanto io abbia disperatamente bisogno di lei.

Al mio cipiglio, entrambi distolgono lo sguardo, e riprendo ad accarezzare i capelli di Nora, mentre lasciamo la statale per imboccare l'autostrada.

"Quanto manca ancora?" chiede il padre di Nora un paio di minuti dopo. "Stiamo andando in un aeroporto privato, vero?"

"Esatto" confermo. "Non siamo troppo lontani, credo. Non c'è traffico, quindi dovremmo arrivare tra circa venti minuti. Uno dei miei uomini sta già preparando l'aereo, così appena arriviamo, saremo in grado di decollare."

"E possiamo partire in questo modo? Senza attraversare la dogana?" chiede la madre di Nora. Sembra essere ancora insolitamente interessata al modo in cui sto abbracciando Nora. "Nessuno ci impedirà di rientrare nel Paese o qualcosa del genere?"

"No" dico. "Ho un accordo speciale con—" Prima che io possa finire di spiegare, la vettura prende velocità. L'accelerazione è così netta e improvvisa che riesco a malapena a rimanere dritto e a trattenere Nora, che ansima e mi stringe la vita. I suoi genitori non sono così fortunati; cadono di fianco, venendo quasi sbalzati fuori dal lungo sedile della limousine.

Il pannello che ci separa dal conducente si abbassa, mostrandoci il viso torvo di Lucas nello specchietto retrovisore. Ci stanno inseguendo.

"C'è una coda" dice laconicamente. "Ci stanno alle calcagna, e ci attaccheranno con tutti i loro mezzi."

CAPITOLO TRENTATRÉ

❖ NORA ❖

Per un attimo il mio cuore smette di battere; poi l'adrenalina mi scoppia nelle vene.

Prima che io possa reagire, Julian è già in azione. Sganciando la mia cintura di sicurezza, mi afferra per il braccio e mi trascina dal sedile al pavimento della limousine.

"Resta lì" ringhia, e lo guardo in stato di shock mentre solleva il sedile, mostrando un'enorme scorta di armi.

"Cosa—" ansima mia madre, ma in quel momento, la limousine sbanda, sbattendomi contro il sedile in pelle. I miei genitori gridano, stringendosi disperatamente a vicenda, e Julian afferra il bordo del sedile sollevato per evitare di cadere.

E poi lo sento.

Il *tat-tat-tat* di un'arma da fuoco automatica.

Qualcuno ci sta sparando.

"Gabriela!" Mio padre sbianca. "Aggrappati a me!"

La limousine sbanda un'altra volta, facendo gridare mia madre dallo spavento. In qualche modo Julian rimane in posizione eretta, chinandosi sul ripostiglio di armi, mentre la limousine accelera ancora di più. Dalla mia posizione sul pavimento, tutto quello che posso vedere attraverso i finestrini sono le cime degli alberi che superiamo. Evidentemente stiamo sfrecciando sull'autostrada a tutta velocità.

Un'altra raffica di colpi di arma da fuoco, e gli alberi sembrano muoversi ancora più velocemente, con il verde che diventa più sfocato nella mia vista. Sento il forte battito del mio polso; sembra quasi attutire lo stridio degli pneumatici in lontananza.

"Oh mio Dio!" Al grido in preda al panico di mia madre, mi aggrappo al sedile e mi sollevo sulle ginocchia per guardare fuori dal finestrino posteriore.

La vista che mi accoglie è come uno spezzone della saga *Fast and Furious*.

Dietro i sette SUV delle nostre guardie, c'è tutto un corteo di automobili. Circa una dozzina sono SUV e furgoni, ma ci sono anche tre Hummer con armi giganti montate sui tetti. Gli uomini con i fucili d'assalto si sporgono dai finestrini delle vetture, e sparano alle nostre guardie—che rispondono al fuoco.

Mentre osservo in stato di shock, vedo una delle auto degli inseguitori avvicinarsi pericolosamente all'ultimo dei nostri SUV e colpirlo su un lato nel tentativo di buttarlo fuori strada. Entrambe le vetture sbandano sulla carreggiata, con le scintille che scoccano nel punto in cui si sono toccate, e sento un'altra raffica di spari, seguita dall'inclinamento dell'auto degli inseguitori che va fuori strada e si ribalta.

Ne abbiamo fatta fuori una, ne rimangono quindici.

La matematica è chiara nella mia mente. *Quindici vetture contro otto, contando la nostra limousine.* Le probabilità non sono a nostro favore. Il cuore mi batte all'impazzata mentre la battaglia ad alta velocità continua, con le auto che si scontrano in mezzo a una pioggia di proiettili.

Boom! Il suono assordante mi scuote, facendo vibrare tutte le ossa del mio corpo. Stordita, guardo l'ultimo SUV delle guardie sollevarsi, esplodendo a mezz'aria. Il suo serbatoio della benzina dev'essere stato colpito, penso stordita, e poi sento Julian che grida il mio nome.

Con le orecchie che mi fischiano, mi giro e vedo che sta spingendo qualcosa di ingombrante verso di me. "Mettiti questo!" ruggisce, prima di gettare due giubbotti uguali ai miei genitori.

Giubbotti antiproiettile, mi rendo conto, incredula.

Ci ha appena consegnato dei giubbotti antiproiettile.

È pesante, ma riesco a indossarlo, nonostante le

brusche manovre della limousine. Sento i miei genitori che si danno istruzioni a vicenda in modo frenetico, poi mi giro e vedo che Julian indossa già il suo giubbotto.

Ha in mano anche un AK-47—che spinge nelle mie mani prima di sollevare una grande arma insolita dalla scorta. La guardo, perplessa, ma poi la riconosco.

Un lanciagranate portatile. Julian me l'ha mostrato una volta nella tenuta.

Scacciando il mio shock, salgo sul sedile, maneggiando il fucile d'assalto con mani instabili. Devo fare la mia parte, a prescindere da quanto possa essere terribile. Ma prima di poter abbassare il finestrino e di cominciare a sparare, Julian mi tira di nuovo giù sul pavimento.

"Resta giù" ruggisce. "Non muoverti, cazzo!"

Annuisco, cercando di controllare i miei rapidi respiri. L'adrenalina che mi attraversa accelera e rallenta tutto contemporaneamente, annebbiando e al tempo stesso rinvigorendo la mia percezione. Sento mia madre che singhiozza, mentre Rosa e Lucas urlano qualcosa nella parte anteriore, e poi vedo l'espressione che cambia sul viso di Julian, mentre si volta verso il finestrino anteriore.

"Cazzo!" L'imprecazione gli rimbomba nella gola, terrorizzandomi per la sua irruenza.

Non riuscendo a stare ferma, mi metto di nuovo in ginocchio . . . e i miei polmoni smettono di funzionare.

Sulla strada davanti a noi, a poche centinaia di metri

di distanza, c'è un blocco di polizia—e ci stiamo avvicinando ad esso sfrecciando come un'auto da corsa.

CAPITOLO TRENTAQUATTRO

❖ JULIAN ❖

La parte fredda e razionale della mia mente nota subito due cose: non possiamo svoltare da nessuna parte, e le quattro auto della polizia che ci stanno bloccando la strada sono circondate da uomini che indossano la divisa dei riparti speciali.

Ci stanno aspettando—il che significa che lavorano per i Sullivan e che sono qui per ucciderci tutti.

Quel pensiero mi riempie di terrore. Non ho paura per me, ma la consapevolezza che Nora potrebbe morire oggi, che potrei non poterla più abbracciare—

No. Cazzo, no. Scaccio con spietatezza quel pensiero paralizzante e valuto rapidamente la situazione.

Tra meno di venti secondi, raggiungeremo il blocco

di polizia. So cosa intende fare Lucas: colpire le due auto con il maggior spazio tra loro. Il divario è di soli sessanta centimetri, ma stiamo andando a duecento chilometri orari e la vettura è pesantemente corazzata, il che significa che lo slancio è dalla nostra parte.

Tutto quello che dobbiamo fare è sopravvivere alla collisione.

Stringendo il lanciagranate con la mano destra, urlo ai genitori di Nora: "Tenetevi forte!" e mi butto a terra, proteggendo Nora con il mio corpo.

Pochi secondi dopo, la nostra limousine va a sbattere contro le auto della polizia con una forza sconvolgente. Sento le grida dei genitori di Nora, percepisco la forza di inerzia dell'impatto che mi trascina in avanti, e irrigidisco ogni muscolo del mio corpo, nel tentativo di fermare la caduta.

Funziona a malapena. La mia spalla sinistra sbatte sullo schienale del sedile, ma continuo a tenere Nora al sicuro sotto di me. Non ho alcun dubbio sul fatto che io la stia schiacciando con il mio peso, ma è pur sempre meglio dell'alternativa. Sento il rumore metallico dei proiettili che colpiscono la fiancata e i finestrini della vettura, e capisco che ci stanno sparando.

Se fossimo in una macchina normale, saremmo già pieni di buchi.

Non appena sento la limousine accelerare di nuovo, salto in piedi, notando con la coda dell'occhio che i genitori di Nora sembrano essere sopravvissuti all'impatto. Tony si tiene il braccio con una smorfia di dolore, e Gabriela sembra solo stordita.

Non ho tempo per guardare più da vicino, però. Se vogliamo avere qualche possibilità di sopravvivere a questo, dobbiamo affrontare gli uomini di Sullivan, e dobbiamo farlo ora.

Ho ancora il lanciagranate in mano, così premo il pulsante sul lato della portiera per attivare l'apertura nascosta nel tetto. Poi mi alzo al centro del pianale, con la testa e le spalle che spuntano fuori dalla macchina. Sollevando l'arma, la punto contro le auto che ci seguono—che ora includono una volante della polizia davanti ai quindici veicoli di Sullivan.

No, ai *tredici* veicoli di Sullivan, mi correggo, dopo aver fatto un rapido conteggio. I miei uomini sono riusciti a farne fuori altri due negli ultimi minuti.

È il momento di bilanciare le probabilità ancora un po'.

I proiettili mi sfrecciano accanto alla testa, ma li ignoro, prendendo la mira con attenzione. Ho solo sei colpi in questo lanciagranate, quindi non posso permettermi di sbagliare.

Boom! Parte il primo colpo. Il rinculo mi colpisce la spalla, ma la granata trova il suo bersaglio—la volante della polizia che è proprio dietro di noi. L'auto vola, esplodendo in aria, e atterra di lato, bruciando. Una delle Hummer ci sbatte contro, e guardo con cupo compiacimento le due vetture saltare in aria, mandando fuori strada uno dei furgoni di Sullivan.

Restano undici veicoli nemici.

Miro di nuovo. Questa volta il mio obiettivo è più ambizioso: una delle Hummer più indietro. Ha un lanciatore a colpo singolo montato sul tetto; è stato quello a far fuori uno dei nostri SUV prima, e so che useranno di nuovo l'arma, non appena la ricaricheranno.

Boom! Un altro duro rinculo—e con mio grande disappunto, manco l'obiettivo. All'ultimo secondo, la Hummer devia bruscamente, sbattendo contro uno dei nostri SUV con una forza brutale. Osservo con rabbia la macchina dei miei uomini che si ribalta, rotolando fuori strada.

Ora siamo rimasti con cinque SUV dei miei uomini più la nostra limousine.

Reprimendo tutte le emozioni, prendo la mira per il colpo successivo sul furgone più vicino. *Boom*! Questa volta, lo colpisco in pieno. Il veicolo si ribalta, esplodendo, e i due SUV di Sullivan subito dietro si schiantano contro di esso a tutta velocità.

Restano otto veicoli nemici.

Punto ancora una volta il lanciatore, facendo del mio meglio per compensare il costante zig-zag della limousine. So che Lucas sta zigzagando lungo tutta la strada, nel tentativo di fare di noi un bersaglio più difficile, ma questo rende *loro* un bersaglio più difficile per me.

Boom! Sparo, e un altro SUV di Sullivan esplode, trascinando con sé quello dietro.

Restano sei veicoli nemici, e ho due granate a

disposizione.

Facendo un respiro profondo, miro di nuovo—e in quel momento, entrambe le Hummer sparano. Due dei nostri SUV volano in aria, uscendo fuori strada.

Ci rimangono tre SUV di scorta.

Sopprimendo la furia, tengo l'arma ferma e la punto contro la Hummer che sta guadagnando terreno su di noi. Uno, due . . . *boom*! La granata colpisce il bersaglio, e il pesante veicolo sbanda fuori strada, con il fumo che esce dal cofano.

Restano una Hummer e quattro SUV nemici.

Ho un'ultima granata.

Facendo un respiro profondo, prendo la mira, ma prima che io possa premere il grilletto, una delle auto nemiche sbanda e si schianta contro un'altra. I miei uomini devono aver colpito il conducente, aumentando le nostre possibilità ancora di più. Le forze di Sullivan ormai sono ridotte a una Hummer e due SUV.

Sollevato, prendo di nuovo la mira . . . e poi lo sento.

L'inconfondibile rombo delle pale degli elicotteri in lontananza.

Alzando lo sguardo, vedo un elicottero della polizia proveniente da occidente.

Fanculo.

O sono altri sporchi poliziotti o le autorità statunitensi che hanno scoperto questa schermaglia.

Ad ogni modo, le cose non si mettono bene per noi.

CAPITOLO TRENTACINQUE

❖ NORA ❖

Non appena il nuovo rumore arriva alle mie orecchie, i miei livelli di adrenalina raggiungono il culmine. Non sapevo che fosse possibile sentirsi così—insensibile e allo stesso tempo acutamente viva. Il mio cuore sta correndo a un milione di miglia al minuto e la pelle mi formicola dalla gelida paura. Tuttavia, il panico che mi affliggeva prima è scomparso; si è dissolto tra la seconda e la terza esplosione.

A quanto pare, ci si può abituare a tutto, anche a delle auto che saltano in aria.

Afferrando l'arma che mi ha dato Julian, mi aggrappo al sedile con la mano libera, non riuscendo a distogliere lo sguardo dalla battaglia che si sta svolgendo fuori dal finestrino della macchina. La strada dietro di noi sembra uscita da una guerra, con vetture incidentate e bruciate, sparse come rifiuti sullo stretto tratto dell'autostrada.

È come se fossimo in un videogioco, solo che le vittime sono reali.

Boom! Basta una pressione sul pulsante di controllo, e una macchina vola in aria. *Boom!* Un'altra macchina. *Boom! Boom!* Mi sorprendo a dirigere mentalmente ogni granata, come se potessi guidare la mira di Julian con il pensiero.

Un gioco. Solo un realistico gioco di guerra con stupefacenti effetti sonori. Se mi convinco di questo, posso affrontarlo. Posso fingere che non ci siano decine di cadaveri in fiamme dietro di noi, sia dalla nostra parte che dalla loro. Posso dire a me stessa che l'uomo che amo non sta al centro della limousine con un lanciagranate in mano, con la testa e la parte superiore del corpo esposte alla pioggia di fuoco proveniente da fuori.

Sì, un gioco—in cui ora è entrato un elicottero. Lo sento, e quando salgo sul sedile e mi avvicino al finestrino, riesco anche a vederlo.

È un elicottero della polizia, che si sta dirigendo proprio verso di noi.

Dovrebbe essere un sollievo il fatto che le autorità stiano cercando di intervenire—peccato che il blocco che abbiamo appena attraversato non sembrava un tentativo di ristabilire la legge e l'ordine. Ho visto la volante della polizia inseguirci a fianco delle forze di Sullivan; non stavano cercando di arrestare tutti i criminali coinvolti in questa caccia mortale.

Stavano cercando di farci fuori.

Una nuova ondata di terrore mi attanaglia, perforando la mia falsa calma. Questo *non* è un gioco. Ci sono persone che muoiono intorno a noi, e se non fosse per le armi su questa limousine e per le abilità di guida di Lucas, saremmo già morti anche noi. Se fossi sola, non mi importerebbe più di tanto. Ma tutti quelli che amo sono su quest'auto. Se succedesse qualcosa a loro—

No, basta. Sto cominciando ad andare in iperventilazione, e reprimo quel pensiero. Non posso permettermi di entrare nel panico ora. Guardando verso la parte anteriore, vedo i miei genitori che si stringono sul sedile, afferrando le cinture di sicurezza. Sono così pallidi che sembrano quasi verdi. Credo che siano entrambi sotto shock, dal momento che mia madre non grida più.

La limousine curva bruscamente verso destra, facendomi quasi volar via dal sedile.

"Vado verso l'hangar!" urla Lucas davanti, e mi rendo conto che abbiamo appena lasciato l'autostrada per imboccare una strada ancora più stretta. Il piccolo aeroporto è proprio davanti a noi, e ci accoglie con la promessa della salvezza. Il rombo dell'elicottero è proprio sopra di noi ora, ma se riuscissimo a raggiungere il nostro aereo e a decollare—

Boom! Non vedo più niente e tutti i suoni svaniscono per un secondo. Ansimando, afferro il bordo del sedile, cercando disperatamente di aggrapparmi, mentre la limousine sbanda e accelera ancora di più. Quando ritrovo i sensi, mi rendo conto che il SUV delle guardie proprio dietro di noi è stato colpito. Ora c'è del fumo che esce da un buco nel tetto. Guardo in stato di shock mentre l'auto va a sbattere contro un'altra delle nostre auto, e le vedo scontrarsi con una forza sconvolgente. Sento lo stridio degli pneumatici, e poi entrambe le vetture vanno fuori strada in un groviglio di metallo schiacciato.

Mi rendo conto con un sussulto di panico che l'elicottero della polizia ha sparato contro di noi. Ci ha sparato, eliminando due delle nostre auto, facendoci rimanere con un solo veicolo di scorta.

Girandomi, rivolgo di nuovo un frenetico sguardo al finestrino anteriore. L'hangar dov'è parcheggiato il nostro aereo è vicino, davvero vicino. Solo pochi metri e lo raggiungeremo. Sicuramente possiamo sopravvivere così a lungo—

Boom! Con le orecchie che mi fischiano, mi volto per vedere la Hummer dietro di noi in fiamme. Mi rendo conto con grande sollievo che Julian deve averla colpita. Solo l'elicottero e due SUV ci inseguono ora, e ci sono ancora delle guardie in quell'ultimo SUV. Un altro paio di colpi come quelli e saremo salvi—

"Nora!" Due braccia potenti mi stringono la vita, trascinandomi sul pavimento. Un rabbioso Julian incombe su di me, furioso in volto. "Ti ho detto di stare giù, cazzo!"

In una frazione di secondo, capisco due cose: è illeso e ha le mani vuote.

Il lanciagranate deve aver esaurito le munizioni.

Boom! Un'esplosione fa tremare la limousine, facendo volare entrambi. Mi rendo vagamente conto del fatto che Julian è intorno a me, a proteggermi con il suo corpo, ma sento comunque l'impatto brutale quando sbattiamo contro il divisorio. Tutta l'aria mi esce dai polmoni, e l'interno della vettura inizia a girare; ho la vista sfocata mentre qualcosa di affilato mi taglia la pelle. La testa mi martella dall'interno, come se il mio cervello stesse cercando di uscire fuori.

"Nora!" Sento la voce di Julian nonostante il sibilo nelle orecchie. Stordita, cerco di concentrarmi su di lui. Non appena la vista torna alla normalità, mi rendo conto che siamo di nuovo sul pavimento, con lui sdraiato sopra di me. Il suo volto è coperto di sangue e mi sta gocciolando addosso. Dice anche qualcosa, ma non riesco a fissare le sue parole nella mia mente.

Tutto quello che vedo è il terribile rosso mortale del suo sangue.

"Sei ferito." La voce gracchiante che mi esce non sembra nemmeno la mia. "Julian, sei ferito—"

Mi stringe la mascella, duramente, costringendomi a chiudere la bocca. "Ascoltami" dice, digrignando i denti. "Tra un minuto esatto, dovrai correre. Hai capito? Corri dritto verso quell'aereo del cazzo e non ti fermare, qualunque cosa succeda."

Lo fisso, senza capire. *Clop. Clop. Clop.* Le gocce rosse continuano a venire giù. Sento l'umidità sul viso, assaporo il calore metallico sulle labbra. I suoi occhi sono di un azzurro brillante in mezzo a tutto quel rosso, azzurri e incredibilmente belli . . .

"Nora!" ruggisce, scuotendomi. "Hai capito?"

Un po' del ronzio nel mio cranio si attenua, e finalmente comprendo il significato delle sue parole.

Correre. Vuole che io corra.

"E—" *tu*, vorrei dire, ma mi interrompe.

"Prenderai i tuoi genitori, e correrete *tutti* insieme." La sua voce è così forte che sarebbe in grado di tagliare l'acciaio, fulminandomi con lo sguardo. "Avrai la pistola con te, ma non voglio che giochi a fare l'eroina. Hai capito, Nora?"

Riesco ad annuire leggermente. "Sì." Nonostante il martellamento nelle tempie, mi rendo conto che l'auto sta ancora correndo, nonostante qualunque cosa fosse quella che ci ha colpiti. Sento l'elicottero sopra di noi, ma siamo vivi per ora. "Si, ho capito."

"Bene." Tiene il mio sguardo per qualche altro momento, e poi, come se non riuscisse a resistere, abbassa la testa e mi afferra la bocca per un appassionato bacio sconvolgente. Assaporo il sale e il metallo del suo sangue, e il gusto tipico di Julian, e voglio che continui a baciarmi, a farmi dimenticare l'incubo in cui ci troviamo. Troppo presto, però, le sue labbra si spostano sul mio collo, e sento il calore del suo respiro quando mi sussurra in un orecchio: "Ti prego, sali su quell'aereo insieme ai tuoi genitori, tesoro. Thomas è già lì, e può pilotare l'aereo, se necessario. Lucas si prenderà cura di Rosa. Questa è la nostra unica possibilità per uscire vivi da questo, quindi quando ti dirò di correre, dovrai correre. Sarò proprio dietro di te, va bene?"

E prima che io possa dire qualcosa, salta e mi tira su in ginocchio, dandomi l'AK-47 che avevo lasciato cadere. Mi gira la testa per il movimento improvviso, ma sfido le vertigini, afferrando l'arma con tutte le mie forze. Mi sembra tutto sfocato, e il mio corpo è stranamente poco collaborativo, ma riesco a concentrarmi abbastanza da vedere che il lunotto posteriore non c'è più e che c'è del fumo nella parte posteriore della vettura. Con mio grande sollievo, i miei genitori sono ancora ai loro posti, sanguinanti e storditi, ma vivi.

Il lunotto posteriore dev'essere andato in frantumi, lanciando frammenti di vetro nella macchina—il che spiega il sangue su di loro e su Julian.

La limousine comincia a rallentare, e Julian mi afferra ancora una volta la mascella, riportando la mia attenzione su di lui. "Tra dieci secondi" dice con durezza "aprirò questa portiera e scenderò. In quel momento, fuggirai dall'altra portiera. Chiaro, Nora? Salterai giù e correrai come una pazza."

Annuisco, e quando mi lascia andare, mi rivolgo ai miei genitori. "Toglietevi le cinture di sicurezza" dico con voce roca. "Correremo verso l'aereo, non appena l'auto si sarà fermata."

Mia madre non reagisce, con il volto scioccato, ma mio padre inizia ad armeggiare con le fibbie delle cinture di sicurezza. Con la coda dell'occhio, vedo l'hangar che si avvicina, e comincio ad aiutare freneticamente i miei genitori, decisa a liberarli prima che la macchina si fermi.

Riesco a slacciare la cintura di sicurezza di mia madre, ma quella di mio padre sembra bloccata, ed entrambi la strattoniamo disperatamente con le nostre mani, mentre la limousine attraversa un alto cancello aperto che conduce in un edificio simile a un magazzino.

"Sbrigati!" grida Julian mentre la limousine stride prima di fermarsi. Per poco non vado di nuovo a gambe all'aria, ma riesco ad aggrapparmi alla cinghia della cintura di sicurezza.

"Ora, Nora!" urla Julian, spalancando la portiera. "Vai, ora!"

La fibbia della cintura di sicurezza finalmente cede, e afferro la mano di mio padre, mentre lui afferra quella di mia madre. Aprendo la portiera opposta, usciamo fuori dalla macchina, cadendo sulle nostre mani e sulle ginocchia. Con il cuore in gola, ruoto la testa, alla ricerca del nostro aereo, e poi lo vedo.

Sta accanto all'uscita sul lato opposto dell'hangar, con una dozzina di altri aerei tra noi ed esso.

"Da questa parte!" salto in piedi, tirando mio padre.

"Vieni, dobbiamo andare!"

Cominciamo a correre. Dietro di noi, sentiamo un altro stridio di freni, seguito dalla furiosa raffica di un'arma da fuoco. Girando la testa, vedo Julian e Lucas sparare contro un SUV che è appena entrato nell'edificio dietro di noi. Sta correndo anche Rosa; è alle nostre calcagna. Con il cuore che mi batte all'impazzata, rallento, mentre tutto dentro di me mi urla di tornare indietro, per aiutare Lucas e Julian, ma poi ricordo le sue parole.

La nostra possibilità di sopravvivenza consiste nel salire tutti su quell'aereo. Nonostante il mio aiuto, i miei genitori riescono a malapena a fare quello che devono.

Così, reprimo la voglia di correre di nuovo verso la limousine e urlo: "Sbrigati!" a Rosa, che ci ha quasi raggiunti. Poi, tutti e quattro, riprendiamo a correre, con mio padre che trascina mia madre. È pallido come la morte e i suoi occhi hanno un aspetto folle, ma mette un piede davanti all'altro, e questo è tutto quello che ho bisogno che faccia in questo momento. Se riusciremo a farcela, mi preoccuperò dell'impatto sulla psiche dei miei genitori e sarò angosciata per il ruolo che ho svolto in tutto questo.

Per ora, il nostro unico compito è la sopravvivenza.

Eppure, pur sapendo questo, non posso fare a meno di lanciare frenetiche occhiate dietro di noi mentre corriamo. La paura per Julian è un groppo gigante nel mio stomaco. Non posso neanche immaginare di perderlo un'altra volta. Non credo che sopravvivrei.

La prima volta che mi guardo dietro, vedo che Julian e Lucas si sono riparati dietro la limousine e che stanno sparando agli uomini nascosti dietro al SUV. Ci sono già due cadaveri a terra, e un foro sporco di sangue sul parabrezza del SUV.

Nonostante il panico, sento un lampo di orgoglio. Mio marito e il suo braccio destro sanno quello che fanno, quando si tratta di togliere la vita a qualcuno.

La seconda occhiata rivela una situazione ancora migliore. Quattro cadaveri di nemici e Lucas che gira intorno alla limousine per uccidere il tiratore rimasto, mentre Julian lo copre.

Alla terza furtiva occhiata, vedo che l'ultimo tiratore è stato eliminato, gli spari sono cessati, e l'hangar è stranamente silenzioso dopo tutto il frastuono. Vedo Lucas e Julian in piedi, apparentemente illesi, e delle lacrime di gioia cominciano a rigarmi le guance.

Ce l'abbiamo fatta. Siamo sopravvissuti.

Stiamo già sull'aereo, e vedo Thomas, il conducente del mio appuntamento con il parrucchiere, accanto alla porta aperta. "Falli entrare, per favore" gli dico con voce tremante, e lui annuisce, facendo salire i miei genitori e Rosa per le scale. "Sarò da voi tra un secondo" dico a mio padre, quando cerca di farmi unire a loro. "Ho solo bisogno di un momento." Liberandomi dalla sua presa, mi giro verso la limousine.

"Julian!" Sollevando l'AK-47 sopra la testa, agito l'arma verso di lui. "Da questa parte! Vieni, andiamo!"

Mi guarda, e vedo un grande sorriso che gli illumina il volto.

Ridendo tra le lacrime, comincio a correre verso di lui, concentrandomi solo sulla gioia—e poi il muro accanto alla limousine esplode, facendo volare lui e Lucas.

CAPITOLO TRENTASEI

❖ JULIAN ❖

Dolore. Oscurità.

Per un attimo, sono di nuovo in quella stanza senza finestre, con il coltello di Majid che mi taglia il volto. Ho lo stomaco in subbuglio, con il vomito che mi sale nella gola. Poi mi schiarisco le idee, e prendo nota del sordo ronzio nelle orecchie.

Non è accaduto nel Tagikistan.

Non sentivo così caldo lì.

Fa troppo caldo. Così caldo che mi sento bruciare.

Fanculo! Una scarica di adrenalina dissipa ogni traccia di nebbia nella mia mente. Muovendomi alla velocità della luce, mi rotolo più volte, spegnendo le fiamme che stanno consumando il mio giubbotto. Sono in preda alla nausea, con la testa palpitante dal dolore, ma quando mi fermo, il fuoco si è estinto.

Ansimando furiosamente, mi sdraio e cerco di riprendere i sensi. Che cazzo è successo?

Il ronzio nella mia testa si allevia un po', e apro gli occhi per vedere pezzi di macerie che bruciano intorno a me.

Un'esplosione. Dev'essere stata un'esplosione.

Non appena mi rendo conto di quello che sta succedendo, la sento.

Una raffica di spari, seguita da altri spari.

Il mio cuore cessa di battere. *Nora!*

Il panico è così intenso che prende il sopravvento su tutto il resto. Ignorando il dolore, mi alzo in piedi, barcollando, con le ginocchia che mi si piegano per un secondo prima di irrigidirsi per sostenere il mio peso.

Girando la testa da una parte all'altra, cerco la fonte degli spari, e poi la vedo.

Una piccola figura sfreccia dietro un grande aereo dopo aver sparato un'altra raffica di colpi. Dietro di lei, c'è un gruppo di quattro uomini armati, tutti con la divisa dei reparti speciali.

In una frazione di secondo, prendo nota del resto della scena. La parete dell'hangar vicino alla limousine è scomparsa, andata in pezzi, e attraverso l'apertura, vedo l'elicottero della polizia sul prato, con le pale ormai immobili e silenziose.

I miei uomini in quell'ultimo SUV devono aver perso la battaglia, lasciandoci esposti alle forze rimanenti di Sullivan.

Prima che quel pensiero si sia completamente formato nella mia mente, mi sono già messo in marcia. La limousine sta bruciando vicino a me, ma il fuoco è nella parte anteriore, non sul retro, quindi ho ancora qualche secondo. Saltando verso la macchina, apro una delle portiere e salgo al suo interno. Ci sono ancora le armi, così prendo due mitragliatrici e salto fuori, sapendo che la macchina potrebbe esplodere in qualsiasi momento. Mentre lo faccio, mi accorgo che Lucas sta facendo fatica ad alzarsi in piedi a qualche metro di distanza. È vivo; me ne rendo conto con un distaccato senso di sollievo.

Non ho tempo per soffermarmi su questo. A un centinaio di metri di distanza, Nora si sta muovendo tra gli aerei, sparando ai suoi inseguitori. La mia gattina contro quattro uomini armati—quel pensiero mi riempie di nauseante terrore e rabbia.

Stringendo entrambe le armi, una per mano, comincio a correre. Non appena riesco a vedere bene gli uomini di Sullivan, apro il fuoco.

Tat-tat-tat! La testa di un uomo esplode. *Tat-tat-tat!* Cade un altro uomo.

Rendendosi conto di quello che sta succedendo, i due uomini sopravvissuti si girano e iniziano a sparare contro di me. Ignorando i proiettili che mi sfrecciano attorno, continuo a correre e a sparare, facendo del mio meglio nel zigzagare tra gli aerei. Nonostante il giubbotto che mi protegge il petto, non sono affatto immune alle armi da fuoco.

Tat-tat-tat! Qualcosa colpisce la mia spalla sinistra, lasciando un bruciore nella sua scia. Imprecando, stringo le armi ancora di più e rispondo al fuoco, facendo saltare uno degli uomini dietro un piccolo camion di servizio. Il secondo continua a spararmi, e mentre corro, vedo Nora uscire da dietro uno degli aerei e prendere la mira, con gli occhi scuri ed enormi sul suo viso pallido.

Voooum! La testa del tiratore esplode con un boato. Il proiettile di Nora ha colpito il suo bersaglio. Lei si volta e spara contro quello nascosto dietro al camion.

Sfruttando la distrazione che mi sta fornendo, cambio direzione, sgattaiolando vicino al camion in cui l'uomo rimasto si sta riparando. Quando arrivo dietro di lui, lo vedo mirare contro Nora—e con un grido di rabbia, premo il grilletto, tempestandolo di proiettili.

Scivola accanto al camion, una massa di carne sanguinante e senza vita.

Non ho più colpi, e il silenzio che segue è quasi inquietante.

Ansimando, abbasso le armi ed esco da dietro il camion.

CAPITOLO TRENTASETTE

❖ NORA ❖

Appena Julian emerge da dietro il camion, insanguinato ma vivo, lascio cadere l'AK-47, perché le mie dita non riescono più a sostenere quell'arma pesante. L'emozione che mi riempie il petto va oltre la felicità, oltre il sollievo.

È esaltazione. Pura esaltazione selvaggia per aver ucciso i nostri nemici ed essere sopravvissuti.

Quando il muro è esploso e gli uomini armati sono corsi nell'hangar, ho pensato che Julian fosse stato ucciso. Presa da una furia accecante, ho aperto il fuoco su di loro, e quando hanno cominciato a sparare contro di me, ho corso senza pensare, agendo d'istinto.

Sapevo che non avrei resistito più di qualche

minuto, ma non mi importava. Tutto quello che volevo era vivere abbastanza a lungo da poter uccidere il maggior numero di uomini possibile.

Ma ora Julian è qui, davanti a me, vivo e vitale più che mai.

Non so se sia io a correre verso di lui o viceversa, ma in qualche modo finisco tra le sue braccia, che mi stringono così forte da permettermi a stento di respirare. Mi dà dei baci appassionati sul viso e sul collo, facendo scivolare le mani sul mio corpo alla ricerca di ferite, e tutto l'orrore delle ore passate svanisce, rimpiazzato da una gioia senza fine.

Siamo sopravvissuti, stiamo insieme, e nulla potrà mai dividerci.

* * *

"Questi due erano nei pressi dell'elicottero" dice Lucas, quando usciamo dall'hangar per cercarlo. Come Julian, è insanguinato e instabile sulle gambe, ma non meno minaccioso per questo—come dimostrano i due uomini che giacciono sull'erba. Gemono e piangono entrambi, mentre uno si stringe il braccio sanguinante e l'altro cerca di contenere il sangue che gli sgorga dalla gamba.

"È chi penso che sia?" chiede Julian con voce roca, facendo un cenno con la testa verso l'uomo più anziano, e Lucas fa un sorriso ampio.

"Sì. Patrick Sullivan in persona, insieme al suo figlio

prediletto—e l'unico ancora vivo—Sean."

Guardo l'uomo più giovane, riconoscendo i suoi lineamenti contorti. È l'aggressore di Rosa, quello che era scappato.

"Credo che siano venuti in elicottero per osservare il combattimento e intervenire al momento giusto" continua Lucas, facendo una smorfia mentre si tocca le costole. "Solo che il momento giusto non è mai arrivato. Devono aver scoperto chi sei e aver chiamato tutti i poliziotti che dovevano loro dei favori."

"Gli uomini che abbiamo ucciso erano poliziotti?" chiedo, cominciando a tremare, quando il picco dell'adrenalina inizia a svanire. "Anche quelli nelle Hummer e nei SUV?"

"A giudicare dalla loro attrezzatura, molti di loro lo erano" risponde Julian, avvolgendo il braccio destro intorno alla mia vita. Sono grata per il suo sostegno, perché le mie gambe stanno cominciando a cedere. "Alcuni probabilmente erano corrotti, ma altri stavano solo eseguendo ciecamente gli ordini dei loro superiori. Non ho alcun dubbio sul fatto che gli abbiano detto che eravamo dei criminali estremamente pericolosi. Forse addirittura dei terroristi."

"Oh." La testa comincia a farmi male a quel pensiero, e all'improvviso mi rendo conto dei miei dolori e delle ferite. La sofferenza mi colpisce come una marea, seguita da una stanchezza così intensa che mi appoggio a Julian, con la vista appannata.

"Cazzo." Dopo quell'imprecazione borbottata, il mio

mondo si capovolge, diventando orizzontale, e mi rendo conto che Julian mi ha presa in braccio, sollevandomi sul suo torace. "La porto sull'aereo" lo sento dire, e uso tutta la forza residua per scuotere la testa.

"No, sto bene. Ti prego, rimettimi giù" lo supplico, spingendo sulle sue spalle, e con mia grande sorpresa, Julian acconsente, poggiandomi a terra con cura. Continua a tenere un braccio intorno alla mia schiena, ma mi permette di stare in piedi da sola.

"Che c'è, tesoro?" chiede, guardandomi.

Indico i due uomini sanguinanti. "Cos'hai intenzione di fargli? Li ucciderai?"

"Sì" dice Julian. I suoi occhi azzurri brillano con freddezza. "Li ucciderò."

Faccio un lento respiro. La ragazza che Julian ha portato sull'isola si sarebbe opposta, gli avrebbe dato qualche motivo per risparmiarli, ma non sono più quella ragazza. La sofferenza di questi uomini non mi tocca. Ho provato maggior compassione per uno scarafaggio girato sul dorso che per queste persone, e sono contenta che Julian si occuperà della minaccia che rappresentano.

"Credo che Rosa dovrebbe assistere a questo" dice Lucas. "Le piacerebbe veder trionfare la giustizia."

Julian mi lancia un'occhiata, e io annuisco, mostrando di essere d'accordo. Sarà anche sbagliato, ma in questo momento, mi sembra giusto che lei sia qui, per assistere alla fine dell'uomo che le ha fatto del male.

"Portala qui" ordina Julian, e Lucas torna nell'hangar, lasciando me e Julian soli con i Sullivan.

Osserviamo i nostri prigionieri in cupo silenzio, senza alcuna voglia di parlare. L'uomo più anziano è già privo di sensi, essendo svenuto per l'abbondante perdita di sangue, ma l'aggressore di Rosa chiede pietà a gran voce. Singhiozzando e contorcendosi a terra, ci promette denaro, favori politici, l'inserimento in tutti i cartelli degli Stati Uniti . . . qualunque cosa vogliamo, se solo lo lasciassimo andare. Giura che non toccherà mai più una donna, dice che è stato un errore—che non sapeva, non si era reso conto di chi fosse Rosa . . . Vedendo che né Julian, né io reagiamo, i suoi tentativi di contrattazione si trasformano in minacce, e io smetto di ascoltarlo, sapendo che nulla di quello che dice ci farà cambiare idea. La rabbia dentro di me è fredda come il ghiaccio e non lascia spazio alla pietà.

Per quello che ha fatto a Rosa e per il bambino che abbiamo perso, Sean Sullivan non merita altro che la morte.

Un minuto dopo, Lucas torna, portando un'agitata Rosa fuori dall'hangar. Nell'istante in cui lei posa lo sguardo sui due uomini, tuttavia, il suo viso riacquista il colore e il suo sguardo si indurisce. Avvicinandosi al suo aggressore, lo fissa per un paio di secondi prima di rivolgere l'attenzione su di noi.

"Posso?" chiede, tendendo la mano, e Lucas sorride con freddezza, porgendole il fucile. Con le mani ferme, mira contro il suo aggressore.

"Fallo" dice Julian, e vedo ancora un altro uomo morire, con il volto in frantumi. Prima che l'eco del colpo di Rosa svanisca, Julian cammina verso l'incosciente Patrick Sullivan e gli scarica una serie di pallottole nel petto.

"Abbiamo finito qui" dice, allontanandosi dal cadavere, e torniamo tutti e quattro verso l'aereo.

* * *

Tornando a casa, Thomas pilota l'aereo, mentre Lucas riposa nella cabina principale con me, Julian, e Rosa. Vedendo che siamo tutti vivi, mia madre si lascia andare a un isterico singhiozzo, così Julian porta i miei genitori nella camera da letto dell'aereo, dicendo loro di fare una doccia e di rilassarsi. Vorrei andare a vedere come stanno, ma la combinazione della stanchezza e del crollo post-adrenalina ha la meglio su di me.

Non appena siamo in volo, svengo sul sedile, con la mano stretta nella morsa di Julian.

Non ricordo di essere atterrata o rientrata a casa. Quando riapro gli occhi, siamo già nella nostra camera da letto a casa, e il Dott. Goldberg pulisce e benda i miei graffi. Ricordo vagamente che Julian mi ha tolto il sangue di dosso sull'aereo, ma il resto del viaggio è un ricordo sfocato nella mia mente.

"Dove sono i miei genitori?" chiedo, quando il medico usa le pinzette per togliermi un pezzetto di vetro dal braccio. "Come stanno? E che mi dici di Rosa e Lucas?"

"Stanno dormendo tutti" dice Julian, osservando la procedura medica. Il suo volto è cupo dalla stanchezza, e non ho mai sentito la sua voce così stanca. "Non ti preoccupare. Stanno bene."

"Li ho visitati all'arrivo" dice il Dott. Goldberg, bendando la ferita gonfia e sanguinante sul mio braccio. "Tuo padre ha una contusione al gomito, ma non si è rotto niente. Tua madre era in stato di shock, ma a parte qualche graffio dovuto al vetro rotto e un lieve torcicollo, sta bene, così come la signora Martinez. Lucas Kent ha un paio di costole incrinate e qualche ustione, ma si riprenderà."

"E Julian?" chiedo, guardando mio marito. È già stato pulito e bendato, quindi il medico deve averlo visitato mentre dormivo.

"Una lieve commozione cerebrale, come te, oltre a qualche ustione di primo grado sulla schiena, un paio di punti di sutura sul braccio in cui una pallottola l'ha sfiorato, e qualche livido. E, naturalmente, queste piccole ferite causate dalle schegge di vetro." Togliendomi un altro pezzetto di vetro dal braccio, il medico fa una pausa, guardando entrambi come se stesse cercando di decidere come continuare. Alla fine, dice con calma: "Ho saputo dell'aborto. Mi dispiace tanto."

Annuisco, sforzandomi di trattenere un'improvvisa ondata di lacrime. La compassione nello sguardo del

Dott. Goldberg fa male più di qualsiasi scheggia di vetro, ricordandomi cos'abbiamo perso. Il dolore straziante che avevo represso durante la nostra lotta per la sopravvivenza è riaffiorato, più nitido e più forte che mai.

Siamo sopravvissuti, ma non ne siamo usciti indenni.

"Grazie" dice Julian a denti stretti, alzandosi e camminando verso la finestra. I suoi movimenti sono rigidi e a scatti, e la sua postura mostra un'evidente tensione. Rendendosi conto dell'errore commesso, il medico se ne va mormorando "buona notte," lasciandoci soli con il nostro dolore.

Non appena il Dott. Goldberg se n'è andato, Julian torna a letto. Non l'ho mai visto così stanco. Traballa mentre cammina.

"Non hai dormito affatto sull'aereo?" chiedo, vedendo Julian che si toglie la maglietta e i pantaloni della tuta che deve aver messo quando siamo arrivati a casa. Mi fa male il petto alla vista delle sue ferite. "Qualche livido" è un eufemismo. È tutto nero e blu, con gran parte della sua schiena muscolosa e del busto avvolti da una garza bianca.

"No, volevo tenerti d'occhio" risponde esausto, salendo sul letto accanto a me. Sdraiandosi con il viso rivolto verso di me, lascia cadere un braccio lungo il mio fianco e mi tira a sé. "Pensavo che avessi riportato una commozione cerebrale per quella botta che hai preso in macchina" mormora, con il viso a pochi centimetri dal mio.

"Oh, capisco." Non riesco a distogliere lo sguardo dal blu intenso dei suoi occhi. "Ma anche tu hai riportato una commozione cerebrale, a causa dell'esplosione."

Annuisce. "Sì, esatto. Un altro motivo per rimanere sveglio."

Lo fisso, con il petto che sembra stringersi intorno ai miei polmoni. Mi sento come se stessi annegando nei suoi occhi, risucchiata sempre più in profondità da quelle ipnotiche pozze blu. I ricordi dell'esplosione mi tornano in mente, insieme a tutto l'orrore di questi ultimi avvenimenti. Julian che vola via per l'esplosione, lo stupro di Rosa, l'aborto, i volti terrorizzati dei miei genitori mentre corriamo per la strada in mezzo a una pioggia di proiettili... Quelle orribili immagini mi frullano nel cervello, riempendomi di soffocante dolore e senso di colpa.

Perché sono stata io a trascinarli in quella discoteca, perdendo nel giro di due brevi giorni il mio bambino e quasi tutti coloro che amo.

Le lacrime che si formano nei miei occhi sembrano sangue sgorgato dalla mia anima. Ogni goccia mi brucia i condotti lacrimali, con i suoni che mi escono dalla gola rochi e sgradevoli. Il mio nuovo mondo non è solo buio; è nero, completamente senza speranza.

Chiudendo gli occhi, cerco di raggomitolarmi, di farmi piccola abbastanza da impedire al dolore di esplodere verso l'esterno, ma Julian non me lo permette. Avvolgendo le braccia intorno a me, mi stringe e io mi lascio andare, con il suo grande corpo che mi rassicura, mentre mi accarezza la schiena e mi sussurra tra i capelli che siamo sopravvissuti, che andrà tutto bene e che presto torneremo alla normalità... Il tono basso e profondo della sua voce penetra nelle mie orecchie fin quando non posso fare a meno di ascoltarlo, con quelle parole così confortanti nonostante la mia consapevolezza della loro falsità.

Non so per quanto tempo io continui a piangere in questo modo, ma alla fine il dolore si attenua, e prendo coscienza del tocco di Julian, della sua forza straordinaria. Il suo abbraccio, un tempo la mia prigione, ora è la mia salvezza, che mi impedisce di annegare nella disperazione.

Man mano che le mie lacrime si asciugano, mi rendo conto che lo sto stringendo tanto quanto lui sta stringendo me, e che anche lui sembra trarre conforto dal mio tocco. Mi consola, ma anch'io lo sto consolando—e in qualche modo questo attenua la mia agonia, sollevando un po' della nebbia oscura che mi avvolge.

Mi aveva già abbracciata quando ho pianto in passato, ma mai in questo modo. Direttamente o indirettamente, è sempre stato la causa delle mie lacrime. Non siamo mai stati uniti dal nostro dolore prima d'ora, non abbiamo mai attraversato lo stesso tormento. Abbiamo affrontato insieme la terribile morte di Beth, ma anche in quel caso, non avevamo mai avuto l'occasione di piangerla insieme. Dopo l'esplosione del magazzino, ho pianto per Beth e Julian da sola, e quando lui è tornato, c'era più rabbia che dolore dentro di me.

Questa volta è diverso. La mia perdita è la sua perdita. Anzi, più che altro è la *sua* perdita, dal momento che voleva questo bambino fin dall'inizio. La piccola vita che stava crescendo dentro di me—quella che lui proteggeva così ferocemente—è scomparsa, e non posso nemmeno immaginare come debba sentirsi Julian.

Quanto mi detesti per quello che ho fatto.

Quel pensiero mi fa sentire di nuovo a pezzi, ma questa volta, riesco a trattenere il dolore. Non so che cosa succederà domani, ma per il momento, mi sta confortando, e sono abbastanza egoista da accettarlo, facendo affidamento sulla sua forza per superate tutto questo.

Con un sospiro tremante, mi avvicino a mio marito, ascoltando il forte battito del suo cuore.

Anche se Julian mi odia ora, ho bisogno di lui.

Ho troppo bisogno di lui per lasciarlo andare.

CAPITOLO TRENTOTTO

❖ JULIAN ❖

Mentre il respiro di Nora rallenta, il suo corpo si rilassa contro il mio. Un brivido sporadico continua a farla tremare, ma anche quello si attenua man mano che sprofonda sempre più nel sonno.

Dovrei dormire anch'io. Non chiudo gli occhi dalla notte prima del compleanno di Nora, il che significa che sono sveglio da più di quarantott'ore.

Le quarantott'ore peggiori della mia vita.

Siamo sopravvissuti. Andrà tutto bene. Presto torneremo alla normalità. Le rassicurazioni a Nora risuonano nelle mie orecchie. Voglio credere alle mie parole, ma la perdita è troppo fresca, il dolore troppo forte.

Un bambino. Un bambino che era parte di me e parte di Nora. Non era niente, solo un fascio di cellule con del potenziale, ma anche a dieci settimane, quella piccola creatura mi faceva battere il cuore dall'emozione, facendomi sciogliere davanti al suo minuscolo dito a malapena formato.

Avrei fatto qualsiasi cosa per lui, e non era nemmeno nato.

È morto ancora prima che avesse la possibilità di vivere.

Una furia oscura e amara mi soffoca un'altra volta, questa volta diretta esclusivamente verso me stesso. Ci sono così tante cose che avrei potuto—dovuto—fare per impedire questo esito. So che è inutile pensarci troppo, ma il mio cervello esausto si rifiuta di voltare pagina. L'inutile "*e se*" continua a tormentarmi, fin quando mi sento come un criceto in una ruota, che corre sempre senza andare da nessuna parte. E se avessi tenuto Nora nella proprietà? E se fossi arrivato in bagno prima? E se, e se... Gli ingranaggi nella mia mente lavorano in fretta, lasciandomi ancora una volta con quel senso di vuoto, e so che se non avessi Nora con me, impazzirei, precipitando in quel vuoto che mi inghiottirebbe completamente.

Stringendo la presa sul suo esile corpo caldo, guardo nel buio, desiderando disperatamente qualcosa di irraggiungibile, un'assoluzione che non merito e che non potrò mai trovare.

Nora sospira nel sonno e sfrega la guancia sul mio

petto, premendo le sue morbide labbra sulla mia pelle. Un'altra notte, quel gesto inconscio mi avrebbe fatto eccitare, risvegliando la voglia che mi tormenta sempre in sua presenza. Questa notte, però, quel tenero tocco intensifica solo la tensione che sta crescendo nel mio petto.

Mio figlio è morto.

Quella dura consapevolezza mi colpisce, infrangendo gli scudi che mi hanno reso insensibile fin dall'infanzia. Non c'è nulla che io possa fare, nulla che qualcun altro possa fare. Potrei distruggere tutta Chicago, e non cambierebbe nulla.

Mio figlio è morto.

Il dolore è incontrollabile, simile a un fiume che rompe un argine. Cerco di combatterlo, di trattenerlo, ma questo non fa che peggiorare le cose. I ricordi mi travolgono come una marea, con i volti di tutte le persone che ho perso che mi attraversano la mente. *Il bambino, Maria, Beth, mia madre, mio padre, com'era in quei rari momenti in cui l'ho amato ... L'ondata di dolore è travolgente, mentre spazza via tutto, tranne la consapevolezza di questa nuova perdita.

Mio figlio è morto.

L'angoscia mi dilania, straziante, ma in qualche modo anche purificante.

Mio figlio è morto.

Tremando, stringo Nora mentre smetto di oppormi e mi abbandono al dolore.

PARTE IV: QUALCHE TEMPO DOPO

CAPITOLO TRENTANOVE

❖ NORA ❖

Due settimane dopo il nostro rientro a casa, Julian ritiene sicuro che i miei genitori tornino a Oak Lawn.

"Potenzierò la sicurezza intorno a loro per qualche mese" spiega, mentre camminiamo verso l'area di allenamento. "Dovranno accettare alcune restrizioni per quanto riguarda i centri commerciali e altri luoghi affollati, ma dovrebbero riuscire a tornare al lavoro e a riprendere la maggior parte delle loro abituali attività."

Annuisco, non particolarmente sorpresa di sentirglielo dire. Julian ha continuato a tenermi informata sui suoi sforzi in quel settore, e so che i Sullivan non rappresentano più una minaccia. Utilizzando le stesse spietate tattiche che aveva usato con Al-Quadar, mio marito è riuscito a fare quello che le autorità cercavano di fare da decenni: ha liberato Chicago dalla sua famiglia criminale più importante.

"E Frank?" chiedo, mentre superiamo due guardie che si allenano sul prato. "Credevo che la CIA non volesse che qualcuno di noi tornasse nel Paese."

"Hanno cambiato idea ieri. C'è voluta un po' di persuasione, ma i tuoi genitori dovrebbero tornare senza incontrare ostacoli."

"Ah." Posso solo immaginare quale opera di "persuasione" deve aver utilizzato Julian considerando la devastazione che ci siamo lasciati alle spalle. Nemmeno la squadra di insabbiamento mandata dalla CIA era riuscita a nascondere la storia della nostra battaglia ad alta velocità. L'area intorno all'aeroporto privato non sarà densamente popolata, ma le esplosioni e gli spari non sono di certo passati inosservati. Nelle ultime settimane, i media non hanno fatto altro che parlare dell'operazione clandestina a Chicago per "catturare il pericoloso trafficante d'armi."

I Sullivan hanno fatto degli importanti favori per organizzare quell'attacco. Il capo della polizia—un tempo una talpa di Sullivan—ha utilizzato le informazioni che loro avevano trovato su di noi e ha sfruttato il pretesto "il trafficante d'armi sta contrabbandando degli esplosivi in città" per riunire in fretta una squadra dei reparti speciali. Gli uomini di Sullivan che si sono uniti a loro sono stati fatti passare per "rinforzi da un'altra zona", e l'intera operazione è stata tenuta segreta alle altre forze dell'ordine—è così che sono riusciti a prenderci alla sprovvista.

"Non ti preoccupare" dice Julian, fraintendendo la mia espressione tesa. "A parte Frank e qualche altro funzionario di alto livello, nessuno sa che i tuoi genitori erano coinvolti nell'accaduto. La sicurezza in più è solo una precauzione, niente di più."

"Lo so." Lo guardo. "Non li lasceresti tornare, se non fosse sicuro."

"No" dice Julian sottovoce, fermandosi all'ingresso della palestra per i combattimenti. "Non lo farei." La sua fronte brilla dal sudore dovuto al caldo umido e la maglietta si attacca ai suoi muscoli ben definiti. Ha ancora un paio di cicatrici in via di guarigione sul viso e sul collo causate dalle schegge di vetro, ma queste non sminuiscono il suo forte fascino.

A meno di due metri da me e con i suoi penetranti occhi azzurri che mi guardano, mio marito è l'immagine della vibrante e solida mascolinità.

Deglutendo, guardo lontano, con la pelle che brucia al ricordo di come mi sono svegliata questa mattina. Non abbiamo avuto rapporti sessuali dopo l'aborto, ma questo non significa che Julian si sia astenuto dal fare sesso con me. *In ginocchio con il suo cazzo nella mia bocca, legata, con la sua lingua sul mio clitoride...* Quelle immagini nella mia mente mi fanno bruciare, mentre quel senso di colpa sempre presente mi dilania.

Perché Julian continua a essere così dolce con me? Da quando siamo tornati, aspetto che mi punisca, che faccia qualcosa per esprimere la rabbia che deve provare, ma finora, non ha fatto niente. Anzi, è insolitamente tenero con me, in un certo senso ancora più premuroso di quanto fosse durante la mia gravidanza. È appena percettibile, questo cambiamento nel suo comportamento—qualche bacio e qualche carezza in più durante il giorno, massaggi ogni sera, chiedendo ad Ana di prepararmi i miei cibi preferiti . . . Tutto questo lo faceva anche prima; è solo che la frequenza di questi piccoli gesti è aumentata da quando siamo tornati dall'America.

Da quando abbiamo perso il nostro bambino.

Mi ritrovo a versare lacrime improvvise, e giro la testa dall'altra parte per nasconderle mentre entro in palestra superando Julian. Non voglio che mi veda di nuovo piangere. Mi ha già vista farlo troppe volte nelle ultime settimane. Probabilmente è per questo che non mi ha ancora punita: crede che io non sia abbastanza forte da sopportarlo, teme che mi tornerebbero gli attacchi di panico che ho avuto dopo il Tagikistan.

Ma non succederebbe. Ora lo so. Stavolta è diverso.

Qualcosa dentro di *me* è diverso.

Camminando verso i tappetini, mi chino e mi allungo, ricomponendomi. Quando mi giro verso Julian, il mio volto non mostra neanche una traccia del dolore che mi ha preso all'improvviso.

"Sono pronta" dico, sistemandomi sul tappeto. "Cominciamo."

E nell'ora che segue, in cui Julian mi insegna a

mettere k.o. un uomo di cento chili in sette secondi, riesco a spingere tutti i pensieri sulla perdita e il senso di colpa fuori dalla mia mente.

* * *

Dopo la sessione di allenamento, torno a casa per fare la doccia e poi vado in piscina per informare i miei genitori. I miei muscoli sono stanchi, ma le endorfine sono in subbuglio dopo il duro allenamento.

"E così, possiamo tornare?" Mio padre si solleva dalla poltrona, con la diffidenza in contrasto con il sollievo stampato sul suo volto. "Che mi dici di tutti quei poliziotti? E di quei legami con i gangster?"

"Sono certa che sia tutto a posto, Tony" dice mia madre prima che io possa rispondere. "Julian non ci rimanderebbe a casa se non fosse tutto sotto controllo."

Con il suo costume giallo, sembra abbronzata e riposata, come se avesse trascorso le ultime due settimane in un resort—il che, in un certo senso, non è molto lontano dalla verità. Julian ha fatto di tutto per garantire il comfort ai miei genitori e farli sentire come se fossero davvero in vacanza. Libri, film, cibo delizioso, addirittura bevande alla frutta a bordo piscina—ha fornito loro tutto, tanto che mio padre ha dovuto ammettere a malincuore che la mia vita nella tenuta di un trafficante d'armi non è poi così orribile come pensava.

"È vero, non lo farebbe mai" confermo, sedendomi

su una poltrona accanto a quella di mia madre. "Julian dice che siete liberi di andare quando volete. Può prepararvi l'aereo per domani—anche se, ovviamente, ci farebbe piacere se rimaneste un altro po'."

Come mi aspettavo, mia madre scuote la testa in segno di rifiuto. "Grazie, tesoro, ma credo che dovremmo tornare a casa. Tuo padre è in ansia per il suo lavoro, e miei capi continuano a chiedermi quando tornerò . . ." Le trema la voce, ma mi sorride.

"Certo." Ricambio il sorriso, ignorando la leggera pressione nel petto. So cosa si nasconde dietro il loro desiderio di partire, e non si tratta del lavoro o degli amici. Nonostante tutti i comfort che ci sono qui, i miei genitori si sentono confinati, controllati dalle torri di avvistamento e dai droni che volteggiano sopra la giungla. Lo vedo dal modo in cui osservano le guardie armate, dalla paura che leggo sui loro volti quando passano davanti alla zona dell'allenamento e sentono gli spari. Per loro, vivere qui è come stare in una prigione di lusso, piena di pericolosi criminali dappertutto.

Uno di quei criminali è la loro figlia.

"Dovremmo preparare la valigia" dice mio padre, alzandosi in piedi. "Credo che sia meglio partire domani mattina."

"Va bene." Cerco di non lasciarmi sopraffare da quelle parole. È sciocco sentirsi rifiutati perché i miei genitori vogliono tornare a casa. Non vivono qui, e lo so bene quanto loro. Il loro corpo è guarito dai lividi e i graffi che si sono procurati durante l'inseguimento in auto, ma la stessa cosa non si può dire della loro mente.

Ci vorrà più di qualche ora di terapia con la dottoressa Wessex per far superare ai miei genitori il trauma delle auto saltate in arie e della gente morta.

"Volete che vi aiuti a fare le valigie?" chiedo, mentre mio padre mette un asciugamano intorno alle spalle di mia madre. "Julian sta parlando col suo commercialista, e non avrò niente da fare fino all'ora di cena."

"Non preoccuparti, tesoro" dice mia madre dolcemente. "Ce la caveremo. Perché non fai una nuotata prima di cena? L'acqua è bellissima."

E lasciandomi accanto alla piscina, entrano nella confortevole casa rifrescata dall'aria condizionata.

* * *

"Partiranno domani mattina?" Rosa sembra sorpresa quando la informo dell'imminente partenza dei miei genitori. "Oh, che peccato. Non ho avuto nemmeno il tempo di far vedere a tuo madre il lago di cui le hai parlato."

"Non fa niente" dico, tirando su un cesto della biancheria per aiutarla a caricare la lavatrice. "Spero che tornino a trovarci."

"Sì, lo spero anch'io" mi fa eco Rosa, per poi accigliarsi nel vedere quello che sto facendo. "Nora, mettilo giù. Non dovresti—" Si ferma bruscamente.

"Non dovrei sollevare cose pesanti?" finisco la frase,

con un sorriso ironico. "Tu e Ana continuate a dimenticare che non sono più un'invalida. Posso di nuovo sollevare i pesi, combattere, sparare e mangiare quando voglio."

"Certo." Rosa sembra contrita. "Scusa"—si allunga verso il cesto—"ma non devi fare il mio lavoro."

Sospirando, lascio andare il cesto, sapendo che si arrabbierebbe se insistessi per aiutarla. Da quando siamo tornate è particolarmente irritabile a tal proposito, determinata a non permettere a nessuno di trattarla in modo diverso rispetto a prima.

"Sono stata violentata; non mi hanno amputato le braccia" ha risposto ad Ana, quando la governante ha cercato di assegnarle compiti di pulizia più leggeri. "Non mi succederà niente, se passo l'aspirapolvere e spazzo il pavimento."

Naturalmente questo ha fatto scoppiare a piangere Ana, così io e Rosa abbiamo dovuto trascorrere i venti minuti successivi a cercare di calmarla. Da quando siamo tornate, la donna più anziana è particolarmente emotiva, apertamente addolorata per il mio aborto e per lo stupro di Rosa.

"L'ha presa peggio di mia madre" mi ha detto Rosa la settimana scorsa, e io ho annuito, per nulla sorpresa. Pur avendo incontrato la signora Martinez solo un paio di volte, quella paffuta donna dall'aspetto severo mi ha colpita, sembrandomi la versione più anziana di Beth, con la stessa corazza dura e l'approccio cinico alla vita. Come abbia fatto Rosa a rimanere così allegra con una madre del genere sarà sempre un mistero per me. Anche ora, dopo tutto quello che ha passato, il sorriso della mia amica è solo un po' più debole e la scintilla nei suoi occhi appena un po' meno brillante. Ora che le sue ferite si sono quasi rimarginate, non si direbbe mai che Rosa sia sopravvissuta a un evento così traumatico, soprattutto vista la sua feroce insistenza a essere trattata da persona normale.

Sospirando un'altra volta, la guardo mentre carica la lavatrice con grande efficienza, separando i vestiti più scuri e mettendoli ordinatamente sul pavimento. Quando ha finito, si gira verso di me. "Allora, hai sentito?" dice. "Lucas ha trovato l'interprete. Credo che andrà a prenderla dopo aver accompagnato i tuoi genitori a casa."

"Te l'ha detto lui?"

Annuisce. "L'ho incontrato questa mattina e gli ho chiesto come stessero andando le cose. Così, sì, me l'ha detto."

"Oh, capisco." In realtà non capisco, neanche un po', ma decido di non essere indiscreta. Rosa è sempre stata riservata riguardo alla sulla strana non-relazione con Lucas, e non voglio insistere sull'argomento. Credo che me ne parlerà quando sarà pronta—ammesso che ci sia qualcosa da raccontare, voglio dire.

Si gira per avviare la lavatrice, e prendo in considerazione l'idea di parlarle di quello che ho scoperto ieri ... di quello che non ho ancora detto a Julian. Alla fine, decido di farlo, dal momento che conosce già una parte della storia.

"Ti ricordi la bella dottoressa giovane che mi ha visitata in ospedale?" chiedo, appoggiandomi all'asciugatrice.

Rosa si gira verso di me, sembrando perplessa per il cambio d'argomento. "Sì, credo di sì. Perché?"

"Il suo cognome è Cobakis. Ricordo di averlo letto sulla targhetta e di aver pensato che fosse familiare, come se lo avessi già sentito."

Rosa sembra incuriosita. "Ed era così? Lo avevi già sentito?"

Annuisco. "Sì. Solo che non ricordavo dove—e poi ieri mi è tornato in mente. C'era un uomo di nome George Cobakis sulla lista che ho dato a Peter."

Rosa sgrana gli occhi. "La lista delle persone responsabili di quello che è successo alla sua famiglia?"

"Sì." Faccio un respiro profondo. "Non ne ero sicura, così ho controllato la mia posta elettronica ieri sera, e ho scoperto tutto. George Cobakis di Homer Glen, Illinois. All'inizio avevo notato il nome per via della provenienza."

"Oh, wow." Rosa mi fissa, a bocca aperta. "Credi che quella gentile dottoressa sia una parente di questo George?"

"Ne sono certa. Ho cercato George Cobakis la sera scorsa, e lei è risultata nei risultati di ricerca. È sua moglie. Un giornale locale ha scritto un articolo su una raccolta di fondi per i veterani e le loro famiglie, e c'era la loro foto, come coppia che ha fatto tanto per l'organizzazione. A quanto pare lui è un giornalista, un corrispondente estero. Non so come abbia fatto il suo nome a finire su quella lista."

"Cazzo." Rosa sembra inorridita e affascinata al tempo stesso. "Allora, che cos'hai intenzione di fare?"

"Cosa posso fare?" Quella domanda mi tormenta da quando ho scoperto il loro legame. Prima, i nomi su quella lista erano solo dei semplici nomi. Ma ora uno di quei nomi ha un volto. La foto di un sorridente uomo con i capelli scuri accanto alla sua bella moglie intelligente.

Una moglie che ho conosciuto.

Una donna che rimarrà vedova, se l'ex consulente della sicurezza di Julian otterrà la sua vendetta.

"Ne hai parlato con tuo marito?" chiede Rosa. "Lo sa?"

"No, non ancora." Né so se voglio che Julian lo sappia. Qualche settimana fa, ho parlato a Rosa della lista che ho mandato a Peter, ma non le ho detto che l'ho fatto contro la volontà di Julian. Quella parte—e quello che è successo dopo che abbiamo saputo della mia gravidanza—è troppo intima per poterla condividere. "Credo che Julian direbbe che non c'è più niente da fare, ora che la lista è nelle mani di Peter" dico, cercando di immaginare la reazione di mio marito.

"E probabilmente avrebbe ragione." Rosa mi fissa. "È un peccato che abbiamo conosciuto quella donna, ma se il marito era in qualche modo coinvolto in quello che è accaduto alla famiglia di Peter, non vedo come potremmo intervenire."

"Esatto." Faccio un altro respiro profondo, cercando di scacciare l'ansia che provo da ieri. "Non possiamo. Non dovremmo farlo."

Anche se sono stata io a dare quella lista a Peter.

Anche se tutto quello che succederà sarà per colpa mia, ancora una volta.

"Non è un problema tuo, Nora" dice Rosa, percependo la mia preoccupazione. "Peter avrebbe saputo quei nomi in un modo o nell'altro. Era troppo determinato ad averli. Non sei tu la responsabile di quello che farà a quelle persone—Il responsabile è Peter."

"Certo" mormoro, cercando di sorridere. "Certo, lo so."

E mentre Rosa ricomincia ad armeggiare con il bucato, cambio discorso, parlando dell'arruolamento delle nuove guardie.

CAPITOLO QUARANTA

❖ JULIAN ❖

Dopo aver finito di parlare col mio commercialista, mi alzo e mi allungo, allentando la tensione muscolare. Il mio pensiero va subito a Nora, e controllo la sua posizione sul mio telefono. Lo faccio almeno cinque volte al giorno ormai, un'abitudine radicata profondamente dentro di me come il lavaggio dei denti al mattino.

È in casa, ed è esattamente il luogo in cui mi aspettavo di trovarla. Soddisfatto, metto via il telefono e chiudo il portatile, deciso a non lavorare per il resto della serata. Tra tutte le pratiche burocratiche per una nuova società di comodo e le interviste che ho condotto con i potenziali sostituti delle guardie, ho lavorato dodici ore al giorno. Un tempo, questo non avrebbe avuto importanza—la mia attività era tutto quello per cui vivevo—ma ora il lavoro è una sgradita distrazione.

E mi impedisce di passare il tempo con la mia bella moglie stranamente distaccata.

Non so bene quando io l'abbia notato per la prima volta, il modo in cui Nora distoglie costantemente lo sguardo dal mio. Il modo in cui si trattiene anche durante il sesso. All'inizio, attribuivo la sua ritrosia al dolore e ai postumi del trauma, ma con il passare dei giorni, mi sono reso conto che c'è dell'altro.

È sottile, appena percettibile, questa distanza tra noi, ma c'è. Parla e si comporta come se le cose fossero normali, ma so che non lo sono. Qualunque segreto mi stia nascondendo, le pesa, costringendola a erigere barriere tra noi. Le ho percepite durante l'allenamento di oggi, e questo ha rafforzato la mia determinazione di andare a fondo sulla questione.

Secondo i medici, si è finalmente ripresa completamente dall'aborto—e in un modo o nell'altro, questa sera mi dirà tutto.

* * *

A cena, osservo Nora interagire con i suoi genitori, studiando attentamente ogni piccolo movimento delle sue esili mani, ogni battito delle sue lunghe ciglia. Avrei scommesso che fosse impossibile, ma la mia ossessione per lei ha raggiunto un nuovo picco dopo il nostro ritorno. È come se tutto il dolore, la rabbia e il dolore dentro di me si fossero fusi in una sensazione che mi dilania il cuore, un sentimento così intenso che mi distrugge dall'interno.

Un desiderio che gira tutto intorno a lei.

Appena finiamo il piatto principale, mi rendo conto che ho appena detto mezza parola, avendo passato la maggior parte del pasto rapito dalla sua vista e dalla sua voce. E probabilmente è un bene, visto che questa è l'ultima sera in cui i genitori di Nora sono qui. Anche se suo padre non è più apertamente ostile nei miei confronti, so che entrambi i Leston sperano ancora di poter liberare la loro figlia dalle mie grinfie. Non gli permetterei mai di portarmela via, naturalmente, ma non mi dà fastidio che trascorrano del tempo tutti e tre insieme, senza di me.

Così, non appena Ana porta il dessert, mi scuso dicendo che sono sazio e vado in biblioteca, lasciando che finiscano il pasto senza di me.

Quando arrivo lì, mi siedo su una poltrona vicino alla finestra e trascorro qualche minuto a rispondere alle e-mail sul mio telefono. Poi l'insolita distanza tra me e Nora torna a insinuarsi nella mia mente. Il modo in cui si comporta da due settimane mi ricorda il periodo in cui sono stato costretto a metterle i localizzatori. È come se fosse arrabbiata con me—ma questa volta, non ho idea di quale sia il motivo.

Guardando l'orologio sul muro, mi rendo conto che è già passata mezz'ora da quando mi sono alzato da tavola. Spero che Nora sia già salita al piano di sopra. Quando controllo la sua posizione, però, mi accorgo che è ancora nella sala da pranzo.

Leggermente infastidito, decido di leggere un libro mentre aspetto, ma poi mi viene un'idea migliore.

Aprendo un'altra applicazione sul cellulare, attivo il feed audio nascosto nella sala da pranzo, mi metto gli auricolari Bluetooth, mi siedo e ascolto.

Un attimo dopo, la voce frustrata di Gabriela riempie le mie orecchie.

"—delle persone sono morte" argomenta. "Come può non darti fastidio? C'erano degli agenti di polizia tra quei criminali, uomini buoni che stavano semplicemente eseguendo gli ordini—"

"E che ci avrebbero uccisi tutti eseguendo quegli ordini." Il tono di Nora è insolitamente deciso, cosa che mi fa alzare per ascoltare con maggior attenzione. "È meglio morire per il proiettile di un uomo buono che difendere la propria vita? Mi dispiace non mostrare il rimorso che ti aspetti, Mamma, ma *non* mi dispiace che siamo tutti vivi e vegeti. Non è colpa di Julian se è successo tutto questo. Anzi—"

"È stato lui a uccidere il figlio del gangster" la interrompe Tony. "Se avesse fatto la cosa più civile, cioè chiamare il nove-uno-uno invece di uccidere—"

"Se avesse fatto la cosa più civile, io sarei stata violentata e Rosa avrebbe sofferto ancora di più prima dell'arrivo della polizia." C'è una nota dura nella voce di Nora. "Tu non c'eri, Papà. Non puoi capire."

"Tuo padre capisce perfettamente, tesoro." La voce di Gabriela è più calma ora, forse per la stanchezza. "E sì, forse tuo marito non sarebbe riuscito a restare a guardare, aspettando l'arrivo della polizia, ma sappiamo entrambe che avrebbe potuto evitare di uccidere quell'uomo."

Evitare di uccidere l'uomo che aveva fatto del male e che aveva quasi violentato Nora? Il mio sangue ribolle per una furia improvvisa. Quel fottuto bastardo è stato fortunato che io mi sia trattenuto dal castrarlo, infilandogli le palle nelle viscere. L'unico motivo per cui è morto così in fretta è che Nora era lì, e la mia preoccupazione per lei era più grande della mia rabbia.

"Forse avrebbe potuto." Il tono di Nora è uguale a quello di sua madre. "Ma credo fortemente che i Sullivan sarebbero stati liberati, viste le loro conoscenze. È questo che vuoi, Mamma? Che degli uomini come quelli continuino a fare quelle cose ad altre donne?"

"No, certo che no" dice Tony. "Ma questo non dà il diritto a Julian di ergersi a giudice, giuria e giustiziere. Quando ha ucciso quell'uomo, non sapeva chi fosse, quindi non puoi usare quella scusa. Tuo marito ha ucciso perché voleva e per nessun altro motivo."

Per alcuni momenti di tensione, c'è silenzio nel mio auricolare. La furia dentro di me sale, con la rabbia che aumenta mentre aspetto di sentire cos'ha da dire Nora. Non me ne frega un cazzo di quello che i genitori di Nora pensano di me, ma mi dà immensamente fastidio che stiano cercando di mettere la loro figlia contro di me.

Alla fine, Nora parla. "Sì, Papà, hai ragione, è così." La sua voce è calma e sicura. "Ha ucciso quell'uomo senza pensarci due volte. Vuoi che lo condanni per questo? Beh, non ci riesco. Non lo farò. Perché se avessi potuto, avrei fatto la stessa cosa."

Un altro lungo silenzio. Poi: "Tesoro, quando hai lasciato l'aereo e si sono sentiti tutti quei colpi di pistola, eri tu?" chiede Gabriela a voce bassa. "Hai sparato a qualcuno?" Una breve pausa, poi un "Hai ucciso qualcuno?" ancora più sussurrato.

"Sì." Il tono di Nora non cambia. La immagino seduta lì, a fronteggiare i suoi genitori senza batter ciglio. "Sì, Mamma, l'ho fatto."

Un brusco respiro, poi ancora silenzio.

"Te l'ho detto, Gab." È Tony a parlare ora, con voce triste. "Te l'ho detto che doveva essere stata lei. Nostra figlia è cambiata—è stato lui a cambiarla."

C'è uno stridio, come quello di una sedia che viene trascinata sul pavimento, e poi un incerto: "Oh, tesoro." È seguito da un singhiozzo soffocato e dalla voce di Nora che mormora: "Non piangere, Mamma. Ti prego, non piangere. Mi dispiace averti delusa. Mi dispiace tanto . . ."

Non ne posso più di ascoltare. Saltando giù dalla poltrona, esco dalla biblioteca, deciso a prendere Nora e a portarla al piano di sopra. Questo tentativo di farla sentire in colpa è l'ultima cosa di cui ha bisogno, e se devo proteggerla dai suoi genitori, lo farò.

Mentre cammino, li sento di nuovo parlare, così rallento nel corridoio, ascoltando, mio malgrado.

"Non ci hai delusi, tesoro" dice il padre di Nora con voce roca. "Non si tratta di questo, nient'affatto. È solo che non sei più la stessa ragazza... che, anche se tornassi da noi, non sarebbe più come prima."

"No, Papà" risponde Nora con calma. "Non lo sarebbe."

Passa qualche altro secondo, e poi sua madre parla di nuovo. "Ti vogliamo bene, tesoro" dice con voce bassa e tesa. "Non dubitare mai del nostro affetto."

"Lo so, Mamma. E anch'io vi voglio bene." La voce di Nora si incrina per la prima volta. "Mi dispiace che le cose siano andate in questo modo, ma ormai la mia vita è qui."

"Con *lui*." Stranamente, Gabriela non sembra amareggiata, solo rassegnata. "Sì, ora l'abbiamo capito. Ti ama. Non avrei mai pensato di dirlo, ma è così. Quando state insieme, il modo in cui ti guarda..." Si lascia sfuggire una risata tremante. "Oh, tesoro, daremmo qualsiasi cosa per far sì che ci fosse qualcun altro al tuo fianco. Un uomo buono, un uomo gentile, uno con un lavoro normale, che ti comprasse una casa vicino a noi—"

"Julian mi ha comprato una casa vicino a voi" dice Nora, e la madre ride di nuovo, sembrando un po' isterica.

"Questo è vero" dice dopo essersi calmata. "Te l'ha

comprata, non è vero?"

Ora le due donne ridono insieme, e mi lascio sfuggire un sospiro di sollievo. Forse Nora non ha bisogno che io intervenga dopo tutto.

Un altro rumore di sedia che raschia sul pavimento, e poi Tony dice con tono burbero: "Siamo qui per te, tesoro. Ci saremo sempre, nonostante tutto. Se mai dovesse cambiare qualcosa, se mai volessi lasciarlo e tornare a casa—"

"Non lo farò, Papà." La decisa sicurezza nella voce di Nora mi scalda il cuore, scacciando i residui della mia rabbia. Sono così contento che quasi mi sfuggono le sue parole successive, mormorate con un filo di voce: "A meno che non lo voglia lui."

"Oh, non lo vorrà mai" dice il padre di Nora, sembrando davvero amareggiato. "Questo è ovvio. Se dipendesse da Julian, non staresti mai a più di tre metri di distanza da lui."

Sento a malapena le parole di Tony, troppo preso a rimuginare sulla strana affermazione di Nora. *A meno che non lo voglia lui.* L'ha detto come se avesse paura che possa succedere. Oppure è proprio questo che *vorrebbe* lei? Un brutto sospetto mi corrode dentro. È per questo che è così distante ultimamente—perché vuole che io la lasci andare? Perché non vuole più stare con me e spera che la lasci andare?

Mi si stringe il petto per un dolore improvviso, mentre un nuovo tipo di rabbia si accende dentro di me. È questo che si aspetta la mia gattina? Una sorta di grande gesto con cui io le conceda la libertà? Si aspetta che io la implori di perdonarmi e che finga di sentirmi pentito per averla rapita e tutto il resto?

Fanculo.

Mi strappo l'auricolare dall'orecchio, con una furia oscura che mi attanaglia, mentre mi giro e scendo due gradini alla volta.

Se Nora crede che io possa arrivare a questo, si sbaglia di grosso.

Lei è mia e lo sarà per sempre.

CAPITOLO QUARANTUNO

❖ NORA ❖

Stanca e agitata allo stesso tempo, dopo aver parlato con i miei genitori, salgo le scale per andare nella nostra camera da letto. Anche se una parte di me avrebbe voluto proteggere la mia famiglia dalla mia nuova vita, sono sollevata dal fatto che ora sappiano la verità.

Ora sanno che genere di donna sono diventata e nonostante ciò continuano a volermi bene.

Raggiunta la camera, apro la porta ed entro. Non ci sono luci accese nella stanza, e mentre chiudo la porta alle mie spalle, mi chiedo dove sia Julian. Pur essendo felice di aver chiarito la situazione con i miei genitori, il fatto che lui abbia abbandonato la cena senza una buona spiegazione mi preoccupa. È successo qualcosa o si è semplicemente stancato di noi?

Si è stancato di *me*?

Proprio quando quel pensiero devastante mi attraversa la mente, noto un'ombra scura vicino alla finestra.

Il cuore comincia a battermi forte, e sento un formicolio di terrore, mentre cerco l'interruttore della luce.

"Lascia stare." Sento la voce di Julian venir fuori dall'oscurità, e quasi mi si piegano le gambe dal sollievo.

"Oh, grazie a Dio. Per un attimo, non mi ero resa conto che fossi—"comincio a dire, e poi prendo nota del suo tono aspro. "Tu" concludo la frase, insicura.

"Chi altro potrebbe essere?" Mio marito si volta e attraversa la stanza, avvicinandosi a me con la silenziosa andatura di un predatore. "È la nostra camera. O te ne sei dimenticata?" Mette entrambe le mani ai miei lati, appoggiandole sul muro dietro di me, ingabbiandomi.

Faccio un respiro, sorpresa, premendo i palmi sul muro freddo. Julian è chiaramente arrabbiato, e non so perché. "No, certo che no" dico lentamente, fissando i suoi lineamenti nell'ombra. La luce è così fioca che l'unica cosa che riesco a vedere è il debole scintillio dei suoi occhi. "Che cosa—"

Mi si avvicina, appoggiando la parte inferiore del suo corpo alla mia, e gemo quando sento il suo cazzo duro sulla mia pancia. È nudo e già eccitato, con il suo odore sexy e mascolino che mi inebria mentre mi tiene lì, in trappola. Nonostante lo strato del mio vestito che ci separa, sento la lussuria che pulsa dentro di lui—la lussuria e qualcosa di molto, molto più oscuro.

Il mio corpo si risveglia con una scossa, e il battito del mio cuore accelera dalla paura. Dev'essere giunto il momento: è questa la punizione che stavo aspettando. I medici hanno detto che sono guarita oggi, il che significa che la tregua è finita.

"Julian?" Il suo nome mi esce con un respiro soffocato mentre mi afferra la nuca, con le sue lunghe dita che quasi mi circondano la gola. Il suo enorme corpo è muscoloso e duro intorno a me. Una stretta con quelle dita d'acciaio e mi schiaccerebbe la gola. Quel pensiero mi fa venire i brividi, eppure un dolore sordo mi fa pulsare l'intimo, con i miei capezzoli che si induriscono dall'eccitazione. La rabbia che sento in lui è evidente, e risveglia qualcosa di selvaggio dentro di me, alimentando il fuoco oscuro che ribolle all'interno.

Se finalmente ha deciso di punirmi, mi assicurerò di ottenere quello che merito.

Si appoggia a me, col suo respiro caldo sul mio viso, e in quel momento, faccio la mia mossa. Formo un pugno con la mano destra al mio fianco, e lo agito in aria con tutte le mie forze, colpendo la parte inferiore del suo mento. Nello stesso momento, scatto verso destra, liberandomi dalla presa sul mio collo, e mi infilo sotto il suo braccio teso, roteando per colpirlo alla schiena.

Solo che Julian non c'è più.

In quel mezzo secondo che ci ho messo per girarmi, Julian si è spostato, più rapido e micidiale di un assassino. Invece di colpire la sua schiena, il dorso della mia mano sbatte sul suo gomito, e grido mentre l'impatto provoca una scossa di dolore che mi attraversa il braccio.

"Fanculo!" Il suo sibilo furioso è accompagnato da un movimento incredibilmente veloce. Prima che io possa reagire, mi circonda con le braccia, incrociandomi i polsi davanti al petto, e mi avvolge la gamba sinistra intorno alle ginocchia per impedirmi di dargli un calcio. Visto che mi tiene da dietro, non posso morderlo, e i miei tentativi di dargli una testata al mento si infrangono tristemente, poiché tiene il viso fuori dalla mia portata.

Tutti quegli allenamenti, e mi ha sottomessa nel giro di tre secondi esatti.

La frustrazione si confonde con l'adrenalina, facendo crescere la rabbia dentro di me. Una rabbia rivolta a lui per avermi presa in giro con la tenerezza nelle ultime due settimane, e soprattutto, una rabbia rivolta a me stessa.

Colpa mia, colpa mia, è tutta colpa mia. Quelle parole mi frullano per la testa. Il senso di colpa, amaro e forte, mi sale fino alla gola, soffocandomi mentre si mescola con il dolore straziante.

Rosa. Il nostro bambino. Decine di morti.

Il suono che mi esce dalla gola è a metà tra un ringhio e un singhiozzo. Nonostante la sua inutilità, comincio a combattere, contorcendomi nella morsa di ferro di Julian. Non ho molti appigli, ma con una sua gamba impegnata a bloccare le mie, i miei frenetici movimenti a scatti sono sufficienti a farlo sbilanciare.

Con un'imprecazione, cade all'indietro, continuando a stringermi ermeticamente. Cade di schiena. Sento appena l'impatto mentre grugnisce e si rotola subito, inchiodandomi al duro pavimento di legno. Trascurando il suo peso su di me, continuo a combattere, opponendomi con tutte le mie forze. Il legno freddo preme sul mio viso, ma noto a stento il disagio.

Colpa mia, colpa mia, è tutta colpa mia.

Tra i gemiti e i singhiozzi, cerco di fare qualcosa, graffiandolo, per fargli provare almeno una minima frazione del dolore che mi sta consumando dall'interno. I miei muscoli urlano dallo sforzo, ma non mi fermo—non quando Julian mi afferra i polsi e li lega dietro la mia schiena con la sua cinta, e nemmeno quando mi trascina per il gomito e mi porta verso il letto.

Combatto mentre mi strappa il vestito e la biancheria intima, infilandomi la mano a pugno tra i capelli e costringendomi a mettermi in ginocchio. Combatto come se stessi combattendo per la vita, come se l'uomo che mi tiene fosse il mio peggior nemico, invece del mio più grande amore. Combatto perché è abbastanza forte da far crescere la furia dentro di me.

Perché è abbastanza forte da portarmela via.

Mentre mi dimeno nella sua presa brutale, il suo ginocchio mi divarica le gambe, e il suo cazzo spinge sul mio ingresso. Con un movimento selvaggio, mi penetra da dietro, e io grido dal dolore, dall'indicibile sollievo derivante dall'essere il suo oggetto. Sono bagnata, ma non abbastanza, e ogni spinta punitiva mi fa male, guarendomi allo stesso tempo. I miei pensieri si disperdono, mentre l'incantesimo nella mia mente si affievolisce, e tutto quello che resta è la sensazione del suo corpo dentro il mio, il dolore e il piacere straziante del nostro desiderio.

Sto per raggiungere l'orgasmo quando Julian inizia a parlarmi, ringhiando che mi terrà sempre con sé, che non sarò mai di nessun altro. C'è un'oscura minaccia implicita nelle sue parole, una promessa che mi fa capire che non si fermerà davanti a niente. La sua spietatezza dovrebbe terrorizzarmi, ma mentre raggiungo l'apice, la paura è l'ultima cosa nella mia mente.

Tutto quello di cui mi rendo conto è la beatitudine pura e assoluta.

Mi fa girare sulla schiena, liberandomi i polsi, e mi rendo conto che a un certo punto ho smesso di combattere. La rabbia è passata, rimpiazzata dalla stanchezza profonda e dal sollievo.

Sollievo perché Julian mi vuole ancora. Mi punirà, ma non mi manderà via.

Così, quando mi afferra le caviglie e le mette sulle sue spalle, non oppongo resistenza. Non combatto quando si appoggia in avanti, piegandomi quasi in due, e non mi dimeno quando toglie l'abbondante umidità dal mio sesso e la sparge nelle mie natiche. Solo quando sento la sua durezza posizionata sull'altra apertura emetto un verso di protesta, contraendo lo sfintere mentre muovo le mani per spingere sul suo torace duro. È un gesto debole, quasi simbolico—non posso assolutamente togliermi Julian di dosso in quel modo— ma persino quel minimo accenno di resistenza sembra farlo infuriare.

"Oh, no, non ti azzardare" ringhia, e nella penombra dalla finestra, vedo lo scintillio oscuro dei suoi occhi. "Non mi negherai questo, non mi negherai niente. Ti possiedo . . . possiedo ogni centimetro di te." Spinge in avanti, con il suo enorme cazzo che prova a entrare mentre sussurra aspramente: "Se non rilassi quel culo, gattina mia, te ne pentirai."

Mi vengono i brividi dall'eccitazione perversa, affondando le unghie nel suo torace mentre lo stretto muscolo tondo cede alla spietata pressione. La bruciante invasione è dolorosa, e mi ribollono le viscere mentre spinge sempre più in profondità. Sono passati mesi dall'ultima volta che mi ha presa in questo modo, e il mio corpo ha dimenticato come reagire, come rilassarsi alla sensazione di pienezza. Chiudendo gli occhi, cerco di respirare, di essere forte, ma le lacrime, le mie stupide lacrime traditrici, escono lo stesso, colando dagli angoli dei miei occhi.

Non è il dolore a farmi piangere, però, o la strana reazione del mio corpo ad esso.

È la consapevolezza che la mia punizione non è finita, che Julian non mi ha ancora perdonata.

Che forse non mi perdonerà mai.

"Mi odi?" La domanda mi sfugge prima che io possa trattenerla. Non voglio saperlo, ma, allo stesso tempo, non posso più rimanere in silenzio. Aprendo gli occhi, guardo la sagoma scura sopra di me. "Julian, mi odi?"

Si ferma, con il cazzo in profondità dentro di me. "Se ti odio?" Il suo enorme corpo si irrigidisce, con la sua voce roca e ricca di lussuria carica di incredulità. "Ma che cazzo dici, Nora? Perché dovrei odiarti?"

"Perché ho abortito." Mi si incrina la voce. "Perché il nostro bambino è morto per colpa mia."

Per un attimo, non risponde, e poi, con un'imprecazione, lo tira fuori, facendomi ansimare dal dolore.

"Cazzo!" Mi lascia andare, arretrando sul letto. L'improvvisa mancanza del suo calore e del suo peso su di me mi destabilizzano, come la luce della lampada sul comodino che lui accende. I miei occhi ci mettono un attimo ad abituarsi alla luminosità e a distinguere l'espressione sul suo volto.

"Credi che io dia la colpa a te per quello che è successo?" chiede con voce roca, sedendosi sui talloni. I suoi occhi bruciano dall'intensità mentre mi guarda, con il suo cazzo ancora completamente eretto. "Credi che sia stata in qualche modo colpa tua?"

"Certo." Mi siedo, sentendo il dolore pungente nel profondo, dov'era lui fino a un attimo fa. "Sono stata io a voler andare a Chicago, a voler andare in quella discoteca. Se non fosse stato per me, nulla di tutto questo sarebbe—"

"Basta." Il suo duro comando vibra dentro di me mentre i suoi lineamenti si contorcono per qualcosa che somiglia al dolore. "Basta, tesoro, ti prego."

Taccio, fissandolo, confusa. Non è per questo che mi ha punita in questo modo? Per averlo deluso? Per aver messo in pericolo me stessa e il nostro bambino?

Continuando a sostenere il mio sguardo, fa un respiro profondo e si muove verso di me. "Nora, gattina mia ..." Mi prende il viso tra i suoi grandi palmi. "Come puoi pensare che ti odio?"

Deglutisco. "Spero di sbagliarmi, ma so che sei arrabbiato—"

"Credi che io sia arrabbiato perché volevi andare a trovare i tuoi genitori? Perché volevi andare a ballare e a divertirti?" Le sue narici si allargano. "Cazzo, Nora, se l'aborto è colpa di qualcuno, quella persona sono io. Non avrei dovuto lasciarti andare in quel bagno da sola—"

"Ma non potevi sapere—"

"E nemmeno tu potevi." Fa un altro respiro profondo e abbassa le mani sul mio grembo, stringendo i miei palmi nel suo pugno caldo. "Non è stata colpa tua" dice con durezza. "Niente di tutto questo è colpa tua."

Mi bagno le labbra secche. "Allora perché—"

"Perché ero arrabbiato?" La sua bella bocca si contorce. "Perché credevo che volessi lasciarmi. Perché ho interpretato male una cosa che hai detto ai tuoi genitori stasera."

"Cosa?" Sollevo le sopracciglia con un'espressione accigliata. "Cosa—Oh." Ricordo il mio commento estemporaneo, nato dalla paura e dall'insicurezza. "No, Julian, non intendevo quello" comincio a dire, ma mi stringe le mani prima che io possa continuare a spiegare.

"Lo so" dice a bassa voce. "Credimi, tesoro, ora lo so."

Ci guardiamo l'un l'altra in silenzio, con l'aria densa di echi di sesso violento e di emozioni oscure, per i postumi della lussuria, del dolore e della perdita. È strano, ma in questo momento, lo capisco più che mai. Vedo l'uomo dietro il mostro, l'uomo che ha bisogno di me così tanto che farebbe di tutto per tenermi con sé.

L'uomo di cui ho bisogno così tanto che farei di tutto pur di rimanere con lui.

"Mi ami, Julian?" Non so che cosa mi dia il coraggio di fargli quella domanda, ma devo saperlo, una volta per tutte. "Mi ami?" ripeto, tenendo il suo sguardo.

Per qualche istante, non si muove, non dice niente. La sua presa sulle mie mani è abbastanza forte da farmi male. Sento il conflitto dentro di lui, il desiderio in lotta con la paura. Aspetto, trattenendo il fiato, sapendo che forse non si aprirà mai in questo modo, che forse non confesserà mai la verità, nemmeno a sé stesso. Così, quando parla, rimango scioccata.

"Sì, Nora" dice con voce roca. "Sì, ti amo. Ti amo così fottutamente tanto che fa male. Non lo sapevo, o forse non volevo saperlo, ma è sempre stato così. Ho passato la maggior parte della mia vita cercando di non provare emozioni, cercando di non lasciar avvicinare la gente a me, ma mi sono innamorato di te fin da subito. Solo che ci sono voluti due anni per rendermene conto."

"Cosa te lo ha fatto capire?" sussurro, con il cuore dolorante dalla gioia. *Mi ama.* Fino a questo momento, non sapevo quanto disperatamente avessi bisogno di quelle parole, quanto mi pesasse la loro assenza. "Quando l'hai capito?"

"La notte in cui siamo tornati a casa." La sua gola muscolosa si muove mentre deglutisce. "Quando ero sdraiato qui accanto a te. Mi sono abbandonato al dolore—al dolore per la perdita del nostro bambino, al dolore per la perdita di tutte le altre persone nella mia vita—e mi sono reso conto che avevo cercato di proteggere me stesso dal dolore di perdere *te*. Ho cercato di impedire a me stesso di amarti per evitare la mia distruzione. Ma era troppo tardi. Ero già innamorato di te. Lo ero da tanto tempo. Ossessione, dipendenza, amore—sono tutti la stessa cosa. Non posso vivere senza di te, Nora. Perderti mi *distruggerebbe*. Posso sopravvivere a tutto, ma non a questo."

"Oh, Julian . . ." Non riesco a immaginare quanto sia difficile per un uomo così forte e senza scrupoli ammettere questo. "Non mi perderai. Sono qui. Non andrò da nessuna parte."

"Lo so." Socchiude gli occhi, mentre ogni traccia di vulnerabilità svanisce dal suo viso. "Il fatto che io ti ami significa che non ti lascerò mai andare."

Una risata tremante mi sfugge dalla gola. "Certo. Lo so."

"Mai." Sembra che senta il bisogno di sottolinearlo.

"Lo so."

Poi mi fissa, con le sue mani che stringono le mie, e percepisco il suo implicito comando. Vuole che confessi i miei sentimenti, che metta a nudo la mia anima, proprio come lui ha appena fatto con me. E così, gli do quello che vuole.

"Ti amo, Julian" dico, mostrandogli la verità nel mio sguardo. "Ti amerò per sempre, e voglio che non mi lasci mai andare."

Non so se, a questo punto, sia io a muovermi verso di lui, ma in qualche modo la sua bocca è sulla mia, con le sue labbra e la lingua che mi divorano mentre mi avvolge nel suo abbraccio. Siamo uniti nel dolore e nel piacere, nella violenza e nella passione.

Siamo uniti nel nostro tipo di amore.

* * *

La mattina seguente, mi fermo accanto alla pista e guardo decollare l'aereo che riporterà i miei genitori a casa. Quando non rimane che un puntino nel cielo, mi rivolgo a Julian, che sta accanto a me, tenendomi per mano.

"Ripetimelo ancora una volta" dico a bassa voce, guardandolo.

"Ti amo." I suoi occhi brillano mentre incontra il mio sguardo. "Ti amo, Nora, più della vita stessa."

Sorrido, con il cuore più leggero che mai. L'ombra del dolore incombe ancora su di me, così come il persistente senso di colpa, ma le tenebre non offuscano più tutto. Riesco a immaginare il giorno in cui il dolore svanirà, in cui proverò gioia e soddisfazione.

I nostri problemi non sono finiti—non possono esserlo, considerato chi siamo—ma il futuro non mi spaventa più. Presto, dovrò parlargli della bella dottoressa e del piano di vendetta di Peter, e più avanti, dovremo discutere della possibilità di un altro figlio e di come affrontare il pericolo sempre presente nella nostra vita.

Per ora, però, non dobbiamo far nulla, se non godere l'uno dell'altra.

Godere di essere vivi e innamorati.

EPILOGO

❖ JULIAN ❖

Tre Anni Dopo

"Nora Esguerra!"

Quando il rettore della Stanford University chiama il nome di Nora, vedo mia moglie che sale sul palco, con lo stesso cappellino e il vestito nero che indossano gli altri laureati. L'abito è perfetto per il suo fisico esile, che nasconde la piccola ma già visibile protuberanza del suo stomaco—la figlia che entrambi aspettiamo con ansia.

Fermandosi davanti al funzionario dell'università, Nora gli stringe la mano a suon di applausi e poi si gira per sorridere davanti alla macchina fotografica, con il suo viso delicato che brilla sotto al sole luminoso del mattino.

Un flash lampeggia, sorprendendomi, nonostante me lo aspettassi.

Stringendo la pistola sulla mia vita, mi sforzo di aprire la mano e di allentare la presa sull'arma. Con un centinaio delle nostre migliori guardie posizionate sul campo, la mia pistola non è necessaria. Eppure, mi sento meglio ad averla con me—e so che Nora è felice di avere la sua pistola semi-automatica nascosta nella borsa. Anche se l'inaugurazione della sua seconda mostra d'arte a Parigi si è svolta senza intoppi l'anno scorso, siamo entrambi più che paranoici oggi, determinati a fare tutto il necessario per garantire la sicurezza della nostra figlia non ancora nata.

Un altro lampo si accende accanto a me. Guardando i sedili alla mia destra, vedo i genitori di Nora che scattano foto con la loro nuova macchina fotografica. Sembrano orgogliosi quanto me. Avvertendo il mio sguardo su di loro, la madre di Nora guarda nella mia direzione, e le rivolgo un caldo sorriso prima di tornare a rivolgere l'attenzione al palco.

La laureata successiva è già sul palco, ma non la guardo nemmeno. Ho occhi solo per la mia gattina, che sta scendendo con attenzione dal lato sinistro. Tiene in mano una cartellina di pelle con il diploma di laurea, e il fiocco sul suo cappellino pende dall'altro lato del suo viso, a simboleggiare il suo nuovo status di laureata.

È bellissima, ancora più bella di quanto non fosse al

suo diploma, cinque anni fa.

Mentre si fa strada attraverso le file dei laureati e delle loro famiglie, i nostri occhi si incontrano, e sento il mio cuore gonfiarsi, riempendosi con un mix di oscura possessività e tenero amore che mi suscita sempre.

La mia prigioniera. Mia moglie. Il mio intero mondo.

L'amerò per sempre, e non potrò mai, mai lasciarla andare.

RINGRAZIAMENTI

Grazie per la lettura! Se poteste lasciare una recensione, ve ne sarei molto grata.

Con *Stringimi a Te* si conclude la storia di Nora & Julian, ma li ritroverete come personaggi secondari nella storia di Lucas & Yulia (*Catturami*, presto disponibile anche in italiano). Se volete essere avvisati quando verrà pubblicato il prossimo libro, iscrivetevi alla mia mailing list su
http://annazaires.com/series/italiano/.

BIOGRAFIA DELL'AUTRICE

Anna Zaires è un'autrice bestseller di sci-fi romance, romance contemporaneo erotico e dark del *New York Times, USA Today*. È appassionata di libri dall'età di cinque anni, quando sua nonna le insegnò a leggere. Da allora, vive sempre parzialmente in un mondo di fantasia, in cui gli unici limiti sono quelli della sua immaginazione. Al momento risiede in Florida. Anna è felicemente sposata con Dima Zales (un autore fantasy e di science fiction) e collabora strettamente con lui in tutti i suoi lavori.

Per saperne di più, visitate il sito http://annazaires.com/series/italiano/.